信者ゼロの女神サマと始める異世界攻略
Clear the world like a game with the zero believer goddess
救世の英雄と魔の支配〈下〉
11
大崎アイル Isle Osaki
(illust) Tam-U
「ほら、ここに貴方も座りなさい！」
イラ

（何だ…………こいつは？）
マコト
塔内の中央に居るそれを見て、俺は眉をひそめた。
俺が立っている場所より高く位置するそこは、玉座にあたるのだろうか。
隣には美貌を振りまく月の国の女王――厄災の魔女ネヴィアが控えている。

「みなさん、偉大なるイヴリース様の御前ですよ」
ネヴィア

「うむ、そうだな」
メル
「いいお湯ですねー、アンナさん、師匠」
モモ
「はい。ゆっくりできますね」
アンナ
マッカレン村の温泉にて——

信者ゼロの女神サマと始める異世界攻略

11．救世の英雄と魔の支配〈下〉

大崎アイル

OVERLAP

Clear the world like a game
with the zero believer goddess

登場人物

高月マコト

異世界に転移したゲームジャンキーの高校生。女神ノア唯一の信者として彼女を救うべく、異世界を攻略中。

〈千年前で出会った者達〉

モモ

魔王ビフロンスの人間牧場で飼われている少女。人見知り。

アンナ

伝説の勇者パーティーのメンバーで、聖女。救世主アベルと幼馴染らしいが……？

メル

救世主アベルに手を貸したとされる真っ白な聖竜。大迷宮の最深層の主。

ジョニィ

エルフの大戦士で、亜人種族の長。ルーシーの曽祖父。

カイン

千年前のノアの信者。別名「勇者殺し」の魔王。

太陽の国《ハイランド》

西大陸の盟主。人口、軍事力、財政力で大陸一の規模を誇る。

桜井リョウスケ

マコトのクラスメイト。正義感が強く、「光の勇者」として魔王討伐を目指す。

ノエル

太陽の国の王女にして、太陽の女神の巫女。桜井くんの正室。

大賢者

大陸一の魔法使い。千年前に救世主アベルと共に大魔王と戦った。

〈マコトの仲間達〉

ルーシー
木の国出身のエルフで、火魔法を得意(?)とする。マコトの最初のパーティーメンバー。

佐々木アヤ
マコトのクラスメイト。転移時にラミアへ生まれ変わるが、水の国の大迷宮にてマコトと再会。

フリアエ
太陽の国に囚われていた月の女神の巫女。マコトと守護騎士の契約を結ぶ。

ふじやん
マコトのクラスメイト。水の街マッカレンにてフジワラ商会を設立する。

ニナ
獣人族の格闘家。奴隷落ちしていたところをふじやんに買われる。

ディーア
無限の魔力を持つ水の大精霊。マコトに力を貸してくれる。

商業の国《キャメロン》
交易が盛んな国。カジノの運営や金融業も活発に行われている。

木の国《スプリングローグ》
国の大部分が森林に覆われている。エルフや獣人族などが多く住む。

水の国《ローゼス》
水源が豊かで観光業が盛んな国。軍事力では他国に遅れを取る。

エステル
運命の女神の巫女。未来を視通す力があり、絶大な人気を集める。

ロザリー
ルーシーの母。木の国の最高戦力で「紅蓮の魔女」の異名を持つ。

ソフィア
水の国の王女にして、水の女神の巫女。マコトに勇者の称号を与える。

女神
異世界の神々。現在は神界戦争に勝利した『聖神族』が異世界を支配。太陽、月、火、水、木、運命、土の七大女神がその頂点に君臨する。

ノア
『聖神族』に追いやられた古い神の一柱。現在は「海底神殿」に幽閉中。

エイル
水の女神にして七大女神の一柱。華やかな見た目だが、計算高く腹黒い。

イラ
運命の女神にして七大女神の一柱。魔王討伐のため「北征計画」を提言する。

イラスト／Tam-U

11. the hero of salvation and the reign of demons

CONTENTS

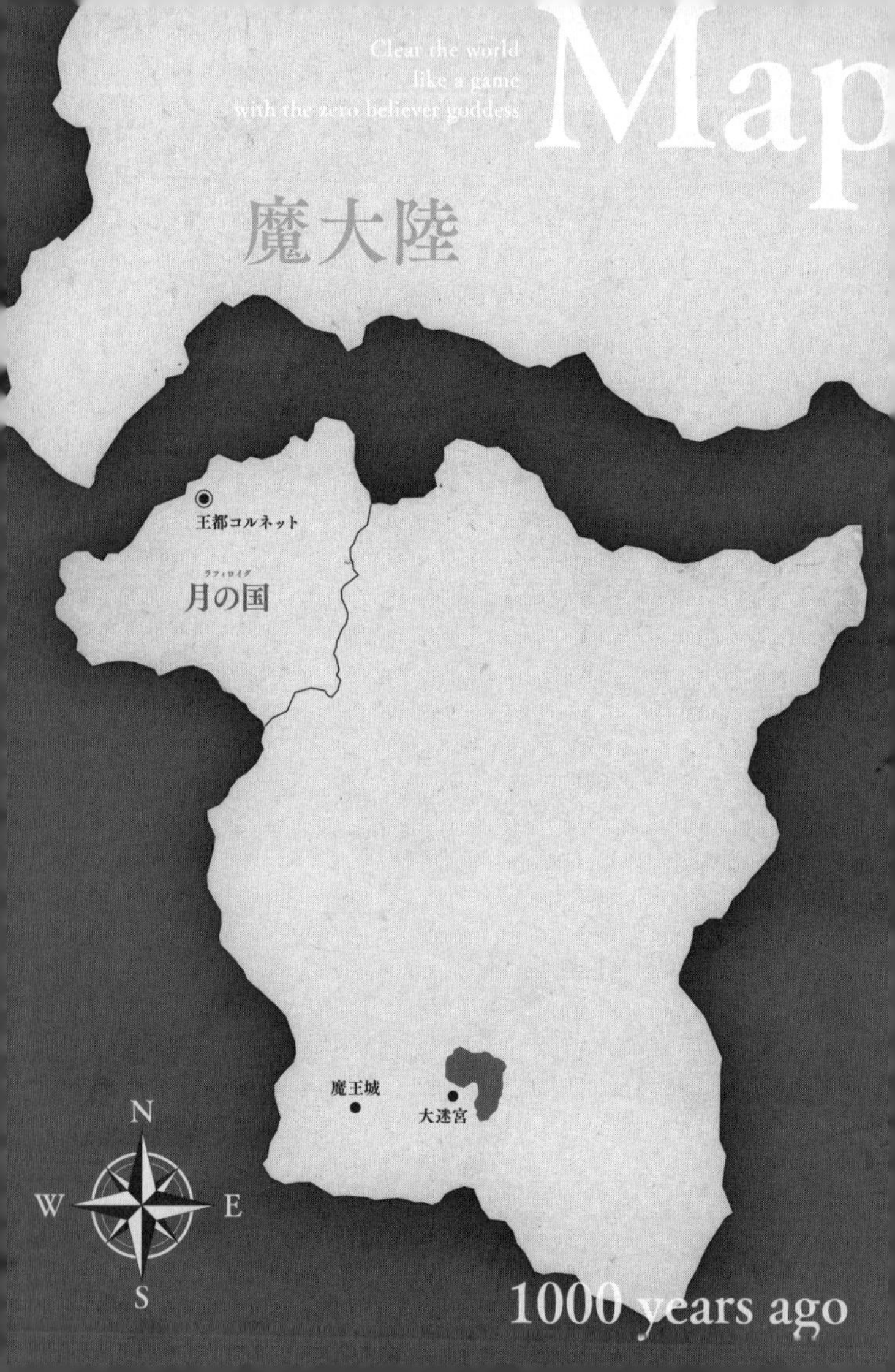
Clear the world
like a game
with the zero believer goddess
Map
魔大陸
王都コルネット
月の国《ラフィロイグ》
魔王城
大迷宮
N
W
E
S
1000 years ago

プロローグ　勇者の心配

◇勇者アベルの視点◇

マコトさんと白竜様《ヘルエムメルク》が大迷宮《ラビュリントス》に向かって二日が経《た》った。

僕の修行の進捗は芳しくない。祈っても祈っても、太陽の女神《アルテナ》様の御声《おこえ》は聞こえない。

「はぁ……」

僕は気晴らしに木刀で素振りをした。

「よしっ！　やった！」

近くでモモちゃんが、近距離の空間転移《テレポート》を成功させた。

「モモちゃん、凄《すご》いね。こんな短期間で新しく魔法を習得するなんて」

「いえ、まだまだです。呪文を詠唱しないと発動しないので、実戦では使えません。無詠唱じゃない魔法は役立たずだって、マコト様が言ってましたから」

「マコトさん、厳しくないかな？」

まだ幼いモモちゃんなら大したものだと思うけど、マコトさんは高い目標を与えている。

「このあと『冷静』スキルと『隠密《おんみつ》』スキル。あとは、私が吸血鬼《ヴァンパイア》なので『変化《へんげ》』スキルで、霧やコウモリに化けられるはずだから、それを覚えないと……」

「変わった修行だね」

攻撃魔法を覚えなくていいのかな？　折角、強力な『賢者』スキルを保持しているのに。

「マコト様の話だと、まずは強い相手に出会った時に逃げるための手段を確立しておけと言われました」

「あんなに強いのに？」

マコトさんは変わってる。

「ですよねぇ、でもマコト様の言う通りにしておけば間違いないですから！」

モモちゃんは、マコトさんの言葉を信じ切っている様子だ。それが羨ましい。

「マコトさん、僕にも指示を出してくれればいいのに……」

ここを出発する直前、僕はマコトさんに何をすれば良いかを聞いた。返事は「任せますよ、アベルさんに俺から言えることはありませんから」というものだった。

僕を信頼してくれているんだろうか？　でも、僕はマコトさんに頼りたい。

「僕だってマコトさんに言われたことなら、何だって聞くのに……」

「………」

僕がぼんやりしながら呟《つぶや》くと、ふと視線を感じた。

「モモちゃん？」

「……なんで、女性の姿になってるんですか？」

「え？」

気がつくと天翼族《アンナ》の姿になっていたみたいだ。

「マコト様のことを考えて、女性の姿に……やっぱりアンナさんは……」

「あ、あの、モモちゃん？」

「アンナさんは、マコト様のことが好きなんですか？」

「なっ!?」

モモちゃんの質問に、僕は思わず木刀を落としてしまった。

「やっぱり……」

「ち、違うよ、モモちゃん！」

慌ててパタパタと手をふるが、モモちゃんはこちらをじとっとした目で見つめる。

何か言い訳をしないと、と思っていた時だった。神殿に巨大な白い竜が飛び込んできた。

白竜様だ。マコトさんたちが帰ってきた？

僕は二人を出迎えようとそちらに視線を向けた時に気づいた。

マコトさんの姿が見当たらない。

「白竜師匠、おかえりなさい」

「白竜様、マコトさんは一緒じゃないんですか？」

「勇者くん、私と来い！　精霊使いくんが魔王カインに襲われた！」

白竜様が、緊迫した声で言った。

「「えっ!?」」

僕とモモちゃんは、同時に顔を引きつらせた。


僕と白竜様は、急ぎマコトさんが待つ場所へ向かっている。

「モモちゃんを置いてきてよかったんですか？」

泣きそうな顔で、連れていって欲しいと言われたが白竜様はそれを許さなかった。

「仕方あるまい、相手は魔王だ。それより、大迷宮《ラビュリントス》で魔王カインに攻撃が通った技は使いこなせるのか？」

「そ、それは……」

僕は言い淀《よど》んだ。実は、あれ以来あの技の再現に成功していない。

偶然使えた魔法剣技。再び魔王カインに僕の剣技は通用するのだろうか？

「やつに攻撃が通じたのは勇者くんだけだ！　急ぐぞ！」

「は、はい！」

僕は、新しく手に入れた魔法剣の柄《つか》をぎゅっと握りしめた。

マコトさん……、どうか無事でいてください。

――それから数刻後。

「着いたぞ！　ここのはずだ」

緊迫した白竜様の言葉に、僕は警戒する。しかし、魔法によって所々地面が破壊された跡があるだけで魔王カインもマコトさんも見当たらない。まさか、既にマコトさんは……。

「あれを見ろ、勇者くん」

「……煙ですね」

白竜様の指差す方向に、煙が上っているのが見えた。あそこに誰かがいる。

「行きましょう」「気をつけろ」

僕と白竜様は息を潜め、ゆっくりと煙の上がっている方向に近づいた。

「この匂いは……」

白竜様が眉間にしわを寄せた。人影が見えた。あの後ろ姿は……マコトさんだ！

よかった、無事だった。

「おい、精霊使いくん。何をしている」

白竜様が不機嫌な声で言った。なぜか白竜様が怒っている。

僕はマコトさんの様子を見て、その理由に気づいた。

「ああ、メルさん、アベルさん。待ってました。これ食べます？」

そう言って振り返ったのは、近くの川で獲《と》った魚を焼いているマコトさんだった。

僕は脱力して、その場に座り込んでしまった。

「師匠ー、無事ですか!?　怪我《けが》をしてませんか!?」

「モモ、ただいま」

泣きながら抱きついているモモちゃんをマコトさんがなだめている。

「魔王は!?　魔王カインに襲われたって聞いたんですが！」

「ああ、水の大精霊《ディーア》と一緒に撃退したよ」

「す、凄い！　流石《さすが》は師匠です！」

モモちゃんがぴょんぴょん飛び跳ねている。

そう、マコトさんは魔王カインと戦って怪我一つなかったのだ。

……僕が慌てて駆けつけたのはなんだったのか。

「あまり無茶をしてくれるなよ、精霊使いくん。私は疲れたので休む」

「メルさん、ありがとうございました」

不眠不休で駆けつけた白竜様は、疲れた声で寝所へ向かった。

「それじゃあ、モモの修行の成果をチェックしようか」

「ふふふ、見てください師匠。詠唱有りなら空間転移《テレポート》を使えるようになりましたよ！」

「おお！　ナイスだ、モモ！　これで魔王戦の戦略が増えるな」

「もっと褒めてください！　あとぎゅーってしてください！」

「よしよし」マコトさんとモモちゃんが、いちゃついている。元気だなぁ……。

僕は白竜様の背中に半日乗っていただけで、疲れたのに。

少し仮眠を取ろう。僕も白竜様が休んでいる寝所で休憩をした。


目を覚ますと暗くなっていた。

寝所のベッドで、白竜様やモモちゃんが寝ているのが見える。

マコトさんの姿はなかった。僕は神殿を出て、マコトさんを捜した。

（……いた）

数千の水魔法で作った蝶《ちょう》が、ひらひらと宙を舞っている。休まずに修行を続けているんだろうか？　魔王と戦った後なのに？

「アベルさん、起きました？」

こちらが死角になっているはずなのに、マコトさんから先に声をかけられた。

「さっき起きました。あとこの姿の時はアンナと呼んでください」

最近の僕はずっと天翼族の姿をしている。僕はマコトさんの隣に座った。

「今日は来てもらって、ありがとうございました、アンナさん」

「僕は何もできなかったですよ、マコトさん」

僕が到着した時、魔王カインの姿はなかった。そして、そのことに僕はホッとしてしまった。相手は、火の勇者《ししょう》の仇《かたき》なのに……。

「ああ、そうだ。アンナさんに言っておくことが」

「は、はい。なんでしょう？」

何を言われるのかと、緊張で背筋が伸びた。

マコトさんが言うには、七日後に海底神殿という場所で修行するらしい。

「あの……修行は太陽の神殿《こ》じゃ駄目なんですか？」

「ここは水が少ないですから。どうせなら、水が多い場所のほうが鍛えられるんですよ」

事もなげにマコトさんは言った。修行のために、わざわざ迷宮《ダンジョン》に出向くのですか？　しかもそこは最終迷宮《ラストダンジョン》と呼ばれる危険な場所ですよ？

「一年も時間がありますからね。しっかり修行しないと」

マコトさんはワクワクとした目で、楽しそうに語っている。

ああ……、マコトさんがまた遠くに行ってしまう。

この人は、本当にじっとしていない。僕はそれを待っているだけになってしまう。

「あの……マコトさん。相談を聞いてください」

気がつくと、僕はマコトさんの服を摑《つか》み、すがるような声を出していた。

「マコトさん……僕の話を聞いてください」

息がかかる距離で、アンナさんに詰め寄られた。

その切羽詰まった表情に俺は、ただならぬものを感じた。

「どうしたんですか？　アンナさん」

俺の最優先ミッションは『勇者アベル』である。

太陽の神殿で安全に修行できるからと心配していなかったが、実は何か問題が起きているのだろうか？　俺はそっと首飾りを握った。

（……イラ様？　聞こえますか？）

（聞こえてるわ。勇者アベルに問題が発生したようね）

（これから話を聞き出します。相談させてください）

（任せなさい）

流石は女神様だ。頼れる。

「マコトさんは、海底神殿へ行ったらしばらく戻ってこないのですよね？」

アンナさんが言ってきたのはそんな言葉だった。

「定期的に戻ってきますよ。モモは俺の血を飲んだほうが調子が良いみたいなので」

「……モモちゃんのため、ですか？」

「え？」どういう意味だろう？

「僕のことは……気にならないのですか？」

「えっと……」

「マコトさんは、海底神殿に行っている間ここを離れるんですよね。僕のことは気にしてくれないんですか……」

「も、勿論《もちろん》、アベルさんのことも」

「アンナです」

「アンナさんのことも、気にしてますよ」

「だったら！　僕も一緒に連れていってください」

「そ、それは……できません」

なんせ、魔王カインが一緒なのだ。絶対に連れていけない。

「どうして……ですか？　僕のことはどうでもいいんですか？」

「…………」

ヘルプ！　助けてください！　運命《イ》の女神《ラ》様！

（ねぇ、高月《たかつき》マコト）

はい、イラ様。どーすればいいですか!?

(抱きしめて、キスしてあげなさい)

…………は?

(アンナちゃん、ちょっと精神的に不安定になってるみたいだから慰めてあげなさいよ)

あの……勇者アベルって男ですよ?

(今は女の子よ。細かいことは気にしないの)

こ、細かいかなぁ……。あとアンナさんの見た目は、ノエル王女に瓜二《うりふた》つなのでそっちの意味でも抵抗感が……。

しかし、勇者アベルが精神的に不安定なら何とかしないといけないのは確かだ。

「アンナさん」

「は、はい……」

俺は彼女の手を両手で摑んだ。

「今日はゆっくり休んで明日は一緒に修行しましょうか。光の勇者スキルを鍛えれば、魔王なんて余裕ですよ」

「そ、そうでしょうか……?」

なんせ千年後の『獣の王《ザガン》』は、桜井《さくらい》くんが一撃で倒してたからね。

(高月マコト……、千年後の『光の勇者』スキルは、太陽の女神《アルテナ》姉様が改良してバージョ

ンアップしているわ。だから、一緒に考えちゃ駄目よ）

え？　桜井くんのスキルのほうが強いんですか？

（そりゃ、最新バージョンのほうが強いに決まってるでしょ）

そ、そんな……。勇者アベルの『光の勇者』スキルは旧バージョンだった……。

「マコトさん、どうかしましたか？」

固まってしまった俺の顔を、聖女アンナが心配そうに覗《のぞ》き込んだ。

「なんでもありません、今日はもう休みましょう」

「僕は起きたばかりなんですが」

「いいから、いいから」

「えっ、ちょっ、マコトさん。あの、そんな強く押さなくても……」

アンナさんをベッドに押し込み、俺も隣のベッドに横になった。俺は天井を見つめながら、明日からの修行について思い巡らした。妙案は浮かばなかった。


——翌日。俺は勇者アベルと一緒に修行することにした。

といっても、俺には勇者スキルのことはわからないので、手探りだ。

参考にするのは、千年後の『光の勇者』スキル所持者である桜井リョウスケくん。

俺の幼馴染《おさななじみ》である。ただし、一緒に戦ったのは多くない。一度目は、大迷宮《ラビュリントス》にて忌まわしき竜。二度目は、獣の王——魔王ザガン。その時の記憶を呼び起こす。

（つってもどっちも一撃必殺だったからなぁ……）

あまり参考になる記憶ではない。わかっているのは、太陽の光が重要であるということくらいか。洞窟の中や、暗闇の雲の下では十分な威力を発揮できないスキルだったはずだ。

「アベルさ……」

「アンナです」

「アンナさん」

「はい！」

ニコニコと剣を構える聖女アンナ《ゆうしゃアベル》を眺める。

「太陽の光を、魔力《マナ》に変換できますか？」

「えっと……やってみます」

むー、と難しい顔をしてアンナさんが剣を強く握る。ズズズズ……、と膨大な魔力《マナ》が剣に集まり、剣の刃が光を放ち始めた。

「何事だ？」

「敵襲ですか!?」

白竜《メル》さんや大賢者様《モモ》がこっちにやってきた。

「どうですか!?　マコトさん」

「うーん……」

煌々《こうこう》と輝く光の剣を俺に見せてくるアンナさんを俺は顎に手を当てて見つめた。

「凄《すさ》まじい魔力《マナ》だな。この魔法剣に切られたら、古竜族でも一撃であろう」

「アンナさんの剣、怖いです……」

白竜さんやモモの表情から察するに、アンナさんが持っている魔法剣は相当なものなのだろう。しかし……。

「虹色じゃないなぁ……」

魔王カインを斬った時、勇者アベルの魔法剣は七色に輝いていた。

確か、桜井くんが魔王ザガンを倒した時も同様だった記憶がある。

「精霊使いくん、虹色に輝く魔法――『全属性』魔法は神の領域だぞ」

「ええ、知ってますが……光の勇者スキルだけは、それが可能なんですよ」

「あの……僕は知らないんですが。なぜ、マコトさんが僕より詳しいんですか？」

太陽の女神様《アルテナ》に教えてもらったんですよ、と適当に答えつつ、俺は考えた。

あの時の桜井くんは……。

「アンナさん、天使を召喚できませんか？」

桜井くんが魔王ザガンを倒した時、天使の力を借りていたはずだ。

まずは、そこから始めるのがよいのではなかろうか？

「「「は？」」」

が、俺の提案に他の三人は、ポカンと大きく口を開いた。別に、変なことは言ってないはずだけど。女神様の力を借りるよりは、簡単だろう？　なにより……。

「俺も一応、水の女神様《エイル》に頼んで小天使《エンジエル》を呼び出せますよ」

俺が神器を取り出し、生贄術《いけにえ》を発動させようとした時。

「馬鹿者！　やめろ、精霊使いくん！　その冒瀆《ぼうとく》的な魔法を気軽に使うんじゃない！　我々が襲われたらどうする！」

「えぇ……、その辺りにいる羊を捧《ささ》げるんで安全ですよ」

「罰当たりだ！」

怒られた。実物をアベ……アンナさんに見せたかったんだけど。

「マコトさん、天使を召喚できるのですか!?」

「違うぞ、勇者くん。こいつがやろうとしたのは生贄術という他者の命を代償に、己の欲望を満たす邪法だ。本来なら神器と神級術式が揃《そろ》わねば己の命を削る技のはずだが……」

「ここにとある女神様が創って、水の女神様《エイル》が術式を付与した短剣が」

「なんでそんな神話時代の宝具を持っているのだ、精霊使いくんは！」

白竜さんに呆《あき》れられた。気軽に生贄術を使うのは、非常識らしい。まあ、水の女神様《エイル》にも切り札としていただいた術だ。ホイホイ使うのは控えよう。しかし、どうするかな……？

（祈りなさい。アンナは巫女《みこ》なんだから、祈りはアルテナ姉様に必ず届くわ）

運命の女神様《イラ》の声が、俺の耳に届いた。

（祈っても返事がないみたいですよ？）

（困ったわね……、多分、他のことで手一杯になっているんだと思うけど……。アルテナ姉様の担当は、この太陽系全体だから……）

（ひ、広すぎません？　ちなみにイラ様は？）

（私の担当は……、この大陸だけよ）

全然違う！　同じ女神様でも、力に差があるというのが窺《うかが》えた。

……ノア様って、太陽の女神様《アルテナ》と同格なんだっけ？　結構、ヤバい女神様なのでは？

（だから、言ったでしょ。私じゃノアの相手はできないの。で、問題のアンナちゃんの相手をちゃんとしたげるのよ？）

（了解です、イラ様）

俺は、運命の女神様《イラ》の言葉に頷《うなず》いた。

「アンナさん、太陽の光を使った魔法剣の修行と、太陽の女神様《アルテナ》への祈りを続けましょう。声は届いているはずですから」

「マコトさん……わかりました」

俺の言うことに、大人しく頷いてくれるアンナさんだった。そういえば、水の街《マッカレン》でルーシーと魔法の修行をしている時もこんな感じだったっけ。スキルは強いけど、それを使いこなせなくて。ルーシーは、度々魔法を暴走させてたけど、アンナさんはそんなことにはならない。

（のんびりいくか……）

俺は焦らずじっくり修行することにした。

さらに数日後。俺とアンナさんは一緒に修行したり、モモの魔法の習得度をチェックしたりした。そして、いよいよ魔王カインとの約束の前日。白竜さんに送迎をお願いした。

「じゃあ、行ってきますね」

「マコト様～、早く帰ってきてくださいね」

「マコトさん、お気をつけて」

モモとアンナさんに見送られ、俺は最終迷宮《ラストダンジョン》が一つ――『海底神殿』攻略へと向かった。

◇

「こちらで合っているのか？」

「ああ、こっちで間違いない」

俺の隣では、魔王カインが不安そうな目を向けている。表情がわかるのは、兜《かぶと》を脱いでいるからだ。「会話しづらい」と言ったら外してくれた。

今は端整な素顔を晒《さら》している。マジでイケメンだな、この魔王。

服装を整えれば、ホストかモデルにしか見えない。

俺たちが乗っているのは、魔王カインの騎竜である『忌まわしき竜』。

相変わらず眼球が沢山あったり口が沢山あったりと気持ち悪い姿ではあるが……、よく見ると愛嬌《あいきょう》があるような気がしないでもない。

(嘘《うそ》でしょ、あんた。目が腐ってんじゃないの？)

運命の女神様《イラ》、口が悪いですよ。前衛的で、趣があるじゃないですか。

(ないわー)

まあ、俺も無理があるなぁ、と思いながら言いましたけど。

魔王《カイン》には気をつけなさいよ、と言われて運命の女神様《イラ》からの通信は切れた。

ちなみに、白竜さんに送迎してもらった日とカインとの待ち合わせ日は、一日ずらしておいた。間違っても鉢合わせをしないように。

一日待って、無事に魔王カインと俺は合流ができた。現在の俺たちは、西の大陸を出て海底神殿の近くにある『ハーブン諸島』という場所を目指している。

場所は『地図《マッピング》』スキルによって記憶している。

「我が王……、ご注意ください」

俺の後ろには水の大精霊《ディーア》が、魔王カインを警戒するように控えている。

そんなに心配する必要はないと思うけどね。

「そろそろ目的の島だな。まずは、野営地を決めようか！」

「ああ……」

テンションの高い俺と違って、魔王カインの返事をする声は低い。

「どうかした？　カインハルト」

「お前は、気軽にその名をっ！……まぁ、良い。ノア様はお前の言葉を信じても良いとおっしゃったのだ……。私はノア様のお言葉に従う……」

どうやらノア様は俺とカインが海底神殿を目指すことには賛同されたようだ。

そして、俺の正体をあっさり見破ったらしい。

「高月《たかつき》マコト……お前は千年後から来た、ノア様の使徒なのか……」

「まあね」

「私が今までノア様のためにやってきた布教活動は無駄であったと……」

「……言いづらいけど、……残念ながら」

布教活動ってか、ただの脅迫だったしなぁ。どのみち、神界規定によってノア様の信者を増やすことはできない。千年後のノア様は、邪神として忌諱《きき》されていた。

それが魔王カインにとってはショックな情報だったらしい。

「まあ、いいじゃないか。俺たちでノア様を助け出せれば、チャラだよ」

「う、うむ……」

暗い表情の魔王カインに俺は明るく話しかけ、目的地までノア様について会話した。

——ハーブン諸島。

千年後の世界においては、各国の王族・貴族が別荘を構えるリゾート地である。

が、現時点では無人島だ。数は多くないが魔物も住み着いている。俺たちは見晴らしが良い場所に、簡易な拠点を用意した。

「さぁ、海底神殿に行こうか！」

「今からか!?」

俺が出発を提案すると、カインに驚かれた。今回の遠征は二週間を予定している。長期間、モモと勇者アベルを放置しておくのが心配だからだ。なるべく時間は無駄にしたくない。

「だって、まだ昼過ぎだし」

「し、しかし急過ぎないか？」

竜を使って運んでくれたのは魔王カインだ。疲れたのだろうか。

「ま、それなら俺一人で下見をしてくるよ」

「一人でだと!?」

「ちゃんと戻ってくるから」

「いや……私も同行しよう」

結局、一緒に行くことになった。カインの騎竜に拠点を守らせ、俺たちはザブンと海に飛び込んだ。ハーブン諸島の周辺は、暖かい熱帯性気候だ。

海の中には豊かなサンゴ礁と、色とりどりの魚たちがゆったり泳いでいる。

平和だ。俺と魔王カインは、ゆったりと海中を泳ぎ『海底神殿』のある方向を目指した。

ふと、隣を見て気になった。

「泳ぎづらくないのか?」

俺は海中でも全身鎧《よろい》の魔王カインに話しかけた。会話は、水魔法によって行っているが返事がない。

「………」「もしも～し?」

カインが口をパクパクさせているが、聞き取れない。俺は仕方なくカインの腕を摑《つか》んだ。

水中会話の魔法を、カインにもかける。

「聞こえる?」

「ああ……、おまえはよく水中で会話ができるな」

「海底神殿に挑むんだから必須じゃない？」

「泳ぎや水中呼吸はともかく、水中で会話する魔法など初めて知った」

「そっか。ところで、水中で鎧着てるのは不便じゃない？」

「無用な心配だ。この鎧はノア様より賜った神器。どこであろうと不便はない」

「なるほどね」

まあ、神器が魔王カインの最大の武器であり防具なので、外されると戦力半減なので助かるのだが。ただ、困っている点は。

「スピード上げるよ」

魔王カインの泳ぐスピードが遅い。さっさと海底神殿へ向かう入り口である『深海ノ傷《ディープスカー》』までは到達したい。

俺は魔王カインの腕を摑んだまま、水魔法・水流を使って一気に加速した。

「お、おい！」

「舌嚙《か》むなよ」

「待っ」

近くを泳いでいた魚が、一斉にこちらを振り向くのを感じたが、次の瞬間には周りの生物を置き去りにして俺たちは一気に駆け抜けた。

「お、おい！　なんだ今のスピードは。飛行魔法よりも速く水中を進めるものなのか……？」

魔王の口調が弱々しい。

「情けないですねぇ、あの程度で」

水の大精霊《ディーア》が呆《あき》れている。うーむ、正直俺もこれくらいでへばるとは思っていなかった。大変なのは、これからなんだけど……。

「悪い、カイン。次はもう少しゆっくり進むよ」

「あ、ああ……、そうしてくれ」

ノア様の信者という立場では、唯一の仲間なので、ディーアよりは優しめに対応をする。

といっても、ここから先は深海へ潜っていくだけだ。俺たちは暗い海の底へ向かって、ゆっくりと降りていく。水温は下がり、身体《からだ》を冷やされないよう水魔法で調整する。

ほどなくして太陽の光が届かない、完全な闇の世界になった。

『暗視』スキルと『索敵』スキルで、周辺を警戒する。

この辺りの海は魔力《マナ》が豊かで、海の魔物は多い。

「我が王、前方に注意してください」

「あれは……クジラか。大きさが船くらいあるけど」

「あちらから古代巨大鮫《メガロドン》が私たちを見てますね」

「この距離なら大丈夫だろうけど、一応警戒しておこうか」

「お前たち、視《み》えているのか？」

俺と水の大精霊《ディーア》の会話に、カインが戸惑った声を上げた。

「視えてないの？」

「兜があれば……視える」

気まずそうに言われた。『暗視』スキルは使えないらしい。

「兜をつけて」

「ああ……わかった」

魔王カインは思った以上に、神器《そうび》頼りだった。

その後、「な、深海の魔物はこんな巨大なのかっ!?」とか「危険じゃないのか！」とカインが騒いでいたが、どの魔物も水の大精霊《ディーア》を警戒して近寄ってこないよ、と言うと静かになった。こうして一時間以上かけて、深海にたどり着いた。

もちろん、ここは目的地ではない。スタート地点だ。

「さて、海底神殿はあの先だな」

俺が指差したのは、深海の底をざっくりと裂いた割れ目だ。幅は数百メートル、長さは十数キロ。そこは、かつての神界戦争《ティタノマキア》で星が傷ついた跡だと言われている。

通称――『深海ノ傷《ディープスカー》』。

ここから先は異界。星脈と呼ばれる星の力が溢《あふ》れ出し、そこに住む魔物を別次元の存在へ強化しているらしい。その最奥に、海底神殿は存在する。

「さて、じゃあ少し下見に行こうか、カイン」

「ちょ、ちょっと待て！　今日は下見に行くだけ、と言っていただろう!!」

「ああ、だから少しだけ覗《のぞ》いていこう」

「話が違う！」

「まだ、一度も魔物にも襲われてないし」

「う、うむ……それは、そうだが……」

「じゃあ、乗り込もう！　ディーア、周りの警戒を頼む」

「はい、お任せを。我が王！」

俺の言葉に、淀《よど》みなく答える水の大精霊《ディーア》が頼もしい。

周辺の魔物は水の大精霊《ディーア》の魔力《マナ》を警戒して近寄ってこない。

──俺たちは大きな海底の裂け目に、ゆっくりと潜っていった。

(見られているな……)

数百を超える海の魔物たちが、来客者を観察しているのを感じた。『索敵』スキルから察するに、相手は海竜。つまりここは『竜の巣』だ。

「高月マコト……魔物が多いな……」

魔王カインが、俺の腕を強く摑んだ。

「竜の巣だからね」

「竜の巣だと！　ならば、先に攻撃を仕掛けなければ！」

「あっちから仕掛けてこない限りは、無理に戦う必要はないよ」

「しかし、それでは手遅れにならないのか!?」

「大丈夫、大丈夫」

『危険察知』スキルは、まったく反応しない。隣では、水の大精霊《ディーア》があくびをしている。

「仮にも魔王なのですから、もっと堂々としては？」

水の大精霊《ディーア》が珍しく、カインに話しかけた。

「しかし、ここに住むのは魔王軍とは関係のない自然の魔物たちだ。私のことを魔王とは認識できない」

「と言っても、その鎧と剣さえあれば魔物なんて怖くないだろ？」

俺は言ったが、カインからの返事はなかった。まさか……怖いのか？

ゆっくりと下降していくと、深海のはずなのに明るくなってきた。

それは太陽の光ではない。壁面に埋まっている魔石が発光している。魔力《マナ》の光だ。

最初は、ぽつぽつとした光だったのが徐々に数が増している。

さながら、夜空の星のようにキラキラと魔石が輝いている。比例するように、水中の魔力《マナ》濃度も増していっている。確かにここは、別世界だ。

「綺麗《きれい》だな」

「ええ、我が王。精霊にとってここは住みよい場所です」

確かに、水の精霊の数が多い。水の大精霊《ディーア》の魔力《マナ》が、ますます増大しているようだ。

この調子なら、魔物にちょっかいを出される可能性も低いだろう。俺とディーアは、深海の景色を楽しんだ。

「なぁ、高月《たかつき》マコト……。どこまで行くのだ？　今日は、これくらいでいいのではないか？」

魔王カインは、どうやら楽しくないらしい。こんなに綺麗な景色なのに。

しかし、今日はこれくらいでいいか。

「そろそろ上に戻ろうか」

「ああ！　そうしよう！」

「ええ～、私はもう少しここに居たいのですが」

水の大精霊《ディーア》は不満げだが、初日だし上々だろう。俺たちは、拠点に戻ることにした。

拠点に戻り、帰りに獲《と》った魚を焼いて食事にした。火起こしは、カインにやってもらった。

「明日から本格的な探索だから、今日は早めに休もう」

「……楽しそうだな、高月マコト」

「そうかな？」

「ああ……私は、冒険というものを初めてやったがこれほど疲れるとは思わなかった」

そう言うと、魔王カインは鎧を着たまま横になった。

「なぁ、カインハルト。それはいくらなんでも寝辛《ねづら》いだろ？」

俺が言うと、魔王カインはきっと俺を睨《にら》みつけた。

「鎧《よろい》を脱いだ無防備な寝込みを襲うつもりか！　ノア様の神器は誰にも渡さぬ！」

「いや、そういうつもりじゃなくて……、明日は『深海ノ傷《ディープスカー》』の奥に進むから疲れはなるべく残さないようにね。先に寝るなら、俺が見張りをするよ。おやすみ」

そう言って、俺は水魔法の修行を開始した。

「おまえは……寝ないのか？」

「あとで寝るよ」

答えながら、水魔法で水の蝶《ちょう》を作っていく。海際の拠点なので、水の精霊は豊富だ。

もしかすると、海底神殿の近くであることも関係しているのかもしれない。

ふと上を向く。夜空の星が綺麗だ。

「…………高月マコト」

しばらく修行をしていると、名前を呼ばれた。

「どうかした？　カインハルト」

「……いや、なんでもない。……また明日に」

「ああ、明日はもっと奥まで探索しよう」

「………………」

俺の言葉に返事はなく、ほどなくして寝息が聞こえてきた。初めての海底神殿攻略に向けた冒険に、その夜はなかなか寝付けなかった。結局、俺が寝たのは明け方近くだった。

――こうして、最終迷宮《ラストダンジョン》への挑戦の初日が終わった。

◇モモの視点◇

マコト様が行ってしまった。なんでも『海底神殿』という場所で、修行をするらしい。

ここのほうが安全なのでは？　と私は思うのだがマコト様は自分に厳しい人なので、より過酷な環境に身を置きたいらしい。

「はぁ……マコトさん……」

あちらではアンナさんが艶っぽくため息を吐《つ》いている。

あれはただの恋する乙女だ。本人は頑《かたく》なに認めようとしないけど。

「チビっ子。上の空のようだが？」

白竜師匠がやってきた。

「ち、違います。練習しています！」

私は木魔法の詠唱を行う。

「木魔法・捕縛の蔦《つた》！」

ばっ！　と木の根が八方に広がり、敵に見立てたカカシをぐるぐる巻きにする。地味な魔法だが、小さな竜ですら捕らえることができる魔法らしい。

「できましたよ！　白竜師匠！」

「ふむ、流石《さすが》は『賢者』スキル所持者だな。覚えが早い」

「やった！……でも、どうして攻撃魔法じゃないんですか？」

私は首をかしげた。マコト様が戦おうとしているのは、魔王。

恐ろしい敵だ。私を吸血鬼《ヴァンパイア》にした相手でもある。だから私はもっと強い攻撃魔法を覚えたほうがいいんじゃないだろうか？

「不死の王《ビフロンス》の配下は、不死者《アンデッド》が多い。本来は聖なる属性である『太陽魔法』が望ましいのだが……、半吸血鬼《ハーフヴァンパイア》であるチビっ子が使うには適していない。下手な攻撃魔法より、足止めをしたほうが役に立つ」

白竜師匠が淀みなく答えてくれた。

「はぁ……なるほど」

「それにうちには『戦略魔法士』が居るからな。攻撃はやつに任せるのがよいだろう」

「戦略魔法士……？」

耳慣れない言葉に、私は首を傾《かし》げた。

「かつて精霊使いをそう呼んでいた時代があったのだ。今は使われていない呼び名だが」

「マコトさんの話ですか？」

気がつくとアンナさんが、会話に入ってきた。

「白竜師匠、戦略魔法って何ですか？」

「都市、もしくは国そのものの破壊を目的とした魔法……、別名『無差別殺戮《さつりく》魔法』とも呼ばれていた」

「「え？」」

私とアンナさんは顔を見合わせる。とんでもなく物騒な名前が出てきた。

「子供、老人、関係なく全てを破壊する魔法だよ」

「ま、マコトさんはそんなことしません！」

「そうですよ、マコト様は優しい人です！」

私とアンナさんの反論に、白竜師匠はため息を吐いた。

「する・しないではなく『それしかできない』のだ。精霊魔法は細かい運用が困難だ。

使ったら最後、敵味方を巻き込み全てを飲み込む……、そういう魔法だ」

「でも、マコトさんは私たちを巻き込んだりは……あ」

「大迷宮《ラビュリントス》のことを忘れていたのか、勇者くん。水の大精霊《ウンディーネ》のせいで、危うく死にかけただろう？」

「……はい」

「でも、マコト様はあれ以来すごく気を遣ってますよ！」

私が言うと、白竜師匠は小さく頷《うなず》いた。

「その通りだ、精霊使いくんは私たちを巻き込まぬように精霊魔法を使う。あんな使い方はできないはずなのだが」

「やっぱりマコト様は凄《すご》いってことですね！」

私が言うと、白竜師匠は難しい顔をした。

「我々の扱う魔法は所詮、『神の奇跡』の模倣。あれほどの力であれば、どこかの力のある神の加護を得ていなければおかしいのだが」

「マコトさんは、信仰する神はいないと言ってましたね」

アンナさんの言葉の重要性が、私はピンとこない。私も特に神様を信じていないから。

「それだけではない。天界に住まう女神様は、精霊魔法を嫌っている」

「女神様が……？」

アンナさんが不思議そうに呟《つぶや》いた。私も気になった。女神様が嫌うってどういうこと？

「精霊魔法を使うと、環境破壊が大き過ぎるからな。意図的に天災を呼ぶようなものだ。時代の流れと共に『精霊使い』の才能《スキル》を持つ者は、減っていった。女神様がスキルを与えないようにしたのだ」

「でも、マコトさんは太陽の女神様《アルテナ》の神託を受けたと……」

「そう言っていたな……」

白竜師匠は、わずかに眉に皺《しわ》を寄せ考えるように顎に手を添えた。

「私は精霊使いくんが、この世界の人間ではないんじゃないかと思っている」

「この世界の人間ではない？」

「ど、どういうことですか……？」

「精霊使いくんと話していると、なぜかこの世界の常識に疎い。そして、突然変異したかのような異常な精霊魔法の使い手であること。数百年に一度くらいの割合で現れる異世界人の特徴に合致している」

「マコトさんが……」

「異世界人……？」

想像もしなかった言葉に、私は頭が追いつかなかった。

「私の勝手な予想だぞ？　的外れかもしれん。気になるなら本人に質問すればいい」

「白竜師匠は、気にならないのですか?」

「気にはなるさ。だが、本人が何も言わないなら隠したいのかもしれんからな」

「むぅ」

知りたい。マコト様のことなら、何でも知りたい。

よし! 帰ってきたら、色々質問してみよう。

そういえば、出会った頃によく読んでいた本を最近は読まなくなっていた。

最近は、修行の合間に文字を習っているから貸してもらってもいいかもしれない。それから毎日魔法の修行をして、マコト様の帰りを待った。

「待ち遠しいですね、アンナさん」

「うん、え! いや……僕は別に……」

「いい加減、認めましょうよ。マコト様が好きだって」

「ち、違うよ! 僕はマコトさんを尊敬しているけど、好きだなんて!」

「この前、寝言で言ってましたよ。マコト様のこと」

「へっ!? う、嘘《うそ》だ! 嘘だよね? モモちゃん!」

「さぁ~?」

まあ、一回だけ「マコトさん……」って寝ぼけたアンナさんが言ってただけなんだけど。

慌てるアンナさんが面白かったので、詳しくは説明しなかった。

そして、やっとマコト様が戻ってくる日になった。白竜師匠が待ち合わせ場所に、迎えに行った。私はソワソワしながら、帰りを待った。

(帰ってきた！)

私とアンナさんは急いで迎えに行って、……マコト様の姿を見て言葉を失った。表情は暗く眼《め》は虚《うつ》ろだ。こんな顔は見たことがない……。

いつも綺麗《きれい》にしている服装は、ボロボロになっていた。足取りはおぼつかなく、ふらふらと神殿に向かって歩いていった。

「あの……マコト様……？」

私がオロオロしながら話しかけたが、何も答えてもらえず、マコト様は倒れるようにベッドに横たわった。マコト様ー!?　何があったんですかー!!

◇アンナの視点◇

「うーん……、やっぱあれはないわー……。あんなん、攻略できねーわー……」

マコトさんが、ベッドでうなされている。戻ってきてもう丸二日。ずっとあの調子だ。

「マコト様……、喉が渇いていませんか？　はい、水を飲んでください」

「ん……、サンキュー、モモ」

モモちゃんが甲斐甲斐《かいがい》しく、マコトさんにコップで水を飲ませている。

マコトさんは、なされるがままだ。

「ふふふ♡、美味《おい》しいですか？　昼ごはんは私が作りますからね」

「助かるよ、モモ」

「いいんですよ～、マコト様はずっと無理してたんですから～よしよし」

モモちゃんが、マコトさんの髪を撫《な》でながら優しく声をかけている。

モモちゃんが男を甘やかす女になってる……。あれでいいのだろうか？

「なんだ、まだあの調子なのか？　精霊使いくんは」

後ろから呆《あき》れた声が聞こえた。

「白竜様」

「あれが一年後に魔王と戦おうと言っていた男か……、随分と情けないものだ」

「それは、マコトさんが海底神殿で恐ろしい存在と出会ったからだと……」

「わかっているが、そろそろ復活してもらわんとな」

そう言って白竜様は、マコトさんに近づいて……蹴った!?

マコトさんがゴロンとベッドから転がり落ちる。

「痛い」

マコトさんがぼやく。あんまり痛くはなさそうだ。

「白竜師匠！　何をするんですか！」

モモちゃんが怒りの声を上げる。

「ええいっ！　軟弱な。それでも私を力ずくで従えた男か！」

「……そろそろ起きます」

マコトさんが「んー」と伸びをしながら、ベッドから立ち上がった。一昨日《おととい》と比べると、顔色はすっかり戻っている。

「あの……、マコトさん。一体何があったのですか？　海底神殿で」

僕はおそるおそる尋ねた。実は、マコトさんのあまりの落ち込みように何があったかを詳しく聞けていないのだ。

「あー、それはですね～……」

マコトさんの口から語られたのは、とんでもない内容だった。

「神獣リヴァイアサンに邂逅《かいこう》した……だと……」

白竜様が、顎が外れそうなほど大きな口を開けて驚いている。

「マコト様、神獣とはそんなに恐ろしい相手だったのですか？」

「まあ、神獣もヤバいやつだったけど、それよりも問題がね……」

「問題？」

「申し訳有りません……我が王……」

マコトさんの隣にふわりと現れたのは、水の大精霊《ウンディーネ》のディーアさんだ。

いつもの傍若無人な振る舞いはなりをひそめ、小さくなっている。

「精霊魔法が……無効化される結界が張ってあるんだよ……」

「えっ!? じゃあ、水の大精霊《ディーア》はどうしたんですか？」

モモちゃんが聞くと、水の大精霊《ディーア》さんは悔しげに俯《うつむ》いた。

「近づけないのです……、あれは海神《ネプトウス》が創生した、全ての精霊を拒絶する結界……、くそっ！ 忌々しい聖神族《オリュンポス》共め！ 我らの主《あるじ》が復活した暁には……」

「はい、ストップ。ディーアは黙ろうか」

マコトさんが少し慌てた風に、水の大精霊《ディーア》さんの口をふさいだ。海神様は、太陽の女神《アルテナ》様のおじにあたる高位の神様のお一人だ。そんな神様が、精霊を防ぐ結界を張った……？

「えっと、じゃあディーアは役に立たないので、海底神殿は諦めるってことですか？」

モモちゃんの発言に、ディーアさんが「何をー！ このチビ！」とつかみかかる。

「本当のことでしょー！」

モモちゃんが応戦している。

「ケンカしない、二人共。海底神殿の攻略は続けるよ。……攻略方法は思いつかないけど。精霊魔法なしってのがきつ過ぎるんだよなぁ……」

マコトさんが大きくため息を吐《つ》いた。その口調は、いつもの彼だった。調子を取り戻してきたのかもしれない。その時だった。

「待て待て待て待て待て待て待て！」

固まっていた白竜様が、慌てて会話に割り込んできた。

「せ、精霊使いくん！　わかっているのか!?　相手は神獣リヴァイアサンだぞ！　神話時代に、神々の戦争で使われた『星間戦争』兵器だぞ！　敵《かな》うわけがないだろう！」

その言葉に、僕とモモちゃんがキョトンとする。……せいかん戦争、という言葉は初めて聞いた。おとぎ話で聞いた『神界戦争《ティタノマキア》』のことだろうか？

「知ってますよ。イ……女神様に教えてもらったので」

マコトさんは、うんざりした顔で言った。

「神獣リヴァイアサンの能力は、大洪水によって、世界の全てを海に変える……らしいですね。『神界戦争《ティタノマキア》』における三大戦力の一つ。流石《さすが》にあれとまともに戦おうとは思いませんよ。なんとか、やり過ごすしかないですね」

「できると思っているのか!?　古い神族《ティターン》や、外なる神々とすら戦ってきた神話の怪物だぞ！　魔王なぞとは比較にならんぞ！」

「生憎《あいにく》、そっちが俺の主の目的なんですよ。……まあ、メルさんには迷惑かけないようにするので」

「いや、神獣リヴァイアサンを怒らせると世界が滅ぶのだが……。君は一体何を考えているんだ……?」

「大丈夫ですって、アレにはケンカを売りませんから」

「本当か……?　なら良いが」

白竜様とマコトさんの話に、僕はついていけない。ただ、マコトさんはそのとてつもない相手に対しても、目標を諦めていないのだけは理解した。

「さて、修行するかー。モモ、行こうか」

「えー、もっと甘えてくださいよー。ほら、膝枕しますよー」

「これ以上は寝てられないかなー。一週間分くらい寝溜《ねだ》めしたから」

「あーあ、師匠がもとに戻っちゃいました」

「留守の間はどうだった?」

「ふふふー、見てくださいよ。バッチリですから、師匠は驚きますよ!」

話しながらマコトさんとモモちゃんは行ってしまった。

「やれやれ……」

白竜様は、安心したように神殿の椅子に腰掛けた。

自分でお茶を淹《い》れてくつろいでいる。僕はどうするか迷った末、マコトさんとモモちゃんが修行しているほうへ向かった。外からは、二人の声が聞こえる。

「え？」

外に出て、二人の姿を見て僕はあっけにとられた。

「分身魔法！　そして空間転移《テレポート》！」

七人に分身したモモちゃんが、不規則に移動、もしくはテレポートをしながらマコトさんに攻撃をしかけている。

僕は目で追うのがやっと！　モモちゃん、いつの間にこんな魔法を取得してたんだ!?

が、そこからがすごかった。

「水魔法・水牢《みずろう》」

慌てる様子もなく、マコトさんが魔法を使う。

シュッと、水の捕縛魔法が出現して、七人のモモちゃん全員が捕まった。

「ぎゃー！　全員同時に捕まった!?　完全に死角から仕掛けたのに！　何で!?」

「さっきの攻撃は、なかなか良いね。焦ったよ」

「全然焦ってないじゃないですかー!!　どうやったんですか！」

「360度視点と精神加速《マインドアクセル》を使って。あと俺の水魔法は発動が早いからね」

「むぅぅ、マコト様を驚かせられると思ったのに！」

「驚いたよ」

「全然、驚いてない！　スカした顔も今のうちですよ、私の必殺技を見せてやります！」

「いいだろう。俺の『明鏡止水』は、神様でも崩せないからな」

「ちょっと海に修行に行って、怖い目にあったからって引き籠もっていたマコト様の平常心を崩すなんて、チョロいもんですよ！」

「それは言うな！」

会話をしながらモモちゃんが落雷《サンダーボルト》を放つ。発動が早い！

「甘いですよ、チビっ子」

マコトさんの隣に現れた水の大精霊《ディーア》さんが、落雷《サンダーボルト》を手で払った。

落雷《サンダーボルト》って、超級魔法なんだけど⁉　それを落ち葉を払うように防ぐなんて！

それからも次々に、多彩な攻撃をしかけるモモちゃん。それを全て余裕で受け流すマコトさん。マコトさんは、モモちゃんの成長を見て楽しそうに相手をしている。

（あ、あれ……モモちゃんがすごく強くなってる……？）

マコトさんは言わずもがな。白竜様も凄《すさ》まじい魔法の使い手で、古竜《エンシェントドラゴン》の身体能力を持っている。も、もしかしてこのパーティーで、僕が一番弱い……？

（マコトさんを心配している場合じゃなかった！）

このままじゃ、僕がお荷物になってしまう！

それから、必死で魔法剣や回復魔法の修行をした。

「……マコトさん、寝ないんですか？」

深夜になっても、水魔法の修行を続けているマコトさんに僕は声をかけた。

「昨日寝たので、今日は大丈夫ですよ」

「は、はぁ……？　そうですか」

冗談ですよね？　本気で言ってるようで怖い。

「ふわぁ……、我が王、私は寝ますね～」

「ああ、おやすみ。ディーア」

水の大精霊《ディーア》さんが寝てるのに！　モモちゃんは、とっくに熟睡している。

早寝早起きの吸血鬼《ヴァンパイア》もどうかと思うけど……。白竜様も規則正しい生活なので、一番人間離れした生活をしているのはマコトさんだ。

「アベ……アンナさんの修行は、順調ですか？」

マコトさんに聞かれ、僕は「うっ」と言葉に詰まった。

どう答えようか考えた末、僕はマコトさんの隣に腰掛けた。

「アンナさん？」

戸惑った声で名前を呼ばれた。すぐ隣のマコトさんの肩に、少しだけ身体《からだ》を預ける。

「正直、行き詰まっています……」

マコトさんの肩に頭を乗せて、弱音を吐いた。

肩を抱き寄せてくれないかな、と思ったけどそれはしてもらえなかった。

でもマコトさんは、魔法の修行の手を止めて、僕のほうに顔を向けてくれた。

「メルさんから聞いた話だと、『光の剣』は発動できるようになったんですよね？」

「……はい、でも使用できるのはほんの数秒です」

僕は小さな声で答えた。大迷宮《ラビュリントス》で魔王カインに、唯一攻撃が通った魔法剣技。

太陽の光が届く環境下で、ほんの数秒、一撃を与えられるくらいの時間しか持たない。

その後、もう一度発動するためにはしばらく時間がかかってしまう。正直、実戦で使えるとは思えない。が、マコトさんの考えは違ったようだ。

「十分ですね」

悪いことを企《たくら》んでいるような顔で、ニヤリとした。

「十分？」

意味がわからない。たった数秒しか使えない魔法剣技が使い物になるはずがない。

「魔王の配下は、ジョニィさんたちに頑張ってもらって、側近の『セテカー』と『シューリ』は……メルさんと俺でなんとかするとして、問題は魔王か。水の大精霊《ディーア》の姉妹に力を借りるか、また寿命が減るなぁ……」

「あの、マコトさん……？」

「アンナさんは、『光の剣』が撃てるように準備だけしておいてください。魔王が避《よ》けられないように、俺が動きを止めておきますから」

「……」

本気で言ってるのだろうか？　この人は。

「冗談ですよね？」と言おうとして気づいた。

その目はふざけていなくて、気負ってもいなかった。——その程度は、大したことはない。

マコトさんの目を見て、僕はそう感じた。この人は、一体何者なんだろう……？

これまで出会った誰とも違う。

魔王に支配されるこの世界で、マコトさんだけは僕たちと見ている世界が違うような気がした。

——トクン、と胸が高鳴った。

マコトさんがいない間、ずっとこの人のことを考えていた。

マコトさんが戻ってきて、彼のことをずっと目で追っている自分がいる。

火の勇者《ししょう》が死んでしまって、夜寝る時はいつも泣いていた。

でも、最近は泣かなくなった。マコトさんのことを考えると、気持ちが安らぐ自分がいる。

モモちゃんにからかわれて、それを否定してきた。でも、誤魔化すのは……無理みたいだ。

（魔王を倒したら……、僕の気持ちを……でも）

今は、自分の責務に集中しよう。僕にしか使えない魔法剣技──『光の剣』を使いこなす。

そして、育ての親である『火の勇者』の悲願である魔王を倒し、この大陸を人族の手に取り戻す。だから、それが終わったら──マコトさんに想《おも》いを伝えよう。

◇

一年後。僕はモモちゃんと一緒に、可能な限り自分を鍛えた。

白竜様に魔法を教えてもらい、剣は『火の勇者』の教えを思い出し、合間で太陽の女神《アルテナ》様へ祈った。

モモちゃんは、どんどん実力をつけていった。

マコトさんは、モモちゃんの修行の相手をしたり、僕の相談相手になってくれたり、たまに『海底神殿』へ行ったりしている。

そして時が流れ──魔王との決戦の日がやってきた。

二章　高月マコトは、魔王へ挑む

俺たちは大迷宮《ラビュリントス》へ戻ってきた。実に一年ぶりである。

「ジョニィさん。街の住人が増えましたね！」

俺は思わず驚きの声を上げた。

「うむ、古竜《エンシエントドラゴン》が街の安全を保ってくれるからな。噂《うわさ》を聞きつけて近隣の民も避難をしてきている」

ジョニィさんが満足そうに頷《うなず》いた。中層の地底湖一帯に広がる巨大な地下の大都市を眺めた。水の街《マッカレン》より大きな街になっている。

「わー、モモちゃん。久しぶり〜。元気だった？　大きくなったね！」

「木の勇者《ジュリエッタ》さん、お久しぶりです！……私は成長できないんですけどね」

「あー、そうだったー。吸血鬼《ヴァンパイア》だもんねー、あはは」

あちらではモモと木の勇者さんが再会を喜んでいる。

「なぁ、おまえ……本当にアベルなのか？」

「アベルじゃなくて、アンナですってば、土の勇者《ヴォルフ》さん！」

「う、うーむ。火の勇者《オルガ》から、アベルは特殊な体質だとは聞いていたが……まさか女だったとは……」

「言っておきますけど、この姿でも剣の腕は以前よりずっと強いですから！」

「ほう、では一つ実戦形式の稽古と行くか」

「いいですよ！」

あっちでは、土の勇者さんとアンナさんが剣士らしい会話をしている。

久しぶりに会う人たちは、みんな元気そうだ。

「大母竜様《マザー》！　よくぞ戻られました！」

「うむ、息災であったか？」

「はい、我らの棲家《すみか》は変わりありません！　これからは最深層へ戻るのですよね？」

「うん？　これから精霊使いくんは魔王と戦うつもりだから私も一緒に……」

「何を馬鹿なことを！　もしも竜王様の耳に届いたらどうされるおつもりですか!?」

「しかしだな……」

「どうか、考えをお改めください、大母竜様《マザー》！」

「その通りです。既に十分な義理は果たしたでしょう！」

「戻ってきてください！　地上の争いに我々が巻きこまれる必要はありません！」

「大母竜様《マザー》！」

「…………うーむ」

白竜《メル》さんと仲間の古竜《エンシェントドラゴン》たち（人型形態）の会話が聞こえてきた。

あっちは少し立て込んでいるようだ。多分俺が原因だけど。

白竜さんには、この半年お世話になった。家族に心配をかけているようだ。

千年後に伝わる物語の聖竜様は、大魔王《イヴリース》討伐まで救世主アベルの仲間だったはずだが、あの様子では難しいかもしれない。

魔王との戦いに、白竜さんをどこまで巻き込んでいいのだろうか。悩ましい……。

俺はすっかり様変わりした中層の地下都市を眺めた。

中層の地底湖にそって大小様々な露店が並んでいる。

そして、駆け回る子どもたち。みんな笑顔だ。ここって、本当に迷宮《ダンジョン》か？

かつて俺とルーシーが死にそうになりながら、魔物の群れに襲われた大迷宮《ラビュリントス》・中層と同じ場所と思えない。未来変わっちゃわない？

「変わったに決まってるでしょ、馬鹿マコト」

「え？」

その声に驚き、ぱっと振り返る。

そこには、煌《きら》びやかな衣装を纏《まと》った美しい少女が立っていた。見覚えのある顔だ。

「な、なぜ、ここに？」

「待っていたわ、高月《たかつき》マコト」

腰に手を当て、高飛車に言い放つのは運命の巫女《エステル》さん。

そして、きっと運命の女神《イラ》様が降臨しているのだろう。

「そういえばエステル殿は、マコト殿を待っていたのだったか。マコト殿、魔王と戦うのであれば、私に声をかけてくれ。準備はできている」

ニコリともせず、ジョニィさんは無造作に束ねた長い髪を揺らしながら離れていった。

腰に差している長い刀と、袴《はかま》のような服装も相まって『侍』のようにしか見えない。

なんというか、絵になる人だ。

「ありがとうございます、ジョニィさん」

俺が御礼《おれい》を言うと、少しだけ振り向き「ふっ」と笑った。格好いいなぁ……。

「ちょっと、私を無視するとはいい度胸じゃない？」

「失礼しました、エステ……運命の女神《イラ》様。ところで、どうしてここに？」

「あんたに話があるからに決まってるでしょ。ちょっとこっちに来なさい」

そう言って、俺はイラ様に物陰へと引っ張られた。


——中層にある大きな滝の裏にある洞窟。

人気《ひとけ》はなく、滝の音だけが心地よく響く。

ここなら、秘密の会話にはぴったりだろう。

むかし、さーさんと再会した時のことを思い出した。

「何を感傷に浸ってるのよ」

運命の女神様《イラ》にデコピンされ、我に返った。

「失礼を、女神様」

女神様の御前でしたね。

「ふん、心配だから様子を見に来てあげたわ！　感謝しなさい。あなたが大迷宮《ラビュリントス》の歴史を大きく変えたから、あとで修正をしておかないと……本当に面倒だわ」

「やっぱり歴史の改変が起きてますか……」

大迷宮《ラビュリントス》の中層にこんな巨大な街ができたなんて話、聞いたことがない。さーさんの祖先のラミア族は大丈夫だろうか？

「そこは、あなたが心配することじゃないわ、高月マコト。それより、魔王との戦いはどうするつもり？　勝算はあるんでしょうね？」

運命の女神様《イラ》が、鋭い視線を投げかける。俺は小さく「ふっ」と笑った。

「任せてください、ばっちりですよ」

一年間、遊んでいたわけではない。が、イラ様はじとりと半眼でこちらを見つめた。

「どーだか、海底神殿に何回も挑戦してたくせに。うっかり死んだらどうするつもりだったのよ！　結局、全部失敗してたじゃない」

「まぁ、結果は残念でしたが過程も大事ですよ。おかげで、あいつと重要な『約束』も取付けられましたし」

「まぁ……それは、確かに。よくあんなことを約束させたわね……」

　呆《あき》れた顔で苦笑された。

「で、作戦を教えなさいよ。私がチェックしてあげるわ」

「ええ、いいですよ。まずは、俺が先行して準備を……」

「あのっ！」

「「ん？」」

　俺と運命《イ》の女神《ラ》様がこそこそ話していると、誰かが乱入してきた。

「白竜《メル》さん？」

「あら、白竜ちゃんじゃない」

　乱入者は白竜さんだった。彼女の目は、大きく見開かれている。

　仲間の古竜《エンシエントドラゴン》たちとの話し合いは終わったのだろうか。

「神聖な魔力《マナ》を感じたので、不敬かと思いつつ会話を聞いていたのですが……貴女様《あなたさま》は、もしや運命《イ》の女神《ラ》様……なのですか？」

　俺と運命《イ》の女神《ラ》様は顔を見合わせる。バレてしまったようだ。

「えっとね、このことは……」

「誰にも言いません！　ああ、もう一度お会いできるとは……」

何事にも動じることが少ない白竜さんが、とてつもなく感動している。

そういえば、運命《イ》の女神様《ラ》に昔助けてもらった、とか言ってたっけ？

そんなことをぼんやり思い出していると、瞳が潤んでいる白竜さんが俺のほうを見た。

「精霊使いくん、君は運命《イ》の女神様《ラ》の使徒だったのだな」

「「え？」」

いや、違うんだけど。ノア様の使徒なんだけど。

「運命《イ》の女神様《ラ》に対して、あれほど親しげに会話できる存在……、ようやく合点がいったよ。私の竜族《かぞく》を説得して、我々は運命《イ》の女神様《ラ》の使徒殿に従います。会話を邪魔してしまい、申し訳ありません。どうぞ続けてください」

そう言って白竜さんは去ってしまった。

「「…………」」

取り残されたのは、俺と運命《イ》の女神様《ラ》だ。

「あんた私の使徒になる？」

「なりませんよ……、そもそも使徒は別にいるんじゃないんですか？」

「いないわ。というか、太陽《アルテナ》の女神姉様が、『使徒』システムは禁止したのよ」

「禁止？」

それは初耳だ。でも確かに『勇者』や『巫女《みこ》』はいるが、俺と同じ『使徒』にはほとんど会ったことがない。カインだけだ。

「『勇者』や『巫女』は、女神の声を聞けるだけなんだけど、『使徒』って姿まで視《み》えるでしょ？　神族の姿を地上の民が見たら、少なからず精神に影響を与えちゃうから……」

「精神に影響？」

「精神汚染……、簡単に言うと精神が錯乱するのよ」

そう言えば、そんな話をノア様から聞いたことがある。

「俺は平気でしたけど」

「それは、あんたがおかしいのよ」

「失礼ですね」

「どっちが失礼よ。さっき白竜ちゃんも言ってたでしょ？　あんたは女神に馴《な》れ馴《な》れし過ぎるわ。何を見下ろしているのよ、ほら、跪《ひざまず》きなさい」

運命の女神《イラ》様が、俺の頭をぐいぐい押さえつけてきた。が、小柄で非力な少女だが、低ステータスの俺だとあっさり負けてしまう。

「嫌だ！　俺が跪く相手は一柱《ひとり》だけだ！」

「へぇ、そう？　じゃあ、あの女《ノア》の使徒を屈服させてやるわ」

「性格悪いな！」

「ふふふ、そのセリフで私の慈悲の心がなくなったわ！　私の足を舐《な》めなさい」

ドSだ！　ドS女神だ！

「いやだ！　俺が足を舐めるのはノア様《あのひと》だけなんだ！」

「あんた、変態なの……？　にしても、力弱いわね」

「やめろー！」

抵抗するも虚《むな》しく、哀れな俺は小柄な巫女にマウントを取られた。まじ、俺の力弱ぇー。

「さぁ、捕まえたわよ。私に服従しなさい」

俺は運命の女神《イラ》様に下敷きにされている。

「くっ、殺せ！」

「ふふふ、観念するのね。高月マコト……」

そんな馬鹿なやり取りをしていた時だった。

「マコトさん……？」「マコト様……何をしてるんですか？」

俺とイラ様しか居ないはずの場所に、別の人の声が聞こえた。アンナさんとモモだった。

「「「…………………」」」

轟々《ごうごう》と滝の音だけが響く。

「ご、誤解だ……」「ち、違うの……」

俺と運命の女神《イラ》様が同時に言葉を発した瞬間。

「マコトさんの馬鹿〜〜〜！」「マコト様のアホ〜〜!!」

アンナさんとモモは、走り去っていった。俺とイラ様は、ぽつんと取り残される。

「あんた、あの二人はパーティーの主力でしょ！　まずいんじゃない!?」

「運命の女神様《イラ》は未来が視えるんですよね!?　教えてくださいよ！」

「誰だってうっかりはあるわよ！」

「あんた、神様だろ！」

「今は降臨しているから人寄りなのよ！」

俺と運命の女神様《イラ》は、責任を擦《なす》り付け合った。

決着はつかなかったので、走っていった二人を追いかけることにした。

誤解は解けた………と思う。

こうして、魔王との戦いの準備は着々と（？）……進んでいった。

◇モモの視点◇

「あの、マコト様。本当に私たち二人だけで良いのですか？」

私は不安をにじませた声で尋ねた。

不死の王《ビフロンス》が居る魔王城。そちらへ向かっているのは、たった二人。

白竜師匠やアンナさん、木の勇者《ジュリエッタ》さんや大迷宮《ラビュリントス》の街にいる他の戦士たちはあとから追いかけてくる手はずになっている。とはいえ、やっぱり二人では不安だ。

向かう先で待ち受けるのは、この大陸を支配する魔王なのだから。

「大迷宮《ラビュリントス》でゆっくり休んだし、いい天気だ。別に心配することないだろ？」

肝心のマコト様は、憎たらしくなるほど飄々《ひょうひょう》とした答えを返してきた。私の好きな人ではあるが……、この価値観の相違はなんとかならないものだろうか？

「どこが良い天気なんですか……。大雨ですよ？」

雨音はうるさいし、視界も悪い。これを良い天気と言える神経がわからない。

「この雨は水の大精霊《わたし》が降らせてるんですよ、チビっ子」

「わかってますよ、ディーア」

ふわりとマコト様の隣から現れたのは、水の大精霊《ウンディーネ》のディーアだ。態度がでかいが、その分、実力は凄《すさ》まじい。なんせ白竜師匠ですら「あれには敵《かな》わん」と言っている。私なんて、一捻《ひとひね》りだ。でもマコト様の隣に我が物顔で侍《はべ》っているのが気に入らない。

「マコト様、なんで雨を降らせてるんですか？」

私が彼の腕に絡みつくと、反対側から水の大精霊《ディーア》も腕を掴《つか》んでくる。

「ま、それは到着してから説明するよ。要は魔王城攻略の仕込みだから」

マコト様は楽しそうだ。これから魔王と戦うというのに。呆れるほどいつも通りだ。

「むぅ……、まぁ、それはわかりました。ただ、私が魔王と戦うのは駄目っていうのは納得できません！」

こちらについては、強い口調で訴えた。そう、あれほど頑張って修行したのに私は魔王との戦いは不参加だと言うのだ。そんなのってない！

「仕方ないだろ。運命の女神様《イ ラ》曰《いわ》く、吸血鬼《ヴァンパイア》のモモは『不死の王《ビフロンス》』に近づけば、再び操られる恐れがあるっていうんだから」

「でも……、だからって……」

「俺やアベルさん、メルさんはモモが敵に回れば戦えない。少なくとも、俺は無理だ。だから、今回のモモはサポートに回ってくれ。戦闘不能な負傷者が居たら、空間転移《テレポート》で戦闘区域外まで運んでほしいんだ」

「うぅ……、はい……わかりました」

私はしょんぼりと頷《うなず》いた。そんな風に言われたら、従うしかない。

「ふっ、我が王のお世話は私がしますから、チビっ子の出番はありませんよ」

「何をー！　海底神殿ってところじゃ、役立たずだったくせに！」

「そ、それはっ!?　海底神殿以外なら、水の大精霊《わたし》は超有能なんだから！」

「はん！　マコト様が一番行きたい場所は、海底神殿だって私は知ってるんだから！」

「う、うるさいー、このチビ。貧相な身体《からだ》してるくせに！」

「な!?　あんたこそ身体が水でできてるんだから、なんにもできないでしょー！」

「ふふん、我が王と同調《シンクロ》すれば、あんなことやこんなことを……」

「わ、私だってやろうと思えば……」

「はい、ストップ。魔物が出たよ、二人共」

言い争う私の口を、マコト様が塞いだ。私は慌てて、視線を前に向ける。目の前には、巨大な鬼の不死者《オーガアンデッド》が氷漬けになっていた。どうやら、マコト様が凍らせたらしい。

「あんまり騒がしくするなよ」

「「はい……」」

怒られた私たちは、静かに頷いた。ちらっと氷漬けになっている魔物に目を向けた。

それにしても……、白竜師匠のもとで魔法の修行をしたからこそ、わかったことがある。

マコト様の魔法の発動は速すぎる。そしてさらに……。

私は、周りを見回した。空からは土砂降りの雨。なのに、私たちに雨は当たらない。

大粒の雨は、まるで生き物のように私たちを避《よ》けていく。

地面だってそうだ。こんなに泥濘《ぬかる》んでいるのに、私やマコト様の足元だけは歩きやすい。

いや、むしろ水が私たちを勝手に運んでいる。不思議な状況だった。

理由はわかる。マコト様が、水魔法で雨や水を操っているのだ。

だから、私とマコト様は雨に濡《ぬ》れないし、雨水だらけの地面をスイスイ歩ける。

不規則に降る雨の水が、一粒たりとも私に当たらない。

そもそも、この雨すらマコト様の魔法なのだ。見渡す限り、どこまでも広がる雨雲。

一体、どこまでがマコト様の魔法なんだろう……？

わからない。どうやったらこんなことができるのか。

ただ少なくとも一つだけわかる。私は同じことができる気がしない……。

「モモ、どうかした？」

マコト様が心配そうに尋ねてきた。

「いえ……、にしてもこの雨を降らせている水魔法。なんて名前なんですか？」

「ん～、別に名前はないかなぁ。単に雨を降らせるだけなら、モモにだってできるだろ？」

「こんな広範囲には無理です！　それに、私たちだけ濡れないようにするのだって、複雑な術式が……」

「そんなの『当たるな』って思えば、勝手に水が避けてくれるだろ？」

「…………」

駄目だ、理解できない。白竜師匠に教わった魔法の概念が崩れる。

思ったらその通りになる？

もはや、それって人間が扱う魔法なのだろうか？　神様の奇跡《まほう》なのでは？

私は、決して大きくはない、でも世界で一番安心するマコト様の背中を見つめた。

（……ついていかなきゃ、置いていかれないように）
何を考えているかよくわからない好きな人《ひと》。だから頑張って理解しよう。

◇アンナの視点◇

マコトさんとモモちゃんから遅れること三日。
僕たちは大迷宮《ラビユリントス》を出発した。霧が深く、視界が悪い。
その中を慎重に進む。率いるのは迷宮《ダンジョン》の街を仕切るジョニィさん。
他にも土の勇者《ヴォルフ》さん、木の勇者《ジュリエッタ》さん、鉄の勇者《デッケル》さんや大迷宮《ラビユリントス》の街に住む戦士たち。
さらには白竜《ヘルエムメルク》様とその仲間である古竜《エンシェントドラゴン》たちまでいる。
その数は千名近い。間違いなく僕の知る限りでは最大の規模だ。
過去、これほどまとまった戦力で行動したことはない。
いつも、魔族の目から隠れ、僅かな人数でしか動けなかった。
だけど今回は違う。十分な休養を取り、戦力を整え、魔王に挑むことができる。
万全な状態で、挑戦ができる。
（火の勇者《ししょう》……今度こそ、僕たちは魔王を倒します）
密《ひそ》かな決意を固めていると、隣から会話が聞こえてきた。

「霧が濃いな。これなら魔族に見つかる心配はないだろう」

「水の精霊たちが喜んでいる。相変わらずだな、マコト殿の精霊魔法は」

「これほどの大人数がどうやって魔王軍にバレずに近づくのかと懸念していたが……、大森林を覆い尽くすほどの霧を発生させるとは……」

「だが良い手だ。天候を自由に操作できるマコト殿あっての手ではあるが」

「この規模で天候を操る精霊使いは、彼だけだよ」

「エルフ族も精霊魔法の使い手は多いが……、マコト殿は別格だな」

白竜様とジョニィさんがマコトさんの魔法を褒めている。でも……。

「あの、お二人はマコトさんとモモちゃんが心配ではないのですか？　二人だけで、魔王城へ向かっているんですよ？」

本当は僕もついていきたかった。でも、マコトさんに許してもらえなかった。

「アベルさんは、魔王を倒す役目だからみんなと一緒に来てください。道中も戦わないこと。白竜さんやジョニィさんを頼ってください。いいですね？」

「は、はい……」

普段は、僕に対して細かいことを言わないマコトさんが珍しく厳しい口調で注意をしてきた。どうして、そこまで僕に言うんだろう？

心配してくれているのかな……？

いや、違う。心配なのは、マコトさんとモモちゃんだ。

魔王城の近くの魔物は強い。もしも、ということも考えられる。

「精霊使いくんの心配？　するだけ無駄だ」

「水の精霊を見ればわかる。彼にとっては散歩程度だろう」

白竜様もジョニィさんも、まったくマコトさんを心配していなかった。

むしろ自分のことを考えておけと注意された。

うぅ……。やっぱり、一緒についていけばよかった。


数日後。遠くにそびえる巨大な黒い城が見えてきた。

――魔王ビフロンスの居城。

前に来た時は、パーティーのリーダーだった火の勇者《ししょう》が殺され、動揺した僕たちは魔王に捕まった。処刑される寸前、マコトさんに命を救ってもらった。

でも、今回は……。僕が緊張した面持ちで、小さく深呼吸をした時。

「なっ！　なに、あれ……？」

「おい、ジュリエッタ。声が大きい」

「ほう……、あれは精霊使いくんの仕業だな。作戦とはこれのことか」

「城攻めの基本だが……、大胆なことをする」

他の人のざわつく声が聞こえる。何かあったのだろうか……？

会話をしている人たちのほうへ近づいた。目を凝らして、魔王城のほうを見てみると……。

「…………え？」

間の抜けた声が、僕の口から出た。

（う、嘘《うそ》でしょ、マコトさん……）

そこにあったのは――巨大な湖に水没した魔王城だった。

僕は呆然《ぼうぜん》と、そのおかしな光景を見つめるしかなかった。

なに……これ……？

魔王城は、盆地に建っていたわけではなく平野に在ったはずだ。それが、どうして城下町は水に沈み、魔王城の下層も水没してしまっているんだろう……。

「おや、皆さんおそろいですね！」

シュインと、軽やかな音を立てて空中に小さな女の子が現れた。

モモちゃんだ。すっかり空間転移《テレポート》をマスターしている。

「こ、これってマコトくんがやったの？」

「なかなか面白いことをしているじゃないか。これは精霊使いくんの仕業だろう？」

ジュリエッタさんと白竜様の質問に、モモちゃんが笑顔になった。

「凄《すご》いですよね！　マコト様が川の氾濫に見せかけて、魔王城を水浸しにしたんです！　おかげで、街の魔族たちは避難して、魔王軍の大半は河川の修繕に出かけていますす」

「「「「……」」」」

モモちゃんの言葉に、僕らは絶句する。たった二人で、魔王軍を分断したというのだ。

「水を以《もっ》て攻を佐《たす》くる者は強なり……か。水攻めが不死者《アンデッド》どもに効果があるのか疑問に思っていたが……、敵の戦力分散が狙いなら納得だ」

ジョニィさんだけは、冷静に状況を分析しているみたいだ。

彼だけは落ち着いている。魔法の名手にして剣の達人。

しかも、戦略にまで通じている……ジョニィさんも不思議な人だ。

「これならば……」

土の勇者《ヴォルフ》さんの声が興奮している。僕も同じだ。今回こそは……。

「待って！　前回も魔王城の近くまで来た時、魔王カインに強襲されたわ……。油断しちゃ駄目」

木の勇者さんの言葉に僕は、はっとなる。そうだ……、あの時はそれで僕らは壊滅した。あの黒い鎧《よろい》を纏《まと》った魔王は、神出鬼没だ。この状況なら、いつ現れてもおかしくない。

「それなら、心配いらないわ」

誰かの声が響き、皆が振り向く。

「エステル様?」

それは大迷宮《ラビュリントス》の街から同行してきた、運命の女神《エステル》の巫女様だった。

白竜様は、「危険です!」と反対していたが、「問題ないわ」とエステル様はついてきた。

彼女はきっぱりと「魔王カインは現れないわ」と告げた。

未来予知によって、それがわかるということだった。

「それだけじゃないい。『石化の魔眼』を持つ魔王の側近セテカーも不在よ。勿論《もちろん》、他にも魔王配下の強力な魔族は居るけど、この二人がいないのは大きいでしょう?」

「「「「おおっ!」」」」

その声に、僕たちは沸いた。す、凄い!

本当に、こんなにうまくことが運んで良いのだろうか?

「あの……そこまで断言してしまってよいのですか……?」

「な、なによ。白竜ちゃん、私を疑ってるの!?」

「い、いえ! そんなことはないのですが……。未来予知で『100%は有り得ない』というのが運命魔法の常識ですよね? かつて、イラ様自身がおっしゃった言葉ですが……」

白竜様とエステル様が、こそこそ会話しているのが聞こえた。

運命の巫女《みこ》様も謎な御方《おかた》だ。最初に会ったのは、月の国《ラフィロイグ》の王都。

そして、次は大迷宮《ラビュリントス》にやってきていた。

僕らと会うのは二度目……のはずなのに、マコトさんとはやけに仲が良い。

「まぁ、信用しなさい。この情報は確かよ……、てかあいつが約束させたからだし……」

「何かおっしゃいましたか？」

運命の巫女様の小さな呟《つぶや》きは、一部聞き取れなかった。

「な、なんでもないわ！　それより、高月《たかつき》マコトはどこかしら？」

確かに、マコトさんの姿がまだ視《み》えない。

「ここですよ」

「わっ!?」僕は思わず、尻もちをつきそうになった。

突然、霧の中から僕の隣に人が現れた。いや、霧が人に成った。

「マコトさん！　驚かせないでください！」

「あぁ、ごめん。アンナさん」

本当に驚いた。マコトさんは、悪びれた様子もなく僕に笑いかけた。

元気そうだ。たった数日ぶりなのに、彼の顔を見るとほっとした。

「精霊使いくん、随分変わった魔法だな？　どうやったんだ？」

「水魔法で身体《からだ》を霧に『変化《へんげ》』して移動するんですよ。モモの空間転移《テレポート》ほどじゃないですが、なかなか使い勝手がいいですよ」

「あんた、それ吸血鬼《ヴァンパイア》が得意な移動手段じゃない……。なにもそんな魔法使わなくてもいいでしょ……」

興味深そうに話す白竜様と、呆《あき》れ気味な運命の巫女《エステル》様。

「待ってる間、暇だったのでモモに教えてもらったんですよ。それにしても随分、大勢が来てくれたんですね。ジョニィさん、協力ありがとうございます」

「かまわん。ここに居るのは、全員魔王と戦う覚悟はできている。……マコト殿の合図で、突撃する。君に命を預けよう」

ジョニィさんの言葉に、場の空気が変わる。僕たちは大きく頷《うなず》いた。

これからいよいよ魔王軍との戦いだ。どうしたって、緊張感が走る。

「ええ、その前にいくつかやることがあるので……。木の勇者さん、頼んでおいたものはありますか?」

「えっと、マコトくん。こんなのでよかったの?」

ジュリエッタさんが、マコトさんに木でできた何かを手渡した。あれは……木のお面?

「お、格好いいですね。ありがとうございます」

「もっと時間があれば、良いものができたと思うのだけど……」

「十分です。顔が隠せれば」

マコトさんは、動物の顔の形に彫られた仮面をつけた。

「どうだ、モモ？　ディーア？」

「わー、格好いいです！　マコト様！」

「あぁ……、素敵ですわ、我が王」

マコトさんの言葉に、即答する二人。

モモちゃんと、ディーアさんの目、曇ってない？

（ええ～……）

正直、僕には微妙に映った。お面なんかつけずに、そのままのほうが格好良いのに……。

「うわ、だっさ。何よそれ、高月マコト」

遠慮のない声は、エステル様のものだった。

「あのですね、イラ様。これから挑むのは魔王ビフロンスですよ？　てことは、俺の顔が魔王に見られるとまずいんじゃないんですか。一応、イラ様に配慮した結果なんですけど？」

「私はエステルよ！……あー、確かにね。そういう理由なら仕方ないわね」

「それに、狐面《きつねめん》ってかっこよくないですか？」

「ダサいって言ってるでしょ。それに狐面を使った儀式は、豊穣《ほうじょう》を願うものだから木の女神《フレイア》姉様の管轄なのよ」

「あぁ、ヤキモチですか」

「違うわよ！」

「蹴らないでくださいよ。下着見えましたよ！」

「見るなら、金払いなさい！」

「理不尽だ！」

エステル様とマコトさんが、またイチャイチャしてる……。

会話の内容も二人にしかわからないもののようでズルい。

「それで、そのお面をつけるのがやること……なのか？」

流石《さすが》のジョニィさんも、少し気が抜けた様子で会話に入ってきた。

「いえ、違います。折角なのでもう少し魔王軍の戦力を減らしておこうと思いまして。

……そろそろ来ますよ」

「精霊使いくん……、君はもう少し説明をだな……、ん？」

白竜様が何かに気づいたように、上空を見た。つられて何人かが上を見上げる。

「「「「え？」」」」

そして、僕の目に飛び込んできたものは――小山程の大きさの氷塊が、黒雲を突き破る姿だった。

「なななななっ、あ、あれは何ですか!?　マコトさん！」

「彗星落とし《コメットフォール》。我が王の魔法ですよ、勇者」

うろたえた僕の質問に答えてくれたのは、水の大精霊《ディーア》さんだった。この世界の終わりのような光景が、マコトさんの魔法!?　まるで空が落ちてきたかのような錯覚を起こした。

「なんという巨大さだ……、こんな魔法は見たことがない……」

「ま、無理もないわね、白竜ちゃん。彗星落とし《コメットフォール》は対都市用の大規模破壊魔法。聖神族が禁呪指定している魔法の一つよ。発動したら辺り一帯を更地に変える非人道的な魔法。

……高月マコト、あんた大丈夫なんでしょうね？」

エステル様の言葉に、僕たちはぎょっとする。確かに、魔王城と距離は離れているとは言えあの大きさなら、破壊の余波はここまで届きそうだ。

「まぁ、見ててくださいよ。火の国《グレイトキース》に落ちそうになったやつよりは、ずっと小ぶりですからね。あれくらいなら制御《コントロール》できます」

涼しい声でマコトさんは答え、その右手を前に突き出した。

「変化《へんげ》」

マコトさんが呟いた途端、ズシンと空気が重くなった。

（い、息がっ……苦しい！）

呼吸が止まりそうになるほどの威圧感を持った魔力《マナ》が、マコトさんの右手に集まる。見ると大迷宮《ラビュリントス》の戦士たちですら、何人も腰を抜かしている。

——精霊の右手。

マコトさんの声が響き、彼の右腕全体が青く光り、透き通っている。

「自分の体を霊体化している……のか？」

「正確には精霊化ね。あれも禁呪なんだけど……、私は見なかったことにするわ」

白竜様とエステル様の会話が聞こえた。僕らの周りには、濁流のように魔力《マナ》が淀《よど》んでいる。

くらくらする……。魔力《マナ》酔いしないように、なんとか意識を保ち、僕は眼前の光景を見つめた。魔王城には今まさに巨大な氷塊——彗星《すいせい》と呼んでいた魔法がぶつかろうとしている。ぐしゃりと、魔王城がまるで卵が割れるように潰されていく。

続けて、彗星自身も砕けようとしている。

「衝撃波が来るぞ！　備えろ！」

ジョニィさんの声に、皆慌てて身体を低くする。僕もそれに倣った。

「大丈夫です、ジョニィさん。こっちには衝撃は来ませんよ」

マコトさんが軽く笑い、青く光る腕をすっと、上に上げた。

——水魔法・行雲流水。

次の瞬間、彗星の爆発は空に向かって広がった。

「「「「「え？」」」」」

その場にいた、全員——エステル様を除く全員があっけにとられた。

白竜様やジョニィさんですら驚愕《きょうがく》している。空一面を覆う、大爆発だ。

空が真っ赤に染まり、鼓膜が破れるほどの爆音が響く。

目の前が真っ白になり、すぐに暗転した。

それは、僕が目を閉じてしまったからだと気づく。

小さく深呼吸をして、僕はおそるおそる目を開いた。

（あ……）

僕は夢を見ているような心地で、その光景を眺めた。

魔王城は、潰されている。場違いに、爽やかな風が吹いている。

空は『快晴』。地上から青空を見るのは、生まれて初めてだった。

「彗星爆発の余波を利用して、暗闇の雲を吹き飛ばす。悪くない手ね」

言葉を失っている僕らをよそに、腕組みをした運命《エステル》の巫女様が、マコトさんに声をかけた。

「うまくいきましたね。ところで未来予報はいかがですか？　運命の女神様《イラ》」

お面をつけたマコトさんの表情はわからないが、その声色は実に楽しそうだった。

「天気予報みたいに言うんじゃないの、高月マコト。ん～……、暗闇の雲は、半径数百キロ範囲まで消え去っているようね。もとに戻るのは半日以上先。流石の私も魔王に同情するわ。街を水没させられ、城は彗星で破壊されて、不死者《アンデッド》の軍団にとって最悪である太陽の光が降り注ぐ下で、勇者たちに襲われるなんて」

マコトさんとエステル様の会話が、僕の耳を通り抜けていった。

「じゃあ、準備は終わったので魔王を倒しに行きましょうか、アンナさん？」

「は、はい……」

僕はぎこちなく頷いた。そして思った。

……もうマコトさん一人でよくない？

◇高月マコトの視点◇

——ズキン、と精霊化した腕が痛んだ。

表情に出さないよう『明鏡止水』スキルを使ったが、よく考えると今はお面を被《かぶ》っていた。

これなら無理しているのがバレる心配はない。密《ひそ》かに安堵《あんど》をしていると。

「こら」

コツンと、誰かに頭を叩《たた》かれた。俺を睨《にら》むように見上げている小柄な少女は、運命の巫女様《エステル》——に降臨している運命の女神様《イラ》だ。

「どうしましたか？　女神様《エステル》」

「平気なふりをするんじゃないの。寿命をほとんど使い果たしたわね」

「「「え？」」」

近くにいたアンナさんやモモだけでなく、周りの人たちにまで聞かれ、ぎょっとした顔をされた。

「精霊魔法は大規模過ぎて、混戦に使えませんからね。やるなら先制攻撃しかないんで」

「にしても限度ってもんが……、まぁ、いいわ。あんたはもう休んでなさい」

ふん、と腕組みをした運命の女神《イラ》様から優しいお言葉をもらったが、勿論《もちろん》そんな訳にはいかない。本番はこれからだ。

「そもそも、魔王はまだ生きているのか……？」

「あれを食らっては無事じゃないだろう……」

「マコト殿の魔法で倒したのでは？」

そんなざわめきが聞こえた。皆、随分と楽観的だな。

「魔王は無傷よ」

運命の女神《イラ》様の声で、全員が静かになった。

「彗星ぶつけたくらいじゃ倒せませんよ」

かつて見た獣の王《ザガン》はとんでもない怪物だった。光の勇者である桜井《さくらい》くんでなければ、倒せなかった。伝承によると、不死の王《ビフロンス》はさらに高位の魔王らしい。

「マコトの言う通りよ。ここからが本当の戦いよ。みんな、気を引き締めなさい」

運命の女神の巫女《みこ》の言葉に、全員の表情が厳しいものとなる。

「あの……、マコト様。私はどうすれば？」

モモに、くいくいと袖を引っ張られた。

「モモはここで待機。白竜さんたちも残るから、一緒に行動してくれ」

「私は一緒に行かなくていいのか？」

俺が白竜さんにモモをお願いすると、逆に質問を返された。

「白竜さんの立場的に、表立って魔王と敵対するのは良くないでしょう？」

「うむ……、しかし」

「色々助けてもらってますから。十分です」

悩む様子を見せる白竜さんに、俺は言い切った。

運命の女神様《イラ》に教わったことだが、古竜種である白竜さんは、竜王アシュタロトとは親族にあたるらしい。しかし、白竜さんは魔王側に属さない中立の立場だ。

もし、ここで不死の王《ビフロンス》と戦えば完全に魔王側と敵対することになる。

それを俺が強いるのは気が引けた。もっとも、本来の歴史の白竜さんは、魔王カインに仲間を殺されたせいで、完全に大魔王《イヴリース》と敵対するわけで……。

勇者アベルを覚醒させるのもカインだし、あいつホンマに戦犯だな……。って、ノア様一派《みうち》だった。

「マコト殿、魔王城には全員で乗り込むのか？」

ジョニィさんに問われた。俺は予《あらかじ》め、イラ様と話し合っておいた計画を伝えた。

「現在の魔王軍は、水攻めで出払っています。しかし、先程の彗星落《まほう》としで異常事態に気づき戻ってくる最中でしょう。そいつらを魔王と合流させないようにしてください。その間に、アベ……アンナさんたちと、魔王を倒します」

「魔王軍の大半は、不死者《アンデッド》。そいつらにとっては、暗闇の雲が晴れて太陽の光が出ている最悪の状況。こっちが有利よ」

俺の言葉に、イラ様が補足してくれた。そう、魔王軍を分断した上で太陽の光で弱体化させる。この作戦に抜かりはないはずだ。

「わかった。仲間には指示を出しておく。が、私はマコト殿についていくぞ。長年、一族の者たちを苦しめてきた魔王に一太刀浴びせねば気が済まん」

どうやら、ジョニィさんは俺たちに同行するつもりのようだ。

……彼も勇者アベルの『真の仲間』だから、問題ないか。

土の勇者さん、木の勇者さんら勇者は俺たちと一緒に魔王城へ乗り込む。

大迷宮《ラビユリントス》の街の戦士たちは、こちらに戻ってくる魔王軍の足止め。

怪我人《けがにん》が出たら、白竜さんや大賢者様《モモ》たちに空間転移《テレポート》で退避させてもらう。運命の巫女様は、白竜さんと一緒に行動予定だ。大雑把な配置《フォーメーション》は、こんなところだろう。

「あんた本当に行く気？」

イラ様は、俺が魔王城へ乗り込むのは反対のようだ。

「水の大精霊《ディーア》が居ますから。露払いくらいには力になれますよ」

「そ、そうです！　私が王を守ります！」

「僕も居ます！　魔王からマコトさんを守りますから！」

俺の言葉に、ディーアとアンナさんが続ける。

事前準備は、万全にしてある。問題ないはずだ。なにより――

（救世主アベルが魔王を倒す瞬間……、見逃せるはずがない！）

「聞こえてんのよ」

ぽかりと叩かれた。心を読まれたらしい。

「……死ぬんじゃないわよ」

あんたの未来は視《み》えないんだから、とイラ様が呟《つぶや》き、俺は小さく頷《うなず》く。

「幸運を祈ってください。では、皆行きましょう」

俺の言葉に、アンナさんを始めジョニィさん、勇者たちが頷いた。

こうして、魔王討伐隊が移動を開始した。

魔王城の周辺は水没しているため、俺たちは飛行魔法で近づいた。

飛行魔法が使えない俺は、アンナさんに運んでもらっている。

「マコトさん、落ちないように気をつけてくださいね」

「そんなにひっつかなくても落ちませんよ」

「駄目です！　ほら、もっとしっかり僕に摑《つか》まって！」

アンナさんは過保護だ。

「近くで見ると更にボロボロね～」

「魔王軍の魔物は見当たらんな」

木の勇者さんと土の勇者さんの会話の通り、俺の彗星落とし《コメットフォール》で魔王城は半壊、魔物の姿は見えない。ただし、水没している城の一階部分だけは形を保っていた。

「どこから侵入しますか、マコトさん？」

「入り口からにしましょう」

「でも、入り口は水没して……」

アンナさんの言葉が終わる前に、俺は水の大精霊《ディーア》に目配《めくば》せした。

「わかりました、我が王」

水の大精霊《ディーア》が、水没した魔王城の巨大な入り口に近づく。

すると、水が二手に分かれゆっくりと道ができた。

「アンナさん、行きましょうか」

「は、はい……」

俺たちに続いて、ジョニィさんや土の勇者さんたちも城の入口前に降り立った。

竜族でも通れそうな巨大な金属製の扉だ。それがしっかりと閉ざされている。さて、どうやって開いたものかと考えていると。

………ギギギギギギ、と巨大な扉がゆっくりと開く。

「入れということのようだな」

ジョニィさんが、迷わずに足を踏み入れる。俺もそれに続いた。

「ま、待ってください！」

後ろからアンナさんたちが追いかけてくる。城内の通路は薄暗く、地面にぽつぽつと蠟《ろう》燭《そく》の光だけが灯《とも》っていた。カツカツという俺たちの足音だけが、不気味に響く。

「マコト殿の魔法が直撃しているにしては、内部は綺麗《きれい》だな」

ジョニィさんがぽつりと呟いた。

「結界が張ってあったんですかね？」

『暗視』スキルを使って確認すると、床や壁には破壊の跡は見られない。

よく見ると磨かれた大理石によって、見事な装飾が施されている建築物だった。

荘厳な建物の通路を、慎重に進む。途中、石像に擬態したガーゴイルが居たり、動く鉄《てつ》鎧《よろい》の魔物が襲ってきたりしたが、ジョニィさんや土の勇者さんたちが全て切り捨てた。

魔物の軍勢に囲まれるような場面を想定していたが、そんなことはなかった。

魔王城を守る魔物にしては、随分とあっけない。

長い通路の突き当たりは、巨大なホールのような広間になっている。

最奥には、階段になっている高座がありその中央に『玉座』があった。

誰も座っていない、空《から》の玉座だ。

「誰もいませんね……」

「油断をするな」

俺たちは、注意深くその広間を観察する。

「もしや、魔王は不在なのでは……？」

「運命の巫女《エステル》様のお言葉では、ここにいるはずなのだが……」

「ならば、間違いないな。探そう」

間違いないかなぁ。あの女神様《イラ》のことだから、うっかりミスをしてそうな……。

(私のことが信じきれないっての!?)

聞かれていたらしい。玉座っぽい所につきましたけど、魔王が居ませんよ？

(よく探しなさい！　今日は絶対にいるはずなんだから)

仕方ない。この怪しい広間を探索するか、と考えていたその時だった。

「…………………騒がしいな」

その声は決して大きくないにもかかわらず、はっきりと耳に届いた。

声のしたほうへ視線を向ける。俺たちが見上げた先。

さきほどまで空席だった玉座に、長身痩躯《そうく》の一人の男が座りこちらを冷たい目で見下ろしていた。誰かの息を呑《の》む声が聞こえた。空気が重くなる。

何者、とは誰も聞かなかった。俺は会うのは二度目だ。かつて木の国《スプリングローグ》にあった『魔王の墓』。千年後の世界で俺はその男と会話した。

――不死の王ビフロンス。

西の大陸を統べる魔王が、玉座に腰掛けていた。

「女神の勇者たち……か」

彫刻のように整った外見の魔王が口を開いた。

褐色肌に白く長い髪。

薄く開いた瞳は赤く輝き、さきほどから濃密な死《血》の匂いが充満している。

ジョニィさんをはじめ、土の勇者《ヴォルフ》さん、木の勇者《ジュリエッタ》さん、光の勇者《アンナ》さんが剣を構える。

不死の王《ビフロンス》は動かない。

俺たちは城下町を水没させ、魔王城を破壊した。にもかかわらず、魔王はさして気にしていないようだ。それを見て、俺は運命の女神様《イラ》との会話を思い出した。

◇

大迷宮《ラビュリントス》を出発する前、運命の巫女様《みこ》が、皆を集めた。

勿論《もちろん》、語るのは降臨している運命の女神様《イラ》だ。

「さて、これから魔王討伐なわけだけど、あなたたちは魔王ビフロンスについてどれくらい知っているのかしら？」

腰に手を当て、台の上に立ったイラ様が俺たちを見下ろしながら尋ねる。

「吸血鬼《ヴァンパイア》の王です！」

木の勇者さんが手をあげる。

「そうね、一般的にはそう言われている。でも違う。正確には魔王ビフロンスは、吸血鬼《ヴァンパイア》の始祖。最初の吸血鬼《ヴァンパイア》。だからこの世界にいる不死者《アンデッド》は全て魔王ビフロンスによって不死者《アンデッド》にされた存在なの。だからこその不死の王」

へぇ、そうだったのか。千年後の歴史書には、そこまで詳しく書いてなかった。

「じゃあ、相当な年寄りなんですね」

誰かがぽつりと言った。確かに、最初の不死者《アンデッド》ということはかなりの長生き（？）なのだろう。

「百万年」

「「「え？」」」

運命の女神様《イラ》の言葉に、皆の声が上がった。

「不死の王《ビフロンス》が魔王となって、百万年が経《た》っているわ。現在、地上を支配する九人の魔王の中で『最古』の王。古竜の王《アシュタロト》ですら、十万年は生きていない」

「べ、別に長く魔王をやっているから強いとは限らな……」

「魔王ビフロンスは、九人の魔王の中で最も魔法を得意としている。理由は……、魔法の威力は『熟練度』に比例する。魔法使いならわかるでしょ？　百万年魔法を研鑽《けんさん》すれば、一体それがどれほどとてつもないのか」

「「「……」」」

俺も含め、その場に居た魔法使いが息を呑んだ。どうやらこれまでの敵とは、次元が異なるようだ。しかし、運命の女神様《イラ》の説明だと相手の恐ろしさしか伝わってこない。

「明るい話はないんですか？」

皆の顔が暗く沈んできたので、俺は話題を変えた。イラ様が、「あら？」という顔をする。気づいてなかったんかい！

「コホン、勿論良い情報もあるわ。不死者《アンデッド》の弱点は『太陽の光』。いくら魔王でもそれは変わらない。だから、戦いを挑むなら昼間なら有利になる。そして、ここには『光の勇者』がいるわ！」

運命《イ》の女神《ラ》様の声に、皆の視線が光の勇者さんに集中する。

……最近、ずっと女性姿だなぁ。男性《アベル》モードを見ていない。

「魔王ビフロンスは、強力な魔王よ。ここにいる土の勇者や木の勇者の攻撃じゃ、千回斬ってやっと倒せるかどうか、ってところだけど『光の勇者』の全力の攻撃を当てることができれば、『一撃』で倒せるわ！」

「「「「おお！」」」」

その言葉に、一気に周りのテンションが上がった。確かに、それなら勝算はある。

「ただし、『光の勇者』の能力は太陽の光の下でなければ、十全に発揮できない。なんとしても、魔王ビフロンスを昼間の外に引きずり出しなさい」

運命《イ》の女神《ラ》様が、俺のほうをちらりと見る。魔王城をぶっ壊せ、ということかな。

「それともう一つ。いい情報と言えるかわからないけど、魔王ビフロンスは他の魔王と大きく異なる点があるわ」

「なんですか？　それは」

俺が聞くと、運命《イ》の女神《ラ》様は少しもったいぶってから告げた。

「温厚なのよ。魔王ビフロンスは、九人の魔王の中で最も紳士な魔王よ」

◇

「私の名はビフロンス・ゴエティア。今は、あの御方《おかた》にこの地の管理を任されている王……、と言えるのかな？　さて、そちらも名乗りくらいは上げて欲しいものだが」

その口調は穏やかだ。運命の女神様《イラ》の言った通りだった。

(高月《たかつき》マコト……、わかってるわね。紳士的な態度だからって油断するんじゃないわよ)

イラ様の念話が届いた。勿論、気は抜きませんよ。

それは、他の勇者たちも同じで厳しい表情で剣を構えたままだ。

「寂しいものだな……、返事もないとは」

魔王が小さくわらった。

「女神の勇者を喰《く》うのは、久しぶりだ。せめてもの弔いに名を聞いておこうと思ったが……まぁ、いいだろう」

……ズズズ、と赤い魔法陣が魔王《ビフロンス》の周囲に浮かぶ。濃密な瘴気《しょうき》で少しむせた。

(魔王ビフロンスの紳士的な態度は、家畜に対する優しさよ。食べない生き物は殺さない……、腹が減れば喰う。それだけよ)

運命の女神様《イ　ラ》の言葉は、眼前の魔王の目を見ればわかった。

「降り注ぐ風の矢《レインオブウィンドアロー》」

ジョニィさんの放った数百本の魔法の矢が、魔王に襲いかかる。魔王ビフロンスは、それを避《よ》けもしない。突如、魔王の前に黒い壁が出現する。

（あれは……、闇の結界魔法？）

数百本の魔法の矢が、結界に阻まれる。

「大竜斬り！」「烈風剣！」

土の勇者さんと木の勇者さんの放つ斬撃が、魔王の結界魔法を回り込むように放たれた。こちらは結界の発動が間に合っていない。大きな爆発が起き、地面が揺れる。

土埃《つちぼこり》がゆっくりと晴れた。そこには、魔王の玉座が砕け、腕が千切れかけ、胸元に大きな傷を負った魔王がいた。

「やった！」木の勇者さんが、喜びの声を上げる前に。

「ふむ」魔王が小さく呟《つぶや》くと、一秒とかからずに魔王の傷が癒えた。それだけでなく、服装まで元に戻った。何事もなかったかのように、魔王は振る舞う。

「「「…………」」」

無意味に終わった攻撃をしかけた三人は、押し黙った。

（魔王の最も得意とする魔法は『再生』。不死者《アンデッド》だから痛みも感じない）

運命の女神様《イラ》の声が響いた。事前に聞いていたことだが、これほどとは……。

まともな方法でダメージを与えるのは無理そうだ。

「あ、あれ……？」

光の勇者《アンナ》さんの声に、違和感に気づいた。

魔王の座っていた玉座までも、元に戻っている。さっきの攻撃で、壊れたはずなのに。

どかり、と魔王は腰を下ろした。その疑問は、魔王が答えた。

「この城には、私の血を含ませてある。いくら壊そうと、元に戻るだけだ。先程の『精霊魔法』による破壊の修繕も既に終えた」

事もなげに言われた。……もう元に戻った、のか？

俺の寿命の大半を費やした『彗星落とし《コメットフォール》』の破壊を？

城内にいる俺たちには、確認できないが魔王の言葉が嘘《うそ》だとは思えなかった。どうやら、先程通ってきた通路が綺麗《きれい》だったのも魔王が『再生』したかららしい。

「それにしても、あの御方ですら注意しなければならない『恐ろしい勇者』が来ると聞いたのだが……、誰のことかな？」

魔王の声に、俺たちは光の勇者《アンナ》さんのほうは決して見ない。

なるべくアンナさんには、注意を向けさせたくない。

（そうよ、光の勇者《アンナ》ちゃんは『最後の一撃』よ。それまでの場を整えるの）

わかってますって、イラ様。……それにしても。

「なぜ、立ち上がって戦わないんだ？　魔王ビフロンス」

俺は尋ねた。いくら温厚でも、勝手に人の家に上がりこんで狼藉《ろうぜき》をする俺たちに腹が立たないのだろうか？

「やっと口を開いたな。しかし、ものを尋ねるなら仮面くらい外してはどうかな？」

「恥ずかしがり屋なので、仮面がないとしゃべれないんですよ」

「その割には流暢《りゅうちょう》ではないか」

「仮面の下が気になるのでしたら、魔王らしく力ずくでどうぞ」

「なるほど、ではそうさせてもらおう」

魔王の声は、楽しげですらあった。おしゃべり好きなのだろうか？

「さて、なぜ私が戦わないのか……だったか。それは私のもとに、これまで数千人の勇者が挑戦してきた。残念ながら、誰一人として私を倒すことは叶《かな》わなかったが……。過去の勇者と比較して君たちの力は、ちょうど真ん中あたりと予想している。君たちの相手は私が直々に手を下すのではなく、部下に任せよう。私は部下が戻ってくるのをのんびり待とう」

まるでこれからコーヒーでも飲もうと思う、と言っているかのような口調だった。

つまりは俺たちを、全く脅威に感じていないということだった。

「なん……だと」「貴様……」

土の勇者さんとジョニィさんの表情が、険しくなる。

戦うに値しないと言われれば、怒るだろう。

「水の大精霊《ディーア》」

俺は相棒を呼んだ。なるべく派手に登場するように、言ってある。

光の勇者《アンナ》さんではなく、こっちに注意を引きつけるためだ。魔力《マナ》が空気を震わせながら、水の大精霊《ディーア》が俺の隣に現れた。魔王の目が、少しだけ驚いたように見開いた。

「ほう……、水の大精霊《ウンディーネ》を操る精霊使いが、まだ生き残っていたのか」

「おや、水の大精霊《ウンディーネ》にご興味が？」

「ふむ……、君たちの評価を訂正しよう。君たちは『上位』だ。大精霊を相手にするのは、数万年ぶり。あの時の火の大精霊《サラマンダー》の使い手は強かった」

懐かしむような目で語られた。どうやら、大精霊相手でも勝っているらしい。

「我が王……、私の力は魔王《やつ》に通じるかどうか……」

珍しくディーアが気弱だ。それほど、ということなのだろう。

対して、魔王ビフロンスは大いに俺に興味を持っている様子だった。

「不死者《アンデッド》は自然を操る精霊魔法が使えない。我々は、自然の摂理に反する種族だからな。

精霊は扱いが難しく、大精霊を操るともなれば人族の短い寿命で習得できないと思いこんでいた……。仮面の少年かと思っていたが、さては仮面の下は老人だな？」

「あいにく、俺はまだ十代ですよ」

「ほう」「「「え？」」」

なぜか、魔王より仲間のジョニイさんや他の勇者からびっくりされた。

年齢言ってなかったっけ？　何歳だと思われてたんだろう？

「素晴らしい才能だ！　二十年足らずで大精霊を操るとは」

「はぁ……」

魔王のテンションが高い。こんなキャラだったんだ。

「どうだ、少年。十番目の魔王にならないか？　あの御方に私から推挙しよう！　ちょうど、我々の仲間にも精霊魔法を使う魔法剣士がいる。君と話が合うと思うのだ。知っているだろう？　カインと名乗る男で……」

「ふざけるな！！！」

これまで静かに聞いていたアンナさんが驚くほど大きな声を上げた。

「マコトさんがおまえたちの仲間になるわけがない！　よりにもよって魔王カインと話が合うだと！　馬鹿なことを言うな！」

烈火の如《ごと》く怒った声で、光の勇者さんが怒鳴る。ちなみに、俺は一言も返事をしていない。

（……まぁ、裏切る気は勿論《もちろん》ないから良いんだけど）

「そうか……、不死者《アンデッド》として私の眷属《けんぞく》にしてしまうと精霊を扱えないからな。できれば仲間に引き入れたかったが、残念だ」

魔王は、本当に残念そうな顔をしている。

それにしてもアンナさんは魔王カインに対しては、恨み骨髄に徹しているな。

海底神殿攻略では結構楽しく喋《しゃべ》ってました、とはとても言えない。

彼女の前では、絶対にカインと会わないようにしないと。

そんなことを考えていると、魔王ビフロンスが訝《いぶか》しげな目で、光の勇者を見つめた。

「気づかなかったが……、そちらの天翼族の勇者は不思議な闘気《オーラ》を纏《まと》っているな」

この言葉に、俺たちはぎくりとする。

「…………」

光の勇者《アンナ》さんがヤバい、という顔をした。この人、ポーカーフェイスができないなぁ。

「そうか、あの御方の話では『光の勇者』は男だと聞いたが……、君だったのか。のちに『救世主』と呼ばれる聖神族《オリユンポス》の切り札……」

その言葉とともに、魔王の周りにはますます沢山の赤い魔法陣が浮かび上がる。見たことのない術式で、俺には何の魔法かわからなかった。先程と同じ結界魔法のために、これほど大げさな魔法陣が必要とは思えない。

「警戒を」俺が言うと、他の人たちが小さく頷《うなず》いた。

「もう一度、訂正しよう」

魔王ビフロンスが立ち上がった。

「未来すら見透《みとお》す偉大なるあの御方によれば、君たちこそ私にとって最悪の敵であるらしい。ならば、こちらも全力で応えなければ礼儀を欠くというもの」

気がつくと、魔王ビフロンスの手には大きな黒い鎌が握られていた。

その姿は、死神のように見えた。不死の王《ビフロンス》の持つ大きな黒い鎌が、風を切った。

俺たちと不死の王《ビフロンス》の間は、十メートル以上。

間違いなく攻撃の範囲外だ。にもかかわらず嫌な予感がした。

「避けろ！」ジョニィさんが怒鳴る。

「マコトさん！」

アンナさんの叫び声と共に、腕を痛いくらい強く引っ張られた。

次の瞬間、目の前を黒い何かが通り過ぎる。はらりと前髪が数本宙を舞った。

「えっ？」

さっきまで俺が立っていた場所を、ざっくりと巨大な刃物が地面ごとえぐり取っている。

のん気に突っ立っていたら、真っ二つにされていた。

「ほう……これを躱《かわ》すか」

魔王が感心したように言った。さっきの攻撃は、一体……。まったく斬撃が見えなかった。うかつに、近づけない。俺たちが様子を窺《うかが》っていると、魔王が口を開いた。

「先程の技は魔力《マナ》を込めた斬撃を、空間転移《テレポート》で飛ばしたものだ。いつぞやの時代で勇者が切り札に使っていた魔法剣技でな。人間は面白いことを考える。君たちも真似《まね》てくれてかまわんぞ？」

自らネタばらしをしてくれた!?　これが余裕というやつか。

「参る」

距離をとっても意味がないと感じたのか、ジョニィさんが刀を抜き魔王に切りかかった。

「サポートします！　族長！」

同じエルフ族の木の勇者《ジュリエッタ》さんも、それに続く。

「赤毛のエルフよ、良い太刀筋だ。若いエルフの女もあと十年もすれば達人の域に達するだろう。惜しいな、勇者は私の眷属にできないことが悔やまれる」

魔王は無駄口をたたきながら、二人の猛攻を余裕で受け流している。

「僕はジョニィさんとジュリエッタさんと一緒に時間を稼ぎます。マコトさんは、土の勇者《ヴォルフ》さんと一緒に、作戦を進めてください」

アンナさんも、続いて魔王に向かって突っ込んだ。できれば、アンナさんには後方で控えていてもらいたかった。けど、戦力を温存しておく余裕はないと感じたのだろう。なら、俺は俺ができることをしよう。

「ヴォルフさん！」「応！　マコト殿！」

俺と土の勇者さんは、予定通り次の魔法に備える。

「かあああっ！」

土の勇者さんの魔法剣に、魔力《マナ》が集まる。俺もそれを見ているだけではない。

——水の精霊さん、力を貸して。

俺の呼び声に、水の精霊たちが集まってくる。

本当は、水の大精霊《ディーア》に頼めばてっとり早いのだけど、先程の彗星落とし《コメットフォール》で生命力がごっそり減っている。これ以上は難しい。

「うん？　水の大精霊《ウンディーネ》は戦わないのか？　仮面の少年」

ジョニィさんと勇者二人の猛攻を受けつつ、残念そうな表情の魔王がこちらに話しかけてきた。ジュリエッタさんの顔が引きつっている。

「切り札はとっておく性分なんで。そちらこそ、その赤い魔法陣は使わないのか？」

時間稼ぎのため、俺は魔王に話しかけた。

水の精霊による魔力《マナ》集めは継続している。

そして、なにより先程から空中に増えていく魔王を取り囲む赤い魔法陣の存在が不気味だった。魔王が使った見えない斬撃——空間転移《テレポート》の斬撃とは、恐らく無関係だ。

何かもっと大掛かりな魔法のようだが、何なのかわからない。

教えてくれるとも思えないが、何かヒントだけでも聞き出したかった。

「この魔法は時間がかかる。あとでお披露目しよう……ふふ、私も初めて使う魔法でね」

やはりまだ見せていない魔法があるようだ。

世間話のような口調だが、この会話の合間にもジョニィさんの剣戟《けんげき》と魔弓の雨。

木の勇者さんの、高速の突き。光の勇者さんの、連続斬り。

それが全く通じていない。魔王は、明らかに手を抜いていた。

手を抜く理由はわからないが、今の一分一秒が、俺たちの命綱になる。

（ヴォルフさん……、いけますか？）

（ああ、大丈夫だ）

俺は土の勇者さんと目で合図する。

「散れ！」

ジョニィさんがこちらの動きを察し、木の勇者さんと光の勇者さんへ指示した。二人はそれに素早く従う。

「ふむ、何を見せてくれるのかな？」

魔王ビフロンスは、面白そうにこちらを眺めていた。

「うぉおおおおおっ！」

ヴォルフさんが、魔王城の天井に向かって魔法剣の斬撃を放った。

――水魔法・彗星落とし《コメットフォール》。

俺はそれに合わせて、本日二度目の彗星落とし《コメットフォール》を撃った。

水の大精霊《ディーア》の力を借りていないため、先程のものより威力は格段に落ちるが今回の目的は城の上部を壊すだけ。

そうすれば、土の勇者さんの一撃と合わさって魔王城に大穴を開けられる。

脳裏に――イラ様の言葉が蘇《よみがえ》った。

「不死の王《ビフロンス》は、長い年月をかけて弱点を克服している。『香』『流水』『銀』『油と炎』……そのほとんどが、あの魔王には効かない……。でもね『太陽の光』だけは別。あれだけは、不死者《アンデッド》である限り、克服はできない。何をすればよいか、わかるわね？　あなたたち」

イラ様が、大迷宮《ラビュリントス》の戦士たちを見回しながら言った言葉。

俺たちはそれに従い、計画を立てた。

第一段階として、俺の精霊魔法で暗闇の雲を一時的に吹き飛ばす。

できれば、その時に魔王城も壊滅させてしまいたかったが、それはできなかった。

不死の王《ビフロンス》は魔王城の中に居るので、太陽の光をあてるには外に連れ出すしかない。

だが、それは難しいだろう。ならば、魔王のいる場所を特定し、その天井を壊せば？

不死者《アンデッド》の王、魔王ビフロンスを太陽の光に晒《さら》せる。

　単純な作戦だが、他に妙案もなかった。現在、魔王は孤立しており、配下の魔物たちは太陽の光と大迷宮《ラビュリントス》の戦士や鉄《デッケル》の勇者さんたちの妨害で、魔王の救援には来られないはずだ。サポートには、白竜《メル》さん率いる古竜《エンシェントドラゴン》やモモもいる。大丈夫、順調だ。

（ですよね？　運命の女神様《イラ》）

　いつも口うるさく念話《はなし》かけてくる運命《イ》の女神様《ラ》の声が聞こえない。それが少し不安だった。白竜さんが護衛しているから、大丈夫だと思うけど。

　ドン!!　という爆発音が響いた。

　土の勇者さんの魔法剣による衝撃と、俺の精霊魔法が魔王城を貫いた音だ。ついで、激しく地面が揺れ、天井と壁が崩れた。土埃《つちぼこり》で、周りの景色が見えなくなる。

「マコトさん！　気をつけて」

　光の勇者《アンナ》さんが、俺を守るように剣を構えた。

「風の精霊」

　ジョニィさんの声で、土埃が一瞬で晴れる。

　遠目に、木の勇者さん、土の勇者さんも見える。みんな無事だ。

　その時、魔王城の中の重苦しい空気に、外の空気が通り抜けるのがわかった。

　魔王城の室内に、風が吹いていた。天井に巨大な風穴が空いたのだ。

「よしっ！」木《ジュリエッタ》の勇者さんの声が響く。

俺もガッツポーズをしようとして――違和感に気づいた。現在の時刻は、真昼だ。
魔王討伐の時刻は、太陽が最も高くなる少し前を選んだ。
俺たちが、魔王城に突入してから一時間も経《た》ってはいない。
だから天井を壊せば太陽の光が差し込んでくるはずだ。
なのに、差し込む光は想像よりはるかに弱い。
(暗闇の雲が復活した……?)
再生を得意とする不死の王《ビフロンス》。
さっきの赤い魔法陣はそのためか！
俺は確認するため上を向き…………一瞬、思考が止まった。
(…………え?……何……で?)
俺は何を間違った?
「う……そ……」
光の勇者《アンナ》さんの呆然《ぼうぜん》とした声が、耳に届く。魔王城に作られた吹き抜けの先。
そこから見える空には、
――美しい満月が浮かんでいた。
(月が……出ている……?)
『明鏡止水』スキルで心を落ち着けても、理解が追いつかない。

俺たちが魔王城に乗り込んだのは間違いなく昼間だった。

つい数十分前に、太陽を自身の目で確認した。それがどうして、夜になっている？

さっきの赤い魔法陣は……そのためのもの？

だが、昼を夜に変えるなんて、果たして可能なのか？

「美しい月だ。そう思わないか？」

魔王ビフロンスの言葉に、俺たちは慌てて武器を構えた。が、魔王はこちらには視線を向けず、魔王城に空けられた穴から外へ出ていった。

「待て！　魔王！」

ジョニィさんがそれを追い、木の勇者さん、土の勇者さんもそれに続く。

「マコトさん！　行きましょう！」

飛行魔法が使えない俺は、アンナさんに引っ張られ魔王を追う。

魔王城の穴から外に出ると、月と星の明かりが煌《きら》めく美しい夜空があった。

間違いなく夜になっている。俺は『暗視』スキルを使って周りの景色を観察した。

こちらにやってくる集団がいる。魔王軍かと身構えたが、すぐに違うと気づいた。

「族長、無事ですか!?」

「ヴォルフ殿、どうなっている!?」

「精霊使いくん……」

大迷宮《ラビュリントス》の戦士たちや鉄の勇者さん、それに白竜さんもいる。全員、戸惑った表情だ。

「メルさん、外で何が起きたんですか？」

「わからぬ。突然、辺りが暗くなった」

俺の質問に、白竜さんも混乱した様子で答えた。どうやら外にいた人たちでも、状況はわかっていないらしい。他にこの状況を説明できそうな人は……。

「運命の女神様《イラ》はどちらに？」

「こちらだ。できれば避難していただきたかったのだが……」

白竜さんの後ろに、小さな身体《からだ》の運命の女神の巫女《エステル》さんの姿があった。頼れるのはこの女神様しかいない。が、彼女の顔は真っ青だった。

「そんな……、こんなこと、あり得るはずが……」

「運命の女神様《イラ》？」

俺の問いかけにも上の空で、ぶつぶつと呟《つぶや》いている。

(これは……、厳しいな)

「ジョニィさん、撤退しましょう。白竜さん、皆を運ぶのを助けてください」

「マコトさん!?」

「マコト殿……、しかし……」

「わかった、精霊使いくん」

俺の言葉に、光の勇者さんが驚いたようにこちらを向き、ジョニィさんは難色を示した。白竜さんだけは、撤退に異論はないようだ。

ここまで来ての撤退は悔しいが、この状況で長居は得策じゃない。仕切り直そう。

「慌てて去ることもないだろう」

頭上から声が響いた。声の主は、白髪痩軀《そうく》の魔王ビフロンスだ。月を背景にこちらを見下ろすその姿は、魔王城内で見た時と比較にならない迫力があった。

いや、実際に夜になって不死の王《ビフロンス》を取り巻く瘴気《しょうき》はさらに増している。

大迷宮《ラビュリントス》の戦士たちが、その威圧感にあてられ後ずさった。

「君たちを歓迎しようと、私の配下を召喚したところだ。ゆっくりしていきたまえ」

その言葉と同時に、月が陰った。

（雲……？）

暗闇の雲かと思ったが、違った。雲よりも不規則な動きだ。まるで蝗《いなご》の大群のような。

それが、全て魔物だと気づくのにしばらくかかった。

「あれは……全て魔物？」

「囲まれてる……？」

「そんな……」

誰かの絶望する声が聞こえる。俺たちを取り囲むように蠢《うごめ》く小さな点。

その全てが魔物だとしたら、その数は数万……、いや十数万の魔物が集まっているのではないだろうか。

「夜を呼び出すのに随分と力を使ったからな。あとは、私の眷族《けんぞく》に任せよう」

「待ちなさい！　魔王ビフロンス！」

魔王の言葉に割り込んだのは、イラ様だった。

「貴様は巫女《みこ》か……？　巫女は全てカイン殿が殺したと聞いたが、生き残りか」

「どうして……、お前がそれを使える!?　その奇跡《まほう》は地上の民には、過ぎた力だ！」

イラ様の怒鳴り声に、魔王は薄く笑った。

「これが偉大なるあの御方《おかた》からお借りした力だ。聖神族《オリユンポス》共が勝手に決めた地上の規則を古《いにしえ》の状態に戻す。百万年のつまらぬ月日を過ごしたのは無駄ではなかった。神が地上と呼び見下しているこの地界と天界の境界がなくなる……。我らを縛る神など要らぬ」

「無理よ！　いくら大魔王《イヴリース》であっても、昼夜を逆転させるなんて真似《まね》、わた……運命の女神でもなければ不可能よ！」

「…………ふ」

運命の女神様《イラ》の言葉に、魔王は意味ありげな笑みを浮かべるだけだった。空間転移《テレポート》の斬撃と違って、こっちのネタばらしをする気はないらしい。

それよりも気になる運命の女神様《イラ》の発言があった。

「イラ様、イラ様」

俺は小さな巫女様に合わせて腰をかがめ、耳元で囁《ささや》いた。

「た、高月《たかつき》マコト？」

今、俺の存在に気づいたらしい。

「運命の女神《イラ》様なら、夜から昼に変えることができるんですよね？　じゃあ、それをやってくださいよ」

「え？」

俺の言葉に、イラ様が目を丸くした。

「できますよね？」

「む、無理よ！」

俺の言葉に、運命の女神《イラ》様がブンブン首を横に振った。

「さっきできるって……」

「それはっ……」

イラ様が俺の耳元に口を寄せ、小さな声で息を荒らげた。

「め、女神が地上の争いに直接手を下せば、聖神族だけじゃなく、悪神族、古い神族《ティターン》、外なる神々まで干渉してくるわ。神族同士の争いになれば、地上の民なんて全員滅ぶわよ！」

「そう……ですか」

要するに、駄目らしい。つまり、自力でなんとかしないといけない。

会話をしている間にも、魔物たちはこちらにぐんぐん近づいてくる。

おそらく一分以内に、ここは魔王配下の魔物に蹂躙《じゅうりん》される。

俺たちを餌と考えている魔物の群れ。周りを見回すと、全員が悲壮な顔をしている。

アンナさんが、俺の服の袖をぎゅっと摑《つか》んだ。

(時間がなさ過ぎる……)

時間をかせぐしかない。俺は、淡く青色に輝く右手を眺めた。

(ラストの一回かな……)

小さく息を吐いた。

「水の大精霊《ディーア》、頼む」

「よろしいのですか？　我が王。貴方様《あなたさま》の魔力《いのち》は……」

「いいから、やってくれ」

「わかりました」

水の大精霊《ディーア》は緊張した表情を見せながら、両手を突き出した。

——××××××《氷の大結界》。

次の瞬間、巨大な氷の壁が、俺たちの四方と上空を取り囲むように現れた。

その厚さは、数メートル以上だろうか。水の大精霊《ウンディーネ》の魔力《マナ》で生成された壁は、魔王の眷族といえど簡単には壊せない。

　とはいえ、ただの一時しのぎだ。この結界がもつのは……。

「結界が破られるまで、三十分ってとこね……」

　落ち着きを取り戻した運命の女神《イラ》様が、ぽつりと言った。未来が見える女神様の言葉だ。

　それが俺たちのタイムリミットだ。

「それじゃあ、逃げるための作戦を…………え？」

　突然、目の前が真っ暗になった。平衡感覚を失う。

「あ…………れ……？」

　気がつくと地面が目の前にあり、アンナさんとモモに支えられていた。

「マコトさん！」「マコト様！」

　二人の声が響く。

（俺は……気を失った……のか……？）

　幸い、一瞬の出来事だったようだ。

「我が王……貴方様の魔力《いのち》が尽きかけています……」

「高月マコト。あなたの寿命が残ってない。あと数日で死ぬわよ……」

　水の大精霊《ディーア》とイラ様から指摘された。

（危ね……、寿命を使い過ぎた）

千年後の世界なら、間違いなくノア様に叱られている場面だ。その叱責がないことが少しさみしい。そんな思いにふけっていたら、ふと、視線を感じた。

ジョニィさんの。土の勇者《ヴォルフ》さんと木の勇者《ジュリエッタ》さんの。大迷宮《ラビュリントス》の戦士たちの。白竜《メル》さんや他の古竜《エンシエントドラゴン》たちの。そして、泣きそうな顔の光の勇者《アンナ》さんとモモの視線だった。

どうやら、皆に心配をかけてしまったらしい。

「逃げるための作戦を立てましょうか」

俺はさっき言えなかった言葉を続けた。

「身体は、大丈夫なのか？」

普段は表情の変わらないジョニィさんからも、心配そうな声をかけられた。

「どうやら俺の寿命は残り数日みたいです。でも、まずは今日を生き延びる方法を考えましょう」

俺はカラ元気で、ニヤリと笑った。うまく表情を作れただろうか？

「ジョニィさんは、皆を率いてください。白竜さんは古竜《エンシエントドラゴン》の皆さんへの指示をお願いします。それから……」

「私はマコト様と一緒に居ます！　絶対に離れませんから！」

モモが俺にしがみついた。俺は、白髪赤目のモモを眺める。

モモは――吸血鬼《ヴァンパイア》だ。魔王軍に紛れて、逃げることは可能だろう。

それに、空間転移《テレポート》も使える。いざとなれば、自力で逃げられる。

「モモ、悪いな。手伝ってくれ」

「当たり前じゃないですか！　私は死ぬまでマコト様と一緒です！」

現在の俺は寿命を使い果たし、魔力《マナ》も底をついている。

水の精霊から魔力《マナ》を借りて、だましだまし戦うしかない。

『明鏡止水』スキルがなければ、とっくに心が折れそうな状況だ。

俺が天を仰いだ、その時。ジョニィさんが、こちらに近づいてきた。

「我々はマコト殿に頼り過ぎたようだ。私も殿《しんがり》を務めよう。一緒に死にたいやつは残れ！」

「族長！　お供します！」

「死ぬ時は一緒だと言ったでしょう！」

多くの大迷宮《ラビュリントス》の戦士たちから名乗りが上がった。

って、それはまずい！　ジョニィさんは、救世主様と共に大魔王《イヴリース》と戦う仕事が残っている。

ここで玉砕させるわけにはいかない。

「駄目です！　逃げ……」「マコト殿」

俺の言葉は遮られた。

「戦士にとって大事なのは『誰を守れるか』と『いかに死ぬか』だ」

「ジョニィさん……」

彼の表情から、その決意の固さを感じた。

「大迷宮《ラビユリントス》の街は、……良い街になった。古竜《エンシエントドラゴン》の力を借り、魔王軍に見つからぬように多くの民が安全に過ごせる素晴らしい街だ。私がここで朽ち果てても、子どもたちは健やかに育つだろう。私は百年以上一族を率いてきたが、勇者を名乗るものが現れ魔王に挑み、負け続ける姿を見てきた。いや、そもそも魔王のところに到達すらできていなかった。だが、我々はこの戦で、魔王城を破壊し、魔王と直接刃《やいば》を交えた。勝利には、一歩届かなかったが……。冥土の土産としては、十分だろう。なぁ、皆！」

ジョニィさんの声に、「「「「「応!!」」」」」という戦士たちの声が響いた。

大迷宮《ラビユリントス》の戦士たちがやる気になってしまっている。

いや、逃げてほしいんだけど！

「ジョニィ殿やマコト殿に任せて勇者が逃げるわけにはいかんよな」

「はぁ、私の人生ここまでかぁ……、もうちょっと生きたかったなぁ」

「ジュリエッタは、アンナと一緒に逃げてもいいんだぞ?」

「何を言ってるんですか！　僕も最後まで戦います！」

「アンナ……、お前はまだ若い。火の勇者から託されたんだ。ここで無理をすることはない」

「嫌です！　ここで逃げたら勇者じゃありません！　光の勇者の力は使えなくとも、雷の勇者の力で最後まで戦います！」

「アンナちゃん、立派になったわね」

「そうか、ならばもう何も言うまい」

気がつくと、勇者たちまでやる気になっていた。

いや、それは困るんですけど！

特にアンナさんは、救世主なんだから絶対に生き延びてもらわないと！

「皆、戦意を喪失していませんね！」

「おいおい、チビっ子。君は幼い。逃げてもいいんだぞ？」

「白竜師匠こそ、早く逃げなくていいんですか？」

「我々、古竜種は人族よりずっと強靭《きょうじん》だ。そう簡単にはくたばらんさ」

「それを言うなら私は吸血鬼《ヴァンパイア》です！　夜なら誰にも負けませんよ！　白竜師匠との修行の成果を見せてやります！」

「ふん、チビっ子が偉そうなことを言う。ならば、見せてみろ」

「見ててください！」

白竜さんやモモまで？　何なのこの空気!?

「高月マコト……、あなたの瀕死《ひんし》の姿を見て、皆がやる気になったみたいね……」

「いや、やる気になられても……困るんですが……」

唯一、俺の心情を理解しているイラ様も困った様子だ。

（この状況、まずくない？）

十数万の魔物対千人の仲間。しかも不死者《アンデッド》の軍団相手に時刻は夜だ。

やる気だけでどうにかなる状況じゃない。一体、どうすれば……？

「やばいー、終わったー、アルテナ姉様に激怒されるー……」

「ど、どうしましょう。我が王……、お力になりたいのですが、何をすれば……？」

頼りのイラ様は頭を抱え、切り札の水の大精霊《ディーア》はオロオロしている。俺が張った氷の結界は、魔物たちによってガリガリ削られている。残る時間は10分もなさそうだ。

（これは詰んだぞ……）

俺もイラ様と一緒に頭を抱えたくなった。その時、俺の目の前にふっと文字が浮かび上がった。

――『RPGプレイヤー』スキル。

これまで何度も何度も俺を救ってくれた奇妙なスキル。

それが、この危機《ピンチ》に選択肢を提示してきた。慌ててその文を読む。

「え？」

俺はその選択肢を読み、眉間にしわを寄せた。何度も読み直す。

これは……、本当にやってもいいのか？

俺はちらと、隣の運命の女神様《イラ》に視線を向けた。

頭を抱えたイラ様は、『選択肢』には気づいていない。

いいえ
はい
『運命の女神様《イラ》と同調《シンクロ》しますか？』

気づけばきっと、反対されるだろう。悩む時間はない。そして他に方法も……恐らくない。

『ＲＰＧプレイヤー』スキルが提示してきた選択肢である。

やるしかない……のか。気は乗らないが。

かつて火魔法を扱えないのに、ルーシーと同調《シンクロ》して全身火傷《やけど》を負った苦い記憶が蘇《よみがえ》る。

あの時はギリギリ生き延びたが、相当な綱渡りだった。

今回は、運命魔法・初級を覚えているとはいえ相手は女神様。

一体どんな罰《ペナルティ》があるのか想像もつかない。だけど……。俺は氷の結界魔法が壊される音と俺たちを取り囲む魔物の群れを眺めた。結界が保つ時間は、殆《ほとん》ど残されていない。

「構えろ！」

「「「「「はっ！」」」」」

ジョニィさんの声に、大迷宮《ラビュリントス》の戦士たちが応える。土の勇者さん、木の勇者さんたちも臨戦態勢だ。白竜さんや古竜《エンシエントドラゴン》たちも逃げる様子はない。

（他に手はない……か）

俺が運命《イ》の女神《ラ》様の手を掴《つか》もうとした時、再び文字が浮かび上がった。

『明鏡止水スキルは100％になっていますか？』

はい

いいえ

今の明鏡止水スキル……99％だ。随分と指示が細かい。

ノア様から明鏡止水100％の使い過ぎは良くないと注意をされていたが……。

ここはやっておこう。俺は『RPGプレイヤー』スキルを信頼している。

小さく深呼吸をした。目の前の景色が灰色になる。

耳に入る雑音が消えた。焦りや恐怖心などの、感情の起伏の一切が失われる。

『明鏡止水』スキル――100％。今度こそ俺は、運命《イ》の女神《ラ》様の腕を掴み同調《シンクロ》した。

◇光の勇者《アンナ》の視点◇

突然、マコトさんが運命の巫女《みこ》さんの腕を摑んだ。

「マコトさん、どうし……」

ました？　とは続けられなかった。

ぞわりと、背中を悪寒が走り僕はマコトさんと距離を取った。

「ま、マコト様……？」

僕と同じく近くに居たモモちゃんが、腰を抜かしている。

「た、高月《たかつき》マコト!?　何をしているの！」

腕を摑まれた運命の巫女さんが、慌てたように叫んでいる。マコトさんは、何も言わない。

「××××××……」

小さな声で。喧騒《けんそう》の中、かき消されそうな小さな声でマコトさんが何かを呟《つぶや》いていた。

僕がそれを聞き取ろうとした時。

（え？）

一瞬、マコトさんの身体《からだ》を七色の光が覆った。瞬《まばた》きする間もなく、光は消えた。一体何が……、その要因を探るよりも早く次の事態が襲ってきた。

——ガシャン！

頭上で、何かが砕ける。見ると魔王ビフロンスが、大きな鎌でマコトさんの結界魔法を切り裂いている。

結界魔法の裂け目から、魔物の群れとそれを従える魔王が侵入してきた。

「中々の強度だったが、我々を止めるには力不足であったな。さて次は……む？」

余裕の笑みを浮かべていた魔王が、マコトさんの様子を見て表情を変えた。

「奇妙な魔力《マナ》……いや霊気《エーテル》か……？　先程までは感じなかった力だ……」

魔王が不審げな視線を、マコトさんに向ける。

「私の眷族《けんぞく》たち、あの仮面の少年を狙え」

魔王の指示で、数百の魔物たちが一斉にマコトさんに襲いかかった。

マコトさんは、エステルさんの腕を摑んでぼんやりと立ったままだ。

それを見ている僕やジョニィさん、土の勇者《ヴォルフ》さんは、動けなかった。

——マコトさん！

僕は叫ぼうとして、気づいた。こ、声が出ない!?

それだけじゃなかった。身体が動かせない。

(何が起きているんだ!?)

僕は焦り、なんとか指先だけでも動かそうとしたが固定されたかのように動かなかった。

……いや、指先がゆっくり動く。まるで砂の中に埋められたかのように、動きが遅い。

「死ね！　勇者！」

「キャキャキャキャキャキャ!!」

魔物の中でも速いやつが数体、マコトさんに攻撃を仕掛けた。あとほんの数歩の距離で、魔物の鋭い牙と爪が届くという時、……ピタリと空中で魔物の動きが止まった。

………そして、襲いかかる魔物たちが次々に止まっていく。

空中に固定されるかのように。僕と同じだった。いや、僕たちと同じだった。

僕も、ジョニィさんも土の勇者さんも誰も口を開かない。この異常な状況に、誰一人として騒がない。気がつくと、あれほど騒がしかったのが嘘《うそ》のように静まり返っていた。

「た、高月マコト……、駄目よ。離しなさい、これ以上は……」

マコトさんの近くで、運命の巫女さんだけが、普通に喋《しゃべ》れている。

「驚いた……、君は精霊使いではなかったのか？」

魔王が口を開く。魔物たちは、マコトさんを警戒して近づかない。

「時の結界魔法……、近づくほどに時間の歩みが遅くなるという古代の希少魔法だな。私も見るのは初めてだ」

魔王はゆっくりと、大きな鎌を振りかぶった。

「だが、その魔法には弱点がある」

次の瞬間、魔王の斬撃がマコトさんの胸を貫いた。

空間転移《テレポート》!? そうだ、魔王は斬撃を距離を無視して飛ばしてくる!

(マコトさん!!!)

「高月マコト!?」

僕の声にならない叫びと、運命の巫女さんの悲鳴が重なった。

「かふっ……」

マコトさんの口と胸から真っ赤な血が溢《あふ》れる。

(マコトさん……そんなっ!)

動け! 僕の身体はどうして動かない! このままだとマコトさんが!

「やけにあっさりと終わったな。私の武器には死の呪いがかかっている。その刃《やいば》を心臓に受ければ、間違いなく死ぬだろう。最後だ、君の素顔を見ておこうか」

魔王の言葉と同時に、カランと二つに割れたマコトさんの仮面が外れて落ちた。

さっきの斬撃が、仮面も切り裂いていたらしい。無表情のマコトさんの素顔が現れる。

「平凡な人族だな。仮面の下に何か面白い秘密でもあるのかと思ったが。では、首を刎《は》ねて終《しま》いとし……」

「やっと同調《シンクロ》できたよ」

マコトさんが口を開いた。

（え？）

それは普段、僕と会話する時と同じ口調だった。

心臓を刃で貫かれたにもかかわらず、いつものマコトさんだった。

マコトさんは、無事だ！　なのに……、どうしてこんなに心がざわつくんだろう？

いつも心を落ち着かせてくれるマコトさんの声なのに。

「まだ口を開けるとは……。人族にしてはしぶといな」

「ん？　これのこと？」

マコトさんは穴の開いた自分の胸を指差す。

見ているだけでも痛々しいそこには、ざっくりと大きな傷が開いていた。

「私の死の鎌で受けた傷は如何《いか》なる生物も死を逃れられぬ」

魔王の言葉を受けても、マコトさんは平然としている。

「大丈夫、この傷は『時を止めて』あるから。死ぬことはないよ」

マコトさんは、口元の血を拭いながら淡々と話す。まるで他人事《ひとごと》のように。

「……馬鹿なことを。いかに時の進みを遅くしようと、その傷では助からぬ」

マコトさんの言葉を一笑に付す魔王。しかし、その表情はさきほどまでの余裕のあるものではなくなっていた。その理由はなにより、マコトさんの態度だ。

死を宣告されているというのに、のん気に周りを見回している。

「っ!」一瞬、僕と目があった。

まるで僕など存在しないかのように視線は通り過ぎていった。マコトさんの瞳の奥。

そこが一瞬虹色に輝き僕の全身に鳥肌が立った。

「この大陸の昼夜を逆転させているのか……、大した魔法だね、魔王ビフロンス」

マコトさんが穏やかな口調で話す。おかしい。僕らは絶体絶命のはずだ。

なのに、マコトさんの口ぶりからはそれが一切感じられない。

今は魔王よりもマコトさんのことが怖い。

「……あの御方《おかた》からお借りした奇跡だ。何度も使えるものではない。……お前はなぜ、喋れる? なぜ、死なない。本当に人間か?」

魔王が気味が悪いものを見るような目になった。確かに、どう見ても致命傷の傷を心臓に受けながら世間話をしてくるマコトさんは異常だった。

「時を止めてある。そう言ったろ?」

マコトさんの言葉に、魔王が大きく目を見開く。

「馬鹿な……、本当に時を止めているのか? 完全な時の停止など……できるはずが……」

「さてと……」

マコトさんがゆっくりと右手を掲げる。そして、言った。

――時の精霊さん。

「あああああぁっ！　駄目よ、それは神界規定千二十一条違反で……」

悲鳴を上げたのはエステルさんだった。マコトさんは優しく微笑《ほほえ》んでいる。

「でも、貴女《あなた》には俺と同じ未来が視《み》えてますよね？　なら、俺の手を振り払えないはずだ」

「そうだけど！　そうだけど！　そうだけど！」

「貴様たちは何を……」

マコトさんとエステルさんの会話に、魔王が戸惑っている。

僕もだ。全く二人の会話についていけない。

「時の精霊さん、時空の歪《ゆが》みを正してくれ」

マコトさんが、ゆっくりと西の方向を指差した。一体、何を……。

「なんだとっ！」

魔王が、驚きの声を上げた。

――太陽が姿を見せた。

夜空がゆっくりと白む。僕は太陽の光を浴び、力が湧いてくるのを感じた。

「マ……コトさん！」

やっと声を出すことができた。僕の呼びかけに、マコトさんが振り向いた。

「流石《さすが》は光の勇者《アンナ》さん。時の結界魔法の中でも動けるみたいですね」

「そ、それより、その傷を癒やさないと……」

マコトさんの胸には、大きな傷ができている。しかし、僕の声は無視された。

その間にもぐんぐんと、有り得ない速度で太陽が昇っていく。

「「「「ギャアアアアアアア！！！！！」」」」

至るところで絶叫が響いた。魔王配下の不死者《アンデッド》たちだ。奴《やつ》らにとって、太陽の光は猛毒だ。日の光を浴びれば、不死者《アンデッド》は存在できない。

「やめろ！！！！」

魔王の斬撃がマコトさんの目の前に現れ、マコトさんが掲げた右腕を斬り飛ばした。

「マコトさん！」

僕は何度目になるかわからない悲鳴を上げるが、当のマコトさんは表情一つ変えない。

「生憎《あいにく》、時間を戻す奇跡《まほう》は『時の精霊』にお願いしている。俺をいくら切り刻もうと、無駄だよ。むしろ、精霊使いを傷つけられてやる気を出しているみたいだ」

胸に穴を開け、片腕を失いながら淡々と話すマコトさんを見て僕は言葉を失った。

「……貴様、狂っているのか」

魔王の顔にははっきりと、恐れの感情が浮かんでいる。

「高月《たかつき》マコト!!　もう、これ以上は貴方《あなた》の身体と精神が保たない！」

エステルさんが叫ぶ。

「……、ああ、確かに……、そろそろ……限界……みたいです……」

マコトさんの口調が、ふいに弱々しくなった。

──太陽が僕たちの真上に到達した。

「これで完了ですね。同調《シンクロ》を解きます」

マコトさんが、エステルさんの腕を離す。その瞬間、マコトさんの胸から血が吹き出す。

──マコトさんが、ゆっくりと倒れた。

「マ、マコト様！」「マコトさん！」

僕よりも速く、モモちゃんが飛び出してきた。その顔は涙で、ぐちゃぐちゃだった。

「モモ……、太陽の光は身体に悪いぞ……」

呆《あき》れたことに、マコトさんは自分よりモモちゃんの心配をしていた。

「マコト様っ！　駄目です……、死なないで、死なないでください!!」

モモちゃんが、マコトさんの側《そば》で泣きじゃくる。生気のないマコトさんの目が、こちらを向いた。僕はビクリと震える。

「マ……コト……さん？」

「アンナさん……、後は任せました。……………してくださいね」

そう言って、マコトさんは目を閉じて動かなくなった。

「師匠――――！！！」

モモちゃんの絶叫が響き渡る。そ、そんな……。

「回復魔法・蘇生《そせい》！」

隣にいたエステルさんが、すぐにマコトさんに回復魔法を使った。

血が止まり、ゆっくりと傷が癒えていく。

「大丈夫！　まだ生きてるわ！　マコトのことは私に任せて！　あなたは自分の役目を果たしなさい」

エステルさんの言葉に、はっとする。

――魔王……倒してくださいね。

マコトさんの言葉が蘇《よみがえ》る。空から燦燦《さんさん》と輝く太陽の光が降り注いでいる。

（やらなきゃ……）

マコトさんが、瀕死《ひんし》になってまで作ってくれたこの機会を無駄にしてはいけない。周りを確認する。魔王を含め、配下の魔物たちは撤退を始めている。

（こいつらのせいで、マコトさんが……！）

僕は七色に輝く剣を握りしめた。

俺はゆっくりと瞼《まぶた》を開いた。薄暗い天井が見える。身体《からだ》が重い。記憶がはっきりしない。

俺は何かと戦っていて、それで危機《ピンチ》に陥って……。

「目を覚ましましたね。高月マコトさん」

名前を呼ばれた。そちらを見ると小柄な身体に、灰色の髪の少女が立っている。彼女は運命の巫女《みこ》であり、つまりは……。

「……運命の女神様《イラ》？」

「いいえ、違います。今の私はエ、ス、テ、ルです」

「……エステルさん？」

俺はそう名乗る少女の顔をまじまじと見つめた。

いつもイラ様が降臨していたから運命の巫女さん《エステル》とは直接会話をしたことがなかった。

「そういえばお話をするのは初めてでしたね、高月マコトさん。魔王との戦い、ご苦労様でした」

その言葉を聞き、俺は「はっ！」として、慌てて起き上がった。が、身体がやけに重い。

「ぐっ……」

「駄目ですよ、無理をしては。あなたは心臓を貫かれ、腕を切られたのですから」

段々と思い出してきた。俺たちは魔王ビフロンスに戦いを挑んだ。自分たちに有利な昼間に戦うはずが、相手の魔法で窮地に陥り、そして……。

（……確かに、俺は魔王の鎌で心臓と腕を斬られたはずだけど）

自分の身体を確認するが、心臓は動いているし腕も両方つながっている。

ほっとしたあと、次々に気になることが頭に浮かんだ。

「……エステルさん、俺が意識を失った後どうなりましたか？　ここはどこです？　それから運命の女神様《イラ》はどちらに？」

俺の矢継ぎ早な質問に、エステルさんはにっこりと微笑んだ。表情が穏やかだ。イラ様とは随分違う。

「一つずつお答えしますね。まず、あなたの活躍で太陽の光を取り戻した『光の勇者』によって、無事魔王ビフロンスは倒されました。本来の史実通りに、です。その功績で貴方の寿命は百年になっています。ご安心ください」

その言葉の意味を一瞬理解できず、ゆっくりと咀嚼《そしゃく》する。魔王を……倒した？

「……そう、ですか」

たはー、と息を吐き、力が抜けるのを感じた。

どうやら無事に、神託を果たせたらしい。よかった……。

（でも、どうせならその貴重な場面に立ち会いたかったな）

伝説の救世主様が魔王を倒す話は、水の神殿で何度も聞かされた。折角、現場に居たというのに惜しいことをした。ルーシーやさーさんへのいい土産話になったのに。

「随分とのん気なことを考えていませんか？　あなたは瀕死になって三日も目を覚まさなかったのですよ？」

エステルさんに呆れた声で、ツッコまれた。

「三日!?」

そんなに経《た》っていたのか。どうりで身体が鈍っているはずだ。

「次の質問に答えますね。ここは大迷宮《ラビュリントス》の街です。白竜様率いる古竜《エンシエントドラゴン》たちが、みんなをここまで運びました。魔王を倒したことで、住人たちはお祭り騒ぎですよ」

「へぇ……」

言われてみると遠くから、喧騒《けんそう》が聞こえてくることに気づいた。

なんだよ……、俺は寝てたのにみんなは宴会か。一抹の寂しさを覚えていたが、魔王を倒して騒がないのも変だろう。俺も顔を出しに行こうかな。

「三つ目の質問ですが、現在の運命の女神様《イラ》は……」

――ガシャン！

と何かが砕ける音がした。

「マ、マコト様……？」「マコトさん……？」

モモとアンナさんが、大きく口を開けて立っていた。水を運んでくれていたらしい。

もっとも水をいれてあった陶器のコップは砕け散っているが。

二人は俺の看病をしてくれていたようだ。

「アンナさん、モモ、心配をかけ……」

「わあああああっ！」

「マコトさん！　良かった！　目を覚まして」

俺の言葉が終わるより前に、二人に飛びつかれそのままベッドに押し倒された。

二人分の体重は、弱った身体に重かったが文句は言えなかった。この二人の表情を見れば、目覚めない俺をずっと心配してくれていたのがわかる。

にしても美少女と言って過言でないモモと、美人なアンナさんに長時間抱きつかれていると落ち着かない。二人共やけに顔が近いし……。

俺はしばらく抱きつかれたまま、二人が落ち着くのを待った。

「はぁ……、すみません。取り乱しました。白竜様やジョニィさんも呼んできます。みんな心配していましたから」

そう言ってアンナさんは、部屋を出ていった。モモは、抱きついたままだ。

「うぅ……、良かったです。マコト様が生きていて……」

俺はモモの頭をなでた。

「話の続きは、今度にしましょうか」

エステルさんが俺たちの様子を見ながら言った。

「いえ、俺が気を失ったあと何があったか」

詳しく聞きたい。しかし、その言葉を最後まで続けることはできなかった。

「マコトくん！」「精霊使いくん！」「マコト殿！」

どかどかと、迷宮《ダンジョン》の街の住人たちが入ってきた。ジョニィさんや、白竜さんもいる。

「みなさん、心配をしていたんですよ？　声をかけてあげてください」

エステルさんが微笑《ほほえ》む。どうやら、先に心配をかけたみなさんと話さないといけないようだ。フラフラとはするが、身体の傷は全快しているということなので俺はリハビリも兼ねて部屋の外へ出た。大迷宮《ラビュリントス》・中層の街に俺が出ていくと歓声に迎えられた。

「勇者様のお目覚めだ！」「救世主様！」「魔王を倒した英雄だ！」

（いや、俺は倒してないんだけど……）

ちらっと振り返ると、光の勇者《アンナ》さんがニコニコしている。俺は勇者ですらないんだけどな。手柄を奪ったような気がするけど、いいんだろうか？

「今回の戦いの最大の功労者は高月マコトさんです。それはこの街にいる全員の意見ですよ」

俺の耳元で囁《ささや》いたのは、エステルさんだった。俺の考えを読まれたようだ。

「やれることをやっただけ、なんですけどね」

「ですが、ここにいる人たちの命が救われたのは、あなたの行動のおかげです」

どうやら思った以上に、みなさんからは感謝されているらしい。

俺の周りにどんどん人が集まってくる。

三日ぶりに起きて腹が減ったと言うと、山のように食料を持ってこられた。

貴重な食べ物のはずだけど……。さらに酒までじゃんじゃん、運ばれる。

あっという間に宴会の中心に居ることになった。

聞かれるのは、魔王に対抗して使った運命魔法についてだ。

とはいえ、運命の女神様《イラ》と同調《シンクロ》しました、なんて言うと正気でないと思われそうなので
「夢中だった」と言ってごまかした。一箇所に居ると質問攻めに遭うので、俺は仲間たちに挨拶に回った。最初に、この街の長であるジョニィさんの所に向かった。

彼はエルフや獣人族の戦士や美女たちに囲まれている。

「マコト殿！　この街の若い娘は皆、君に夢中だ。好きな娘を嫁にしてくれていいぞ」

「ははは……」

ジョニィさんは珍しく口数が多い。言っていることが本気か冗談かよくわからないので、曖昧に笑っておいた。次に向かったのは白竜さんの席だ。

「精霊使いくん、君はとんでもない男だな！　一万年生きてきて、一番興奮したよ！」

「それは光栄です」

白竜さんは、他の古竜《エンシエントドラゴン》たちと食事をしている。彼女もテンションが高い。

「なぁ、おまえたちも精霊使いくんのようになれ！」

「無茶言わんでくださいよ、大母竜様《マザー》……」

「ありゃあ、神級魔法でしたぜ……」

古竜《エンシエントドラゴン》たちが、呆《あき》れた顔で白竜さんの無茶振りを流している。

メルさんも酔っ払っているのかもしれない。

三番目に向かったのは、勇者たちが集まっている席。モモも、一緒に居るようだ。

「マコト殿のおかげで戦友との約束を果たせた。ありがとう」

「火の勇者《オルガ》さんと一緒に祝いたかったな……」

土の勇者《ヴォルフ》さん、木の勇者《ジュリエッタ》さんに挨拶に行ったら、意外にもしんみりとしていた。

「駄目ですよ、二人共。折角の祝いの場なんですから」

アンナさんは明るい。出会った時とは、正反対だ。

「はぁ、……私はまだ信じられません」

モモは、ぼんやり椅子に座っている。

ずっと俺の看病をしてくれていて、俺が目を覚ましたら気が抜けたらしい。

悪いことしたなと思っていると、すっと誰かが隣に座った。

「マコトさん……あの、あとでお時間がある時に話したいことが……」

アンナさんが、耳元で小さな声で話しかけてきた。

「いいですよ」

何だろう？　大方、魔王を倒した御礼《おれい》だろうと思うけど。

意味ありげにこちらを見つめる表情からは、何も読み取れなかった。一通り挨拶を終えた俺は、少し疲れたので席を立った。周りはまだまだ盛り上がっている。

『隠密《おんみつ》』スキルを使って、その場を離れる。人の少ない地底湖のほうへゆっくり歩いている時だった。

――バシャン、と水が跳ねる音がして、「きゃあ！」という悲鳴が響いた。

（あれ？　人が落ちた？）

誰かが酔っ払って足を滑らせたのかもしれない。俺はすぐに、誰かを呼ぼうと振り返ったがみんな宴会中だ。なにより、地底湖――水に落ちて溺れているなら俺が助ければ問題ない。急いで地底湖に向かって走った。暗くてよく見えない。

「ディーア」

水の大精霊《ウンディーネ》を呼ぶ。

「はい、我が王。お目覚めをお待ちしておりました」

すぐに嬉《うれ》しそうな顔をした、水の大精霊《ディーア》が姿を現した。

「誰かが地底湖に落ちた！　すぐに探してくれ」

「はい！………あら？　視《み》た所、中に誰もいませんよ？」

水の大精霊《ディーア》にとって、地底湖の様子など一瞬で把握できるらしい。しかし、確かに誰かが落ちる音が……。その時だった。ふらふらした足どりで、やってくる人影があった。

「ん……飲み過ぎちゃったなぁ～」

ルーシー似のエルフの女の子だ。確かジョニィさんの娘さんだったか。そんなにお酒が強くないのに、飲みすぎてしまうルーシーを思い出した。心配だったので、声をかけようかと近づいた時。

「きゃあ！」

エルフの女の子が足を滑らせた。

「水魔法・水面歩行！」

俺はすぐに彼女に魔法をかけ、水の中に落ちるのを防いだ。

「大丈夫ですか？」

「えっ？　あ、あれ……マコト様？　やだ、私ったら、みっともないところを……」

「危ないですよ、気をつけて」

そう言って俺は地底湖の探索をしようとした。

「……マコト様」

が、エルフの女の子は俺の腕を摑《つか》み身体《からだ》（主に胸）を押し付けてきた。

「あの……、酔ってしまって……、私の部屋まで送ってくださいませんか……？」

「えっと……」

お誘いを受けた。俺を見つめる潤んだ目が、実にルーシーに似ている。

（ホームシックなのかな……）

前よりも心が揺れる自分がいた。

ノア様あたりなら「据え膳食わぬは男の恥よ！」とか言ってきそうだ。

「私では、嫌……ですか？」

その目で見つめられると、弱い。

つい「そんなことないですよ」と言ってしまうと、嬉しそうに頰を染めている。

「では、どうぞこちらに……」

腕を絡められ、そのまま連れていかれそうになった時、

「マコトさ～ん？」「マコトさま～？」

気がつくとアンナさんとモモがすぐそばに立っていた。

「あ、あら。勇者様とモモ様、こ、これはですね……」

「酔って地底湖に落ちそうになったから、部屋まで送っていくところだよ」

ウソにならないように事情を説明した。

「じゃあ、僕が連れていきますね」

「あぁ、私はマコト様と一緒に……」

「駄目です！　マコトさんは、疲れているんです！」

エルフの女の子とアンナさんは行ってしまった。

「マコト様って、流されやすいんですか？」

モモがジト目で俺を睨《にら》んでいる。どうやら、会話内容は筒抜けだったらしい。

「それより、地底湖に誰かが落ちたかもしれないんだ」

「えっ!?　大変じゃないですか」

話を変えようと、俺はさっきの音の話をモモに説明した。そこへ、ディーアが現れた。

「我が王、地底湖内をくまなく探しましたが誰も居ませんでした。間違いありません」

「……そうか。ありがとう、ディーア」

俺は水の大精霊《ディーア》に御礼を言った。地底湖に落ちた人は居なかった。なら、俺が聞いたあの音と声は？　考えられるのは一つ。

――地底湖に落ちるはずだったエルフの女の子のものだ。

（運命魔法……未来予知……）

フリアエさんから聞いたことがある。未来予知は、自分の意志とは関係なく突然発動すると。だけど、俺が使える運命魔法・初級ではそんな力はないはずだ。

俺の身体に何かが起きたのだろうか？

「あの……マコト様？」

「モモ、今日は疲れたから部屋で休むよ」

「ご一緒します！」

俺とモモは、久しぶりに大迷宮《ラビュリントス》の部屋で一泊した。以前のように床で寝ようとしたら、モモに猛反対された。病み上がりだから、ベッドを使えということだった。

しかし、少女を床で寝かせて俺だけがベッドというのも忍びない。

面倒なので二人で小さなベッドを使った。窮屈だったが、すぐに睡魔が襲ってきた。

◇

目が覚めた。

（いや……、まだ目を覚ましてない。ここは……夢の中だ）

でも、ただの夢ではない。そして、ノア様の居る空間ではない。見覚えのない場所だった。高級そうな絨毯《じゅうたん》がどこまでも広がる巨大な空間。だだっ広い場所に、ぽつぽつと扉と本棚が乱立している奇妙な空間だった。

足元には沢山の本が散らばっている。お世辞にも、片付いた場所とは言えない。

しかし、一番目を引くのはそれではなかった。様々な可愛《かわい》らしい『ヌイグルミ』が至る所で動いている。クマ、ウサギ、ネコ、イヌなどのファンシーなヌイグルミだ。

それが、まるで生きているかのように忙《せわ》しなく動き回っている。俺は、しばらくぼんやりとその様子を眺めていた。その時、一匹の白いウサギのヌイグルミが俺の前にやってきた。

一礼をすると、「こちらへどうぞ」と言いたげな仕草で案内をしてきた。

少し悩んだ末、俺はウサギのヌイグルミのあとを追った。

沢山のヌイグルミたちが忙しなく働く横を歩いていく。やがて目的地が見えてきた。

やってきた場所に在ったのは、立派な机と椅子だった。この場所に、この空間の主《あるじ》が居るようだ。そこには小柄な少女が突っ伏している。

小さく寝息が聞こえた。そして、少女の足元には沢山の小瓶が転がっている。

それを一本拾い、観察した。瓶のラベルには『ユ〇ケル』と書かれている。

要は地球産だ。というか、飲みすぎだ。どこのブラック企業で働くリーマンだよ。

案内を終えたウサギのヌイグルミは、去ってしまった。

仕方なく俺は、寝息を立てている少女に話しかけた。

「あの……イラ様？」

「はっ!? 違うわ！　私は寝てないの！　だからアルテナ姉様には言いつけないで！

……って高月《たかつき》マコト？」

勢いよく運命の女神様《イラ》が起き上がり、キョロキョロと周りを見回したのち、俺の顔を見て大きくため息を吐《つ》いた。が、すぐに表情を引き締める。

「よ、よく来たわね。魔王討伐、大儀だったわ。貴方《あなた》に話があって呼んだのよ」

イラ様が、優雅に足を組み俺を見下ろすようにふわりと宙に浮かんだ。

一応、女神様の御前なので、俺は膝をつき頭《こうべ》を垂れた。そして、少し悩む。

口元のよだれは、指摘したほうがいいのだろうか？

「よだれのことは忘れなさい」

運命の女神様《イラ》は少し頬を赤らめながら口元を拭った。

そういえば、女神様は心を読めるのだった。俺の気遣いは、無駄だったようだ。

「それでお話とは？」

俺は跪《ひざまず》いたまま質問した。顔を上げると目の前には、宙に浮かぶ運命の女神様《イラ》が組んだスラリと美しい脚がある。この角度なら絶対にスカートの中が見えると思うのだが、残念ながら神秘的な力によって女神様の下着は見えなかった。ノア様と同じ仕組みらしい。

「あんたどこ見てるのよ!?」

顔を赤くしたイラ様が、組んでいた足を戻しスカートの裾を摑んだ。

「運命の女神様《イラ》が宙に浮いたせいで、ちょうど目の前がその位置になったんですが？」

てっきりわざと見せてきたのだと思った。

「んな訳ないでしょ!?　待ってなさい、座る場所を作るわ！」

パチンと、イラ様が指を鳴らすと「ドン!!」と大きな音と振動が起き、天蓋付きの巨大なベッドが落ちてきた。

「おおっ!?」

す、凄《すご》い。イラ様はベッドに腰掛け、ポンポンと隣の位置を叩《たた》いた。

「ほら、ここに貴方も座りなさい！」

「…………えっと」

この女神様《ひと》、わざとやってんのか？　ベッドの隣に座れと？

絶世の美少女である女神様《あなた》がそんなことをすると、男は勘違いしますよ？

「はぁっ!?　あんた私に手を出す気？　そんなことしたら、この子たちに処刑されるわよ！」

「この子たち？」

ふと見ると、ベッドの近くに大きなハサミを持ったヌイグルミの集団が立っている。光のない瞳が、俺のほうをじぃっと見ていた。こ、怖い……。

元より手を出す勇気などないが、俺は大人しく少し距離を置いてイラ様の隣に座った。

「さて、高月マコト」

イラ様がぞくりとするような笑みを浮かべ、水晶のような瞳が俺を見つめる。

間近で見ると、やはり人間離れした美貌だ。

「は、はい。イラ様」

「魔王の討伐、よくやったわ」

「予想外のことが沢山起きましたけどね」

「……………ええ、そうね」

俺の言葉に、イラ様がたちまち渋面になる。

「イラ様は未来が視えるんですよね？　予知できなかったんですか？」

事前にわかっていれば、他に手の打ちようもあったのだが。

「わ、悪かったわ。でもね、……魔王の使ったあの奇跡《まほう》。あれが、妙なのよ。本来、魔王ビフロンスにできるような芸当じゃないわ。誰かが裏で手を引いてる……」

「……悪神族ですか？」

大魔王イヴリースは、悪神王ティフォンの使徒だと聞いたことがある。ならば、配下の魔王に力を貸したのは悪神族だろう。

「……悪神族は、時間を操って敵を罠《わな》に嵌《は》めるなんてまどろっこしい真似《まね》はあまりしないの。全てを薙《な》ぎ払う暴力こそを至上としている。らしくないのよ。もしかしたら他の神族が絡んでいる可能性が……」

イラ様は顎に手をあてて、ぶつぶつと小声で呟《つぶや》いている。

「昼夜が逆転したあの時、私は『数千パターン』の未来を確認したの。その全てが『光の勇者が敗れる』未来だったわ。終わったと思った……」

「あの時、イラ様と同調《シンクロ》してよかったですよ」

「あんたねぇ……」

俺の言葉に、運命の女神《イラ》様が頭を抱える。

「女神《わたし》と繋《つな》がるってどれだけ危険かわかってるの？　運命の巫女《エステル》ちゃんみたいに、女神を降臨させられる体質を持つ地上の民は、数百万人に一人なの。何の素養もない人間が女神《わたし》と同調《シンクロ》すれば、一瞬で植物状態よ？　今日会いに来たのも、そのためなんだから……」

「どういうことですか？」

植物状態とは物騒な言葉が飛び出した。

「脆弱《ぜいじやく》な地上の民と、永遠の肉体と命を持つ神族じゃ、存在レベルに差がありすぎるの。高月マコトの肉体や精神にも間違いなく、悪影響を及ぼしてるわ。ほら、チェックしてあげる」

そう言って、運命の女神《イラ》様が無遠慮に俺の身体《からだ》をペタペタと触ってきた。

「ちょ、くすぐったいんですけど」

「我慢しなさい」

こ、この女神様《ひと》は……。何度も言うが、運命の女神様《イラ》の見た目は絶世の美少女だ。そんな子が、俺の身体を無遠慮に弄《いじ》ってくる。明鏡止水、明鏡止水……。

「あら…………？」

イラ様が、眉をひそめた。

「どうしました？」

「……変ね、特に異常が見当たらないわ。ねぇ、高月マコト。貴方、身体に不調は感じない？　もしくは記憶の一部が欠如してたりしないかしら？」

「うーん……」

俺は首を捻《ひね》るが、三日ぶりに起きて身体が重かったくらいで特に身体面に異常はなかった。記憶に関しても、今ははっきりしている。

「あ、そういえば」

地底湖での出来事を思い出した俺は、『未来の音が聞こえた』話をした。

「え、未来が？　貴方にあげたのは『運命魔法・初級』だから未来視なんてできないはずよ？」

「そうなんですよ。おかしな話なんです」

「ん～、魔力《マナ》量は増えてないしスキルも変わらな…………………………え？」

俺の身体をまさぐっていた運命《イ》の女神《ラ》様の目が見開いた。

「どうしましたか、イラ様？」

「あんた……どうして神気《アニマ》を内包して……え？　これって私の神気《アニマ》？　嘘《うそ》、何で……」

俺の質問には答えてもらえなかった。険しい顔をして、俺の身体を観察している。

「ここか！」「痛い」

突然、運命《イ》の女神《ラ》様が俺の右腕を掴《つか》んだ。乱暴に袖を捲《めく》られる。

そこには、青く光る紋章が浮かんでいた。

「それは……」

たしか火の国《グレイトキース》で、彗星《すいせい》が落ちてきた時の――

「ノアの描いた紋章……？」

「そうです」

運命《イ》の女神《ラ》様の言葉に、俺は頷《うなず》いた。かつて右腕を精霊化させるのに失敗した俺は、魔法を暴走させた。それを防ぐためにノア様がかけてくださった魔法だ。

「火の国《グレイトキース》での高月マコトの行動履歴は、私も知ってる。水の女神《エイル》姉様が手助けして、一時的に地上に降臨したノアが精霊化を防ぐ奇跡を信者にかけたことも把握してる。でも……、これは二重術式？　しかも巧妙に隠蔽されている」

「運命《イ》の女神《ラ》様……。この魔法はどんな効果なんです？」

不安になってきた。ノア様が裏で何か企《たくら》んでいるのはいつものことだが、俺の身体に変な魔法を仕込んだのだろうか？　俺の問に、イラ様がゆっくり口を開いた。

「運命の女神との同調……、それを補助する奇跡《まほう》よ」

イラ様の言葉を、頭の中で反芻《はんすう》する。運命の女神様《イラ》との同調《シンクロ》を補助……。つまり今回起きた事象だ。よく女神様と同調《シンクロ》できたものだと思ったが、ノア様の助けがあったのか。

「流石《さすが》はノア様」

おかげで助かった。

「何言ってるの!?　有り得ないでしょ！　今回は想定外《イレギュラー》な事態続きだった。こんなことが起きるなんて、誰も予想もできなかったのよ」

「俺ならやりかねないと思ったのでは？」

ノア様との付き合いは長い。俺の行動を予想して、仕込んでおくくらいはやりそうだ。

「あんたの突飛な行動を見てるとそれも考えられるけど……、でもそれならどうしてそれを隠蔽するの……？　まさか、今の状況をノアは読み切っていた？　そんなはずは……」

イラ様はぶつぶつと文句を言っているが俺の胸に湧いた感情は一つだった。

「ノア様……、ありがとうございます」

今の俺は信者ではないが、俺は短剣を胸の前に構え祈りを捧《ささ》げた。

「あんた、ここは運命の女神《わたし》の神殿なんだけど……。よくも他の女神《おんな》に祈れたわね」

「あ……、スミマセン」

俺が謝るとイラ様がため息を吐いた。

「まぁ、いいわ。ノアの助けがあった点は気に入らないけど、私と同調《シンクロ》して魔王を退けた。高月マコトの身体と精神には異常はない。結果的には上手《うま》くいっているわ。これからの計画を話すわよ」

「はい、イラ様」

俺は姿勢を正す。

「まず、悪いニュースよ。巫女《みこ》への降臨が禁止になったわ」

「あ……」

俺が目覚めた時にいたのが、エステルさん本人だったのを意外に思ったのだ。どうして、イラ様本人じゃなかったのか？　イラ様が降臨禁止になったからだった。理由は明白だ。

「俺のせい……、ですよね？」

「高月マコトが使った『時の奇跡《まほう》』……。地上の民に使わせることは、重大な神界規定違反よ……。その罰《ペナルティ》ね」

思いの外イラ様の言葉は軽かった。

「すみません……」

「かまわないわ。歴史改変を見落とした上に、勇者アベルに死なれたら私の女神剝奪もあり得た。もう一回『女神見習い』からやり直すことと比べたらこれくらいの罰は甘んじて受けるわ」

意外だ。降臨が禁止になったことは、そこまでお怒りじゃないらしい。というか、女神剝奪とかあるのか。神様の世界も大変だ。

「それにあんたに渡しているネックレス。あれを通して会話ができるから伝達手段はこれまで通りよ」

「わかりました」

俺は頷いた。

「さて、次ね」

イラ様が腕組みをして、俺を意味ありげに見つめた。

「何でしょう？」

「…………」

俺が尋ねると、逡巡《しゅんじゅん》するような気配があった。他にも悪いニュースがあるのだろうか？

「悪い……かどうかは、受け取り方次第ね。高月《たかつき》マコトに関係あることよ」

俺は姿勢を正してイラ様の言葉を待った。

「勇者アベル……、いえ聖女アンナかしら。あの子は、高月マコトに惚れてるわ」

「……………………え？」

まさかの恋バナ？　いやいや、なにか深い意味があるに違いない。俺は次の言葉を待った。

「本来の歴史では、勇者アベルが覚醒するきっかけは『火の勇者』の死。魔王ビフロンスとの戦闘で倒れる直前に、アベルに向かって言った『強く生きて。あなたは私の自慢の息子よ』という言葉が引き金だった。それで勇者アベルは光の勇者として目覚めるの」

「それは……知っています」

有名な伝承だ。しかし現在の状況は……。

「しかし、今の火の勇者は言葉を残す前に、魔王カインの凶刃にかかった。アベルは覚醒するきっかけを失ってしまった。でも、最近になって本来の力に目覚めたわ。理由はわかる？」

「……それは」

運命の女神《イラ》様の言いたいことがわかってきた。

「気づいてると思うけど、今のアベルの心の支えは『高月マコト』よ」

「…………」

そう断言されると言葉に困る。光栄ではあるのだが。相手は伝説の救世主様なんだけど……。

「アンナに、後で話があると言われてるわね？」

「はい。……どうして知ってるんですか？」

「アンナの未来を見たの。細かい指示は出さないけど、彼女の気持ちになるべく応えなさい」

「そもそも何の話なのかわからないと……」

「告白されるわ」「え？」

それは言っちゃ駄目なやつでは!?

「イラ様……」

「何よ、その顔は。心の準備ができていないまま告白されるよりマシでしょ。いい？　間違ってもアンナを振ったりするんじゃないわよ」

「で、でも俺は」

動揺が隠せない。

「わかってるわよ。高月マコトは千年後に恋人を待たせているし、この時代に留《とど》まる気はない。でも、嘘でもいいから、アンナの気持ちに応えてあげて。大魔王を倒すまで」

「………」

言葉に詰まった。そうだ。千年前にやってきたのは『世界を救う』ためだ。

手段を選ぶ余裕はない。けど…………、そのためにアンナさんを騙《だま》すのか？　パーティーの仲間にそんなことをして、本当に許されるのだろうか。心を弄ぶような……。

「高月マコト、心苦しいのはわかるけど……、あなたにしかできないの。お願い」

そう言って真剣な目で見つめられ、俺の両手を小さな手で摑まれた。

「ずるいですね」

小さく息を吐いた。対策を考えよう。なるべく誠実に、アンナさんを傷つけないように。

「ありがとう、高月マコト。助かるわ」

ホッと息を吐く声が、耳に届いた。にしても、イラ様って真面目だな。

ノア様や水の女神《エイル》様あたりなら「あんな美人に好かれるなんてラッキーじゃない。押し倒しちゃえ☆」とか絶対言ってくるのに。

「うぐ」

俺の心の声を聞いてか、イラ様が何とも言えない顔をする。

「やっぱり私って真面目過ぎるのかしら。女神になる前も、姉様たちに肩の力を抜けっていっぱい言われたし……」

「いっぱい言われたんですか……」

まあ、毎回降臨してサポートしてくれるあたりそんな気がしてた。

逆に水の女神《エイル》様は適当だったけど、頼りになった。

「ちょっと！　そんなこと言わないで！　私だって頑張ってるんだから」

「勿論《もちろん》、頼りにしてますよ。イラ様。で、次はどうしましょうか？」

大分、話が脱線してしまったので本題に戻す。魔王を倒したとはいえ、まだまだ先は長い。俺は未《いま》だに、大魔王《イヴリース》の影すら見ていないのだ。

「……」「イラ様？」

俺の質問にイラ様はすぐには答えず、視線を彷徨《さまよ》わせた。言いづらいことなのだろうか？

さっきのアンナさんへの対応より重い内容だったら嫌だなぁ……。

「えっと、魔王ビフロンス戦でやらかした私の言うことを聞いてくれるかしら……？」

上目遣いで質問された。

「聞きますよ。何でも」

「本当？」

俺が言うと、イラ様の顔がぱっと笑顔になった。反則級に可愛《かわい》い。その可愛さにやられた……わけではなく、なんだかんだ俺はイラ様のことは信頼している。魔王を倒せたのは、イラ様のおかげだし、助言だってまめにくれる。だから、千年前の難局を一緒に乗り越えていきたいと思った。口には出していないが、俺の心のうちは伝わっている。

イラ様が意を決したように、口を開いた。

「高月マコト………大魔王《イヴリース》を倒しに行かない？」

運命の女神様《イラ》の口から飛び出したのは、予想外の一言だった。

「大魔王《イヴリース》を倒す……ですか？　魔王相手ですらあのざまだったんですけど……」

千年前に来た直後は、俺だって救世主アベルに出会い次第、大魔王《イヴリース》とすぐに戦うつもりだった。ルーシーやさーさんの居る時代に戻る方法を探さないと、という焦りもあった。

だけど今は……、正直自信がない。不死の王ビフロンスは恐ろしい相手だった。

そんな魔王を九人も配下に持つ大魔王《イヴリース》に、今の戦力で勝てるとは到底思えない。

俺の内心を読んでか、運命の女神様《イラ》が優しく微笑《ほほえ》んだ。

「その気持ちはわかるわ、高月マコト。でも違うの。今が『最善』なのよ」

「……おっしゃる意味が」

わからない、と続ける前にイラ様の手が俺の頬に添えられた。温かい。

——運命の奇跡・共鳴。

美しい声が響く。運命の女神様《イラ》と俺の身体《からだ》が七色に輝いた。これは？

「この反応は、神気《アニマ》を持った者にしかできない。つまり高月マコトに『神の力』が宿っているということなの」

「えっ!?」

俺に神気《アニマ》が？　そんな気配は全くしないが。

「言ったでしょ。本来なら女神と人間が同調《シンクロ》なんてすれば、普通は正気を失うか植物状態よ。少なくとも精神か肉体に不調は出るはず……。なのに高月マコトには、一切の兆候が見られなかった」

「それはノア様の紋章のおかげで……」

「そう、ノアの仕業ね。そして、ノアのかけた奇跡の『後遺症』で高月マコトに神気《アニマ》が残っている状態なの」

「……それって大丈夫なんですか？」

さっきから後遺症とか植物状態とか、ロクでもないワードばっかりなんですが。

「大丈夫。悔しいけど流石《さすが》はノアの奇跡《まほう》ね。一切高月マコトに悪影響を及ぼさない形で神気《アニマ》を内包させているわ」

ほうほう。ノア様も、抜かりがない。

「俺が神気《アニマ》を持っていることは理解しました。でも、それだけで大魔王《イヴリース》を倒せますか？」

神気《アニマ》と聞くとなんとなく強そうだけど、俺が桜井《さくらい》くんやアンナさんのようになったとは思えない。

「はぁ……」

運命《イ》の女神《ラ》様がやれやれと言いたげな顔で首を振る。

「神気《アニマ》が宿っているってことは、今の高月マコトは『無限の命』と『無敵の肉体』を持っていると思いなさい」

無限の命？　無敵の肉体？　言葉は凄《すご》そうですけど。

「……いまいちイメージが」摑《つか》めず、首を捻《ひね》った。

「あんたの仲間のアヤちゃんの『無敵時間《スーパースター》』がずっと続いてると思いなさい。今なら『太陽の勇者』アレク相手でもいい勝負できるわよ」

「めっちゃ強くないですか!?」

灼熱《しゃくねつ》の勇者オルガさんを一撃ＫＯした『無敵時間《スーパースター》』のさーさん。

光の勇者桜井くんをぶっ飛ばした『太陽の勇者』アレクサンドル。あれと同じ!?

「信じられないのも無理はないわ。本人には無自覚で『神気《アニマ》』を宿らせているもの……。なぜ、ノアはこんな真似《まね》を……。聖神族や悪神族から隠すため……かしら？　でもそれなら誰にも気づかれない恐れが……、私だけが気づくことも計算して……？　そんなまさか……」

眉間にしわを寄せる運命の女神様《イラ》の声を聞きながら、俺は自分の両手を見つめた。

とてもそんなに強くなったようには思えないが……。ふと気になった俺は、自分の『魂書《ソウルブック》』を取り出した。俺のステータスは、全て『不明』となっていた。な、何だ、こりゃ!?

「魂書《ソウルブック》は、地上の民の力を測るものだから神気《アニマ》は測れないわ」

イラ様が教えてくれた。な、なるほど。どうやら本当に俺の身体は、変化しているらしい。

「これなら」

本当に大魔王《イヴリース》を倒せる……のか？　ありがとう、ノア様！

「勿論、注意点もあるわ」

浮かれそうになっている俺に、運命の女神様《イラ》が釘《くぎ》を刺す。

「この状態はずっとは続かない。本来は『神気《アニマ》』が人族に宿るなんて異常事態だから、徐々に力は弱まっていくはずよ」

「なるほど……、そして追加の『神気《アニマ》』を補充しようにもイラ様はもう」

「降臨できない」

「……理解しました」

大魔王《イヴリース》と戦うなら今が一番タイミングが良いということがわかった。

「勝てますかね……？」

「一人で突っ込んじゃ駄目よ？　少なくとも光の勇者《アンナ》とは一緒に行くこと」

「だからさっきの助言ですか……」

俺がアンナさんを振ってはいけないわけだ。

「魔王の城《ビフロンス》で聖剣バルムンクも回収しておいたわ。もともとは火の勇者の武器ね。それを光の勇者に持たせて、『神気《アニマ》』を持つ高月《たかつき》マコトと一緒に戦えばきっと勝てるわ！」

びしっと俺を指差す運命の女神様《イラ》。たった今知ったが、どうやら魔王城で聖剣をゲットしていたらしい。にしても、聖剣バルムンク……ねぇ。

「さーさんにへし折られた聖剣ですよね？」

火の国《グレイトキース》での、武闘大会のことを思い出す。あまり強そうな印象がない。

「あ、あれはあんたの仲間がおかしいのよ！　何よ『無敵時間《スーパースター》』って！」

「まぁ、あのスキルは俺も反則《バグ》ってると思いますけど……」

「とにかく！　偶然にも高月マコトに『神気《アニマ》』が宿った。これを利用しない手はないわ！」

「なるほど……」

運命の女神様《イラ》の作戦は理解できた。その時、俺の脳裏にとある考え《アイディア》が閃《ひらめ》いた。

「もし、この状態の俺が『海底神殿』に挑めばどうなります？」

「え？」

俺がぽつりと言った言葉で、運命の女神様《イラ》の目が大きく見開いた。

「どう思います？　イラ様」

「た、確かに高月マコトが『神気《アニマ》』を宿している状態なら『海底神殿』を攻略できる可能性が……。はっ！　まさか、ノアの狙いはそれ!?」

これは千載一遇の機会《チャンス》なのでは。魔王カインと二人がかりで手も足も出なかった海底神殿。しかし、覚醒した光の勇者さんと一緒ならもしかしたら……。

「ね、ねぇ……、高月マコト。本気なの？　大魔王《イヴリース》とは戦ってくれないの……？　もし、これで失敗したら……」

運命の女神様《イラ》が泣きそうな顔で俺の服の袖を摑む。

この世のものとは思えないほどの美幼女の瞳と涙。その目は反則ですよ……。

ノア様に逢《あ》いに行くか、大魔王《イヴリース》と戦うか。俺が悩んでいた時。

『どうしますか？』
海底神殿へ挑む
大魔王《イヴリース》へ挑む

空中に文字が浮かんだ。『RPGプレイヤー』スキルだ。イラ様からはちょうど視《み》えない位置。どうしたものかな……。毎度のことながら、悩ましい選択肢を投げかけてくる。

運命の女神様《イラ》は、捨てられた子犬のような目でこちらを見つめている。あざとい。少しだけ悩んだ結果、俺は『大魔王《イヴリース》へ挑む』を選択した。

「イラ様に教えてもらえなければ『神気《アニマ》』のことは知らなかったわけですし。神託に従って、大魔王《イヴリース》と戦いますよ。海底神殿はゆっくり攻略します」

はっきりと答えた。俺一人の希望を優先するわけにはいかない。

この世界の命運がかかっている状況だ。俺の決断に運命の女神様《イラ》も喜ぶだろうと思ったのだが、当の女神様はこちらを見て怪訝《けげん》な表情を浮かべていた。

「あんた……今、何をしたの？」

おかしな質問をされた。

「何、と言いますと？」

「えっと……あら？　ううん、何でもないわ。一瞬『未来』が歪《ゆが》んだと思ったんだけど……、気のせいだったみたい。そう！　大魔王《イヴリース》と戦ってくれるのね！　よかったぁ……」

すぐに安堵《あんど》の表情に変わり、俺の肩に手を置きこちらに体重を預けてきた。

ふわりと、鼻孔にすごくいい匂いが届いた。運命の女神様《イラ》から花のような香りがする。

この女神様、パーソナルスペースが近くない？

俺の心を読んだのか運命の女神様《イラ》とぱっと目が合った。

「あんた女に飢えてるの……？　いっぱい可愛い子に言い寄られてるじゃない」

「俺は硬派なんです」

「その割には、私の胸元に視線を感じるんですけどぉ～」

「その平原のような胸にですか？」

「…………は？」

イラ様が低い声で威圧してきた。ベッドの近くにいるヌイグルミたちの目がギラリと光った。ガチャガチャと巨大な鋏《はさみ》を鳴らす音がする。地雷を踏んだらしい。

「嘘《うそ》です、イラ様の美肌に見惚《みと》れてました」

「よろしい」

ふふん、と胸を張る運命《イ》の女神様《ラ》。自意識が高いなぁ……。いや、女神様だしこれが普通なんだろうか。ノア様も『自分が一番可愛い』だったし。そんな会話をしていると景色がぼやけてきた。そろそろ目覚めの時間だ。今回の話も、情報が多かった。頭を整理しないと。

「じゃあ、任せたわよ。高月マコト」

「はい、イラ様」

こうして、俺は運命《イ》の女神様《ラ》からの神託《おねがい》を受け取った。

◇

目を覚ますとモモの姿はなかった。

大迷宮《ラビュリントス》の中なので、時刻がわかりづらいがおそらく昼過ぎだろう。

「寝坊だな……」

俺はひとりごちると、顔でも洗おうと地底湖に向かった。

途中、住人にご飯を奢《おご》ると誘われたがリハビリも兼ねて自分で魚を獲《と》りますと伝えた。

ついでに、運命の女神《イラ》様に教えてもらった『神気《アニマ》』がどんなものか確認したい。

あまり人に見られるのもどうかと思うので、俺は地底湖に落ちる大きな滝の裏にやってきた。滝の裏は、轟々《ごうごう》と水が落ちる音が響くのみで人気《ひとけ》は全くない。見回すと、多くの精霊たちが遊んでいる。さて、何の魔法を使おうかと考えていると。

「マコトさん」

名前を呼ばれた。よく知っている声——光の勇者《アンナ》さんの声だ。

「——高月マコトは、聖女アンナに告白されるわ」

運命の女神《イラ》様の言葉が蘇《よみがえ》った。流石は女神様の未来予知。避けられそうにない。

（わかってるわよね！　高月マコト！　ＯＫするのよ！）

頭の中で声が響いた。ついさっきまで会話していた御方《おかた》だ。

運命の女神《イラ》様、視てるのかよ……。やりづらいことこの上ない。

（つーか、任せたって言うなら視ないでくださいよ）

（だ、だって。上手《うま》くやってくれてるか不安だし！）

この女神様は……。何でもかんでも自分でチェックしないと気がすまないらしい。

仕事を人に任せられないのは駄目ですよ？

(う、うるさいわね！　いいから、目の前のアンナに集中しなさい！)

はぁ……、わかりました。心の中でため息を吐《つ》いた。

「は、話があります！」

顔を赤くする聖女アンナさん可愛《かわい》い……が、その顔はどうしてもノエル王女を思い出す。

今からこの子に告白される、……らしい。

「は、はい……」

やや緊張気味に、俺は答えた。

(さぁ、勇者高月マコト！　アンナを口説き落としなさい！)

頭の中が、うるせぇ。集中できん！

こうして運命の女神様《イラ》に監視された中での、告白《イベント》と相成《あいな》った。

◇アンナの視点◇

——数年前。母の故郷である浮遊大陸の村が魔王軍に襲われたので、西の大陸にある父の故郷の小さな村で過ごしていた時の話だ。既に両親は他界していて、僕の面倒を見てくれているのは母の友人である火の勇者のオルガ師匠だった。

「アベル、鍛錬もほどほどにな。少し休め。疲れが見えるぞ」

女性としてはがっしりとした身体《からだ》付きの師匠が、僕に気遣うように声をかけた。

確かに剣の素振りをしている僕は、フラフラしていた。一緒に剣の修行をしている師匠は汗一つかいていない。

「……駄目です。僕も師匠のように強い勇者になって両親の仇《かたき》を討つんです！　だからもっと鍛錬しないと」

「真面目だなぁ、アベルは。母さんにそっくりだ」

オルガ師匠が優しく僕の頭をなでた。その手に安心すると同時に、子供扱いされているので不服にも感じた。自分の腕を見つめる。師匠とは違い、あまりにか細い腕だ。頼りない。

「あまり思い詰めるな。そもそもアベルには女性のみの種族である『天翼族』の血が流れている。私は獣人族との混血だから身体が大きいし力が強い。ただの種族差だよ」

「……でも」

「焦らずに修行するんだ。君はきっと特別な存在になる」

特別な、というのは僕の体質のせいだろう。僕は勇者と巫女《みこ》、両方の才能《スキル》を持っている。

そんな者はこれまで誰一人いなかったらしい。だから師匠は、僕に期待をかけてくれている。

「師匠を守れるくらい、強くなります！」

「ふふっ、そうか。それは頼もしいな。私を守ってくれるか」

寂しげに笑う師匠の横顔を見て、僕は悲しくなった。師匠は、かつて魔王軍に恋人を殺された。戦いの最中、師匠を庇《かば》って命を落としたらしい。それ以来、オルガ師匠はずっと独り身だ。他の勇者と共に行動せず、独りで戦ってきた勇者。

僕を弟子にしてくれたのは、母と親交があり、僕が孤児になってしまったからだ。いつか、オルガ師匠と肩を並べて戦いたい。

それが僕の目標だった。僕は、休まずに剣を振り続けた。

「私はずっと独りだが……、アベルには心を許せる仲間か……、恋人ができるといいな」

師匠がぽつりと呟《つぶや》くのが聞こえた。随分と唐突な話だ。

「恋人なんて、僕は無理ですよ。こんな体質ですから」

僕は苦笑する。天翼族（女性）と人族（男性）の両方の性別を持つ特殊な体質。

その影響か、僕はこれまで誰かを好きになるということが一度もなかった。きっとこれからもないだろう。強いて言えば好意を持っている相手は、オルガ師匠だけだ。

それは家族愛に近いものであるが。

「そうかな？　君の母親は情熱的で、種族を超えて君の父と結婚をした。天翼族は、他種族との結婚は反対されているのにな。あの母の血を引く君なら、きっと運命の人と出会えるよ」

「はぁ……、そうでしょうか」

僕は気のない返事をしながら、剣の素振りを続けた。

「ちなみに、アベルが結婚相手に求める条件は何だい？」

からかうような口調で、僕に質問する師匠。意外に、こういう話が好きな一面があった。にしても、結婚なんて。想像もできない。

「師匠より強い人であることが第一条件ですね」

「それは大変だな」

師匠は笑った。

「だけど、もしも気になる人が現れたらきちんと気持ちを伝えるんだぞ？　こんな時代だから、いつ会えなくなるかわからないぞ」

「師匠より強い人なら、どんな敵が出てきても大丈夫ですよ」

その時の僕は、そんな軽口をたたいていた。

でも——あんなに強い師匠だって魔王相手には敵《かな》わなかった。だから、僕は……。

◇

「あ、あの……」

僕は声を上擦らせながらマコトさんへ話しかけた。

「は、はい。何でしょう？　アンナさん」

いつも冷静なマコトさんが、珍しく動揺している。

（ふぅ……、落ち着いて。自分の気持ちを伝えるだけだから……）

「マコトさん……僕は、その……貴方《あなた》のことが……す……す……」

「アンナさん？」

い、言えない！　何で『好きです』の四文字が言葉にできないの!?

マコトさんは、僕の言葉を待つようにこちらを見つめてくる。

その目で見られると、カァーと身体が熱くなった。何が人を好きになれないだ。こんなにも心臓がバクバクいっている。

落ち着け。そもそも、マコトさんには故郷で帰りを待っている『大切な人』が居るんだ。

だから、僕の気持ちに応えてくれることはない。

そうモモちゃんから聞いている。それを思い出して、僕の頭が冷静になった。

うん、返事はわかってるんだ。ただ、僕は自分の気持ちを伝えるだけだ。よし、言おう！

「ぼ、僕と結婚してください！」

「へ？」

マコトさんの目が丸くなった。これまで見てきた中で、一番驚いている顔をしている。

「あ」

そして、僕は自分が馬鹿なことを言ってしまったことに気づいた。

何を言ってるんだ！　違う、言いたかったのはこれじゃない！

師匠との会話を思い出していたから、おかしな言葉が飛び出してしまった。

「けっこん……、結婚かぁ……、それは予想外な……、うーむ……」

あ、あれ？　マコトさんが、悩んでいる。も、もしかして……脈あり？

「……、ちょっと、うるさいですよ、イラ様……、今返事を考えているところで」

「マコトさん？」

ブツブツ何かを言っているマコトさんに一歩近づく。

「アンナさん」

「はい！」

僕はバクバクする胸に手を当てて、次の言葉を待った。

「俺には……帰りを待っている人が居ます。だから結婚できません」

「…………………はい」

その言葉に、胸がきゅうっと痛んだ。そうだ。マコトさんには想《おも》い人《びと》がいる。

僕と結ばれるはずが……ない。何を期待してたんだ……。

「ちょっと、イラ様、マジで黙って……、一回通信切りますよ」

失恋で頭がぼんやりしていた僕に、何か聞こえてきた気がしたが記憶には残らなかった。

あぁ……、師匠。想いは伝えましたが、断られるのは辛《つら》いです……。泣きそう……。

「アンナさん」

「は、はい」

マコトさんが僕の肩に手を置いた。好きな人の顔が目の前にあった。

「でも、アンナさんのことは大切に思ってます」

「え?」

再び心臓が凄《すご》いスピードで動く。

「だから……、アンナさんのことを守るよ。どんな敵が相手でも」

「っ!?」

う、嬉《うれ》しい。そんな言葉をかけてもらったのは初めてだった。

「マコトさん……」

気がつくと、僕の腕がマコトさんの首の後ろに回っていた。

マコトさんは少し驚いた顔をしたが、すぐにこちらを見て微笑《ほほえ》んだ。

い、いいのかな……? 僕はゆっくりと顔を近づけ……。

「ちょっとぉ! アンナさん!! 何をやってるんですか!」

「え？」「わっ！」

目の前からマコトさんの姿がかき消えた。今のは、モモちゃんの空間転移《テレポート》だ。

「アンナさん!!　抜け駆けしましたね！　そこまでするとは聞いてませんよ！」

「も、モモちゃん……見てたの!?」

シャー！　と猫のように威嚇してくるモモちゃん。が、すぐにしょんぼりと肩を落とす。

「マコト様……そうなんですか……故郷に恋人が居るから私の気持ちには応えてくれないと思ってたのに……アンナさんなら良いんですか？　私じゃ駄目ですか……」

「ち、違うって。モモだって同じくらい大切だから！」

「本当ですか？」

モモちゃんが疑わしそうな視線をマコトさんと僕に向ける。モモちゃんと同じ……か。

そうなんだろうか？　さっきはキスをさせてくれそうだったけど……。実は、マコトさんって身持ちは軽い？　いやいや、そんなことない。マコトさんは真面目な人だ。……あぁ、頭がぐるぐるする。僕が混乱している間に、モモちゃんがマコトさんに詰め寄っていた。

「ちなみに、マコト様の恋人ってどんな人なんですか？　今まで怖くて聞けなかったんですけど」

「俺の？　いや、それは……」

「僕も興味あります！　マコトさん！」

「アンナさんまで!?」

確かにマコトさんの恋人は気になる。一体、どんな人なんだろう。きっと素敵な人だと思うけど。

「えぇ……」

詰め寄る僕とモモちゃんに、マコトさんは言いづらそうにしている。

「マコト様！」「マコトさん！」

モモちゃんはいつも通り押しが強い。今日は僕も同じように詰め寄った。

その勢いに、マコトさんは観念したように口を開いた。

◇高月《たかつき》マコトの視点◇

妙なことになった。アンナさんに告白されることは、運命の女神様《イラ》から予言されていたので心の準備はできていたが、モモが乱入してきて、さらに俺の女性関係を問い詰められるとは思ってもいなかった。

（どうするの？　バカ正直にのろけ話なんて言うんじゃないわよ。アンナ《おまえ》のほうが可愛《かわい》いよ、くらいは言いなさい）

言わねーよ！　運命の女神様《イラ》がアホな忠告をしてくる。

とはいえ、アンナさんも十分美人なわけで、可愛いのは間違いない。

「「……」」

モモと光の勇者《アンナ》さんが、俺をじっ～と見つめてくる。話すまで逃してくれそうにない。

「えーと、俺の恋人は赤毛のエルフの魔法使いで……」

俺はルーシーのことを語った。魔物に襲われているところを助けたこと。一緒に、グリフォンや忌まわしき魔物と戦ったこと。千年後の冒険のことなので、千年前の状況と比べると矛盾が多いような気がするが、モモと光の勇者さんが気づく様子はなかった。

「エルフの魔法使いですか……」

「師匠はその方の話をすると楽しそうですね……」

二人がしょんぼりと項垂《うなだ》れている。いかん、説明しすぎたか！　もっと端折《はしょ》るべきだった。なんか色々聞かれたから、正直に答えてしまった。つ、次に移ろう！

「次に、二人目はね……」

「えっ!?」「ふ、二人目!?」

（はぁ!?　高月マコト！　あんた何言ってるのよ、バカじゃないの！）

（でも、ルーシーの話だけをするのはさーさんに悪いですし）

というわけで、俺はさーさんのことも説明した。

「学校の友人……ですか？」

「マコト様は……一体、どこの国の出身なんです？」

（ほらぁ！　前の世界の話なんてするから、二人が混乱してるじゃない！）

「で、三人目だけど」

「…………………は？」「…………あの……マコトさん？」

続けて、俺はソフィア王女の説明をした。その頃には、モモとアンナさんの表情がこちらを疑うようなものになっていた。なんだよ？　嘘《うそ》は言ってないぞ。

「最後の四人目だけど……」

フリアエさんの説明は難しいな、と少し考えていたら。

「あ、マコト様。もう言わなくて大丈夫です」

「マコトさん、聞いてられません……」

二人からストップがかかった。

「四人目の説明はいいのか？」

それはそれで助かるが、なんとなくここまできたらきちんと話してしまいたい気もする。

（あんたさぁ……こんな馬鹿だっけ？）

イラ様からの呆《あき》れた声が頭の中に響いた。馬鹿とは失礼な。

「マコト様、作り話は駄目ですよ」

「四人は言い過ぎです。見栄《みえ》を張るにも二人くらいにしておくのがよいと思いますよ」

同情的な視線を向けてくる、モモと光の勇者《アンナ》さん。

「ちょっと待て！　俺は嘘はついてないぞ！」

俺は慌てて、それを否定した。

「はぁ……、マコト様は可愛いですね。故郷に恋人がいるって設定なんですね」

「安心しました。大丈夫ですよ、僕たちはマコトさんのことが……す、好きですから」

「あー！　アンナさん、どさくさに紛れて告白しましたね!!　私のほうがマコト様のことを愛してますから！」

「あ、愛!?　モモちゃんは過激だね……」

「抜け駆けしてキスをしようとしてたアンナさんに言われたくありません！」

モモとアンナさんが、二人で盛り上がっている。

「って。二人共、何で俺の話が嘘だって決めつけるんだよ！」

思わず大きな声を上げる。すると二人はきょとんとした顔でこちらを向いた。

「だってマコト様、童貞ですよね？」

「マコトさん、女性経験ありませんよね？」

「…………」

そう言えば、二人にはそれがバレてましたね。

（あーはっはっはっはっはっ！！！）

俺が無言になっていると、イラ様の笑い声だけが頭の中に響いた。うるせぇ。

「恋人が四人もいるのに童貞はありえませんよ」

「いや、待てモモ……」

そうだけど！　確かに、言われてみるとそうだけど!!

「駄目だよ、モモちゃん。マコトさんにだって言い分はあるんだから。ね？　マコトさん」

「アンナさん！　なんか凄い慈愛に満ちた視線を送るのやめてもらえますか!?」

その聖女みたいな優しさは要らない！　いや、貴女《あなた》は聖女だけど！

（よかったわね、高月マコト。あんたの恋人は『妄想』扱いになったわよ。おかげでアンナの機嫌は良いし、上手《うま》くやったわね）

くそー、納得いかん！　その後、色々説明をしたが、モモとアンナさんには最後まで信じてもらえなかった。しまいには――。

「マコト様、これからは私とアンナさんが恋人になりますからね」

「マコトさんが求めてくれたら僕はいつでも……」

「アンナさんって結構、尻軽……」

「なっ！　モモちゃんこそ昨日はマコトさんと同じベッドで寝てたくせに！」

「部屋の中を見てたんですか！」

「僕の目は、壁一枚くらいなら透視できるんだよ」

「なにそれ怖い！」

なし崩し的に、二人と俺は『恋人』になったらしい。

（あはははははははっ！　結果オーライよ、高月マコト！　あー、笑い過ぎてお腹《なか》痛い）

イラ様、ずっと笑ってるし。――こうして、光の勇者との『絆《きずな》』が深まり、俺たちは大魔王《イヴリース》討伐への懸念を一つクリアした。


「勇者くん《アンナ》とちびっ子《モモ》が精霊使いくんの恋人になった、だと？」

「そうなんですよ、白竜。我が王が急に色事《いろごと》に目覚めてしまいました……」

「いいじゃないか。『英雄色を好む』という言葉もある。彼は魔王討伐の立役者だ。好きなだけ女を抱けばいい。ついでに私の娘ももらってくれんかな」

「これ以上増えるのは勘弁ですよ！　エルフの長！」

大魔王《イヴリース》と戦う話を、白竜さんとジョニィさんに相談に行ったら、なぜか水の大精霊《ディーア》が一緒に居た。三人とも飲んでいるようで、酒瓶がそこらに転がっている。

水の大精霊《ウンディーネ》って酒が飲めたのか？

「おや、女たらしの精霊使いくんじゃないか」

「我が王～、私は寂しいです……」

白竜さんがニヤニヤとして、水の大精霊《ディーア》がふてくされた顔をしている。

「お邪魔しますね」

「よく来た、マコト殿！　共に飲もう！」

俺が三人の近くに座ると、最初に話しかけてきたのはジョニィさんだった。

普段の寡黙な様子がなく、随分と陽気だ。しきりに俺に酒を勧めてくる。ついでに、娘さんの婿にならないかと熱く口説かれた。ジョニィさんにはお世話になっているが、ここでOKするとアンナさんとモモに何を言われるかわからないので、丁重にお断りしておいた。

ジョニィさんは残念そうだが、無理強いはしてこなかった。

「我が王～、私も構ってくださいまし……」

水の大精霊《ディーア》がしなだれかかってくる。

「悪い悪い」

と言いながら、俺はその美しい蒼《あお》い髪をなでた。実際、水の大精霊《ディーア》には何度も助けてもらっている。彼女なしでは生き残れなかった。これは予想だが、千年後の太陽の国《ハイランド》が魔物の群れに襲われた時、俺を助けてくれたのも水の大精霊《ディーア》のような気がする。

今の時点で彼女に聞いてもわからないことではあるが。精霊には歳《とし》を重ねるという概念はないらしい。千年後に帰ったら、是非確認してみよう。

やがて酔いつぶれた水の大精霊《ディーア》は、俺の膝ですやすやと眠ってしまった。

「考えられんな……、生きた天災である大精霊をそのように従えるとは……」

白竜さんが、恐ろしいものを見るような目でこちらを眺めている。

「やはり私の目に狂いはなかった。精霊使いくんは、魔王を倒せる逸材だった」

「俺じゃなくて倒したのは、光の勇者さんですよ」

「時の神級魔法を使っておいてよく言う。魔王は精霊使いくんに完全にビビっておったぞ」

「そうでしたっけ？」

その辺は、記憶が曖昧だ。『明鏡止水』スキル100％のせいかもしれない。

そんな雑談をしていた時だった。

「マコト殿、我々に話があって来たんだろう？」

ジョニィさんが断言しながら、酒をぐいと飲み干した。俺にも注《つ》がれたものだが、日本酒のようにきついお酒でとても一気には飲めなかった。ジョニィさんは、酒が強い。

「そうなのか？　精霊使いくん」

「ええ……、まぁ」

「しばらくは、ゆっくり身体《からだ》を休めたらどうだ？　魔王を倒したばかりだぞ？」

呆れた口調で白竜さんは、赤ワインのようなお酒をまったり楽しんでいる。

その姿がとても絵になる。

（さて……、どう切り出そうかな）

光の勇者《アンナ》さんとモモには、大魔王《イヴリース》討伐のことは伝えてある。

若干、顔を引きつらせていたが同意は取れた。

あとは、白竜さんとジョニィさんの二人の返事を聞かなければならないわけだが……、
正直魔王を倒したばかりでさらなる困難へ連れ出すのは気が引ける。もっとも俺自身、
太陽の女神様《アルテナ》に無理難題《しんたく》を押し付けられて、はるばる千年前に来た身ではあるが。

「これから大魔王を倒しに行くのだろう？　私は付き合うぞ」

ジョニィさんは、大きな盃《さかずき》に酒を注ぎながらこともなげに言った。

「え？」「何？」

俺と白竜さんは、驚きの声を上げた。先に反応したのは、白竜さんだった。

「馬鹿なことを！　まずはこの大陸で戦力を整えるべきだ。魔王を倒し各地に隠れていた
戦士たちが集まってくる。それに他にも魔王は居る！　大魔王《イヴリース》はもっとあとにすべきだ！」

白竜さんの言葉は、真っ当だ。俺だって運命の女神様《イラ》と話す前は、そう考えていた。

「戦《いくさ》は勢いだ。地力では向こうが勝っている。流れに乗ってしまったほうがいい」

ジョニィさんは、さらに酒を飲み干す。……飲み過ぎでは？

「やれやれだ……、ジョニィ殿は短慮過ぎる。精霊使いくんも、何か言ってやれ」

白竜さんが、俺に会話を振る。当然、反対してくれるだろうという口調だった。少し申し訳ない気持ちになった。

「運命の女神様《イラ》から、直ちに大魔王《イヴリース》討伐に向かうよう神託がありました」

「なん……と……」

「流石《さすが》は運命の女神様《イラ》だ。戦をわかっている」

ジョニィさんは、本当に楽しそうだ。反対に、白竜さんは不安そうな顔をしている。

「白竜さん……、気乗りしないのであれば……」

「いいさ、力を貸そう。そういう約束だからな」

「……いいんですか？」

「何度も言わすな」

「ありがとうございます」

俺は二人に頭を下げた。

「うーん……、我が王は無敵……です……」

水の大精霊《ディーア》の寝言が聞こえる。この子にも、もうひと働きしてもらわないといけない。

俺はジョニィさんに注いでもらった酒を、ぐいっと飲み干した。少しむせた。

（なんとか全員の同意は得た……か）

――こうして、大魔王《イヴリース》へ挑む面々との約束を取り付けることができた。

◇翌日の早朝◇

「もう旅立つのか……」

白竜《メル》さんがげんなりした顔をしている。

「すいません、メルさん。夢の中で運命の女神様《イラ》に散々急《せ》かされまして。おかげで寝不足ですよ。文句言ってやりましたよ」

「……よく女神様に文句など言えるな、精霊使いくんは」

白竜さんは、小さくため息を吐《つ》いた。

「遂《つい》に大将首か。腕が鳴る」

ジョニィさんは、愛刀を腰に携えて不敵な表情を浮かべている。というかジョニィさんって、ちょくちょく発言が日本人っぽいんだよなぁ。転生人？　まさかな。

「ジョニィさん、街の皆に挨拶はしなくても本当にいいんですか？　黙って行くと皆さん寂しがりますよ」

なんと彼は、黙って出ていくらしい。

「構わん、書き置きを残してきた。今まで一族が滅びないことだけを考えてきたが、この街はもう私が居なくても大丈夫だ。大魔王《イヴリース》を倒したあと、私は世界中を旅したい」

「そう、ですか」

これは歴史で習った通りだ。大魔王《イヴリース》を倒したジョニィさんは、世界中を巡る。ついでに、各地に子供を残していくらしい。なるほど、今までは一族のために自分のやりたいことを我慢していたのか。そう考えると奔放なのは、流石ロザリーさんの祖父って感じだ。

「マコト様……」

モモは相変わらず不安そうだ。

「大丈夫だよ、モモ」「は、はい」

本当なら戦いに巻き込むのは気が引けるが、ついてくるなと言っても無理だろう。だから、俺が守らないと。

「ほ、本当に行くんですね……マコトさん」

光の勇者《アンナ》さんの声は少し震えている。彼女の腰には聖剣バルムンクが携えられている。大魔王《イヴリース》を倒すには、彼女の力が不可欠だ。

（それにしても……）

俺はあらためて、パーティーメンバーを見回した。

伝説の聖竜様。

太陽の国《ハイランド》を建国時から見守る守護者、大賢者様《モモ》。

木の国《スプリングローグ》の英雄ジョニィさん。

そして、救世主——光の勇者のアンナさん。

(伝説のメンバーが揃《そろ》ってる……)

もっともアベルとアンナさんが同一人物であることは、想定外だったが。俺が一緒に行ってもいいのだろうか？　という気すらしてくる。

(あんたが居なきゃ、始まらないのよ!!)

頭の中で、キンキンと声が響いた。声色は美しいんですけどね……、もちっと穏やかな声を出せませんか？

(こっちは神界規定違反の罰則で、てんてこ舞いなのよ！)

声だけでなく、目の下にくまができている運命の女神様《イラ》の顔が浮かんできた。二十四時間、働き詰めらしい。女神稼業ってブラックなんやな……。

運命の女神様《イラ》は仕事のやり方にも問題がある気がするが。

(いいわね、絶対に勝つのよ……、負けたら私は女神剝奪なんだから……)

運命の女神様《イラ》の声のトーンが本気過ぎる。さて、街の住人に見つかると騒がれてしまうので旅立とうかという時、誰かの足音に気がついた。

「皆様、お見送りに来ました」

その穏やかな声の主は運命の巫女《エステル》さんだ。てっきり一緒に来てくれるかと思ったが、彼女自身の戦闘能力は低いらしく足手まといになってしまいます、と言われた。

「では、行ってきますね。エステルさん」

「はい、お気をつけて。ですが、旅立ちの前に皆様の勝利を祈らせてください」

運命の巫女《みこ》さんはそう言うと、両手を組み小さく頭を下げた。

——運命魔法・女神の祝福。

エステルさんの身体を、美しい光が包む。そして、アンナさんに近づくと、手の甲にキスをした。キスされた場所がぽわっと小さく輝いた。

「これは……?」

アンナさんが尋ねると、運命の巫女さんがにっこりと微笑《ほほえ》んだ。

「幸運を授ける運命魔法です。これで敵からの矢や遠距離魔法が当たらなくなります」

おお！　それは助かる。巫女様の強化《バフ》魔法か。ワクワクして待っていたが、モモ、ジョニィさんと来て俺はスルーされた。あ、あれ……？

「あの……エステルさん？」

「ふふふ、高月《たかつき》マコトさんには運命の女神様《イラ》の神気《アニマ》がありますから。私の取るに足らない魔法など不要ですよ。むしろ邪魔になってしまいます」

えぇ～、俺も運命の巫女さんの強化《バフ》が欲しかった……。

（あんたにはねぇ！　世界一の幸運がついてるのよ！）

運命の女神様《イラ》のキンキン声が響く。本当かなぁ……。

こっちに来てから大変なことばっかりなんですけど。

「まぁ、特に意味はありませんが、勝利を願ってキスくらいならいくらでも……」

そう言ってニコニコしながら、運命の巫女さんが近づいてくる。ん？

手の甲じゃなくて、なぜ首に手を回すんです？

「マコト様！　早く出発しますよ！」

「エステルさん！　幸運の魔法をありがとうございました！」

アンナさんとモモに、すごい力で服の襟を引っ張られた。く、首が苦しい！

運命の巫女《エステル》さんは、にこやかに手を振っている。どうやら、からかわれたらしい。

「やれやれだ……、では向かうぞ」

白竜さんが、竜の姿になった。俺たちはその背に乗る。俺たちは大迷宮《ラビュリントス》の街を離れ、黒い雲が覆う空へ飛び立った。

こうして、ついに大魔王《イヴリース》との決戦の地へ向かうこととなった。

四章　高月マコトは、魔大陸へ向かう

どこまでも続く暗い雲。その中を黒竜に乗って飛んでゆく。

といっても、俺たちを乗せてくれているのは勿論《もちろん》白竜《メル》さんだ。

白い竜の姿だと目立ち過ぎるため、今回は『変化《へんげ》』を使って姿を変えている。

メルさんは、色々できて本当に頼りになる。

「精霊使いくん、方向はこっちでいいのか？　えらく遠回りだが」

「ええ、この先には魔王軍の手先が潜んでいます。迂回《うかい》しましょう」

「マコト様、よくわかりますね」

「エルフの千里眼でも視《み》えぬが……」

モモとジョニィさんが、目を凝らしている。

「未来を視ました。便利ですよ」

「「「……」」」

俺の言葉に、全員が微妙な表情になる。嘘《うそ》は言ってないのだが。

何でそんな顔でこっちを見るん？

（高月マコトがどんどん人間離れしていく……、って皆思ってるのよ）

運命の女神様《イラ》が、皆の心を読んで教えてくれた。そんなことを言われても『未来視』は、勝手に発動するので俺の意思ではない。俺はおかしくない。

（魔大陸にいる大魔王《イヴリース》の居城までは、数日かかるわ。あんまり神気《アニマ》の無駄遣いするんじゃないわよ）

そうしたいのは山々ですが。俺は未来視を制御《コントロール》できないんですよ。

（と・に・か・く、あんたは力を温存するの！　わかったわね）

へーい。運命の女神様《イラ》がノア様ばりに口うるさくなってきた。ノア様、元気かなぁ。

「マコトさん、何を考えているんです？」

アンナさんが、ひょいっと顔を覗《のぞ》き込んでくる。

「えっと、故郷の知り合いのことを」

邪神様《ノア》のことは詳しく言えない。

「へぇ～、四人もいる恋人さんのことですか？」

唇を尖《とが》らせながら聞いてくるアンナさん。信じてないんじゃなかったっけ？

「残念ながらその四人とは別の女神様《ひと》ですね」

「「五人目!?」」

アンナさんに加えて、モモにまでツッコまれた。

「……マコトさんの妄想の彼女が増えちゃった」（小声）

「……今度はどんな設定なんでしょう？　アンナさん聞いてください」（小声）
「……えぇ！　嫌だよ！　モモちゃんが聞いてよ」（小声）
「……いたたまれない気持ちになるので嫌です」（小声）
「聞こえてるぞ、二人とも」（聞き耳スキル）
もうこの話はやめておこう。それからは当たり障りのない話題で、旅を続けた。

「今日はここで野営にしよう」

ジョニィさんが野営《キャンプ》に適した場所を見つけ、木魔法でテーブルや椅子を作っていく。簡易な寝床も作製している。便利だなぁ、木魔法。そして、ジョニィさんは器用だ。白竜さんは結界を張ってくれ、光の勇者さんとモモが食事の準備をしている。

俺も何か手伝えることは……、と仕事を探したが何もなかった。仕方なく俺は水の大精霊《ディーア》と一緒に、魔法の修行をしながら待つことにした。水魔法を使って様々な生き物の形を作る。それを飛ばしたり、走らせたり、会話させたりした。にぎやかで楽しい。

「それはどうなっている……？　なぜ魔法を喋《しゃべ》らせる必要がある？」

白竜さんが気味が悪いものを見るような目を向けてきた。

「聖級魔法だと魔法は喋るんですよ」

俺はやや得意げに答えた。かつて木の国《スプリングローグ》で見せてもらったルーシーの母ロザリーさんの聖級魔法を思い出す。

あれは炎の天使の魔法だった。水魔法限定だが、俺もようやくその域に達せたようだ。

「自分の造った魔法と『対話』するのは、魔法の威力を強化したり制御したりするためだ。自由に喋らせる必要はないと思うが……」

「私も聖級魔法は扱うが、マコト殿のような使い方はしないな」

白竜さんに続き、ジョニィさんにまで言われた。あ、あれー？

（あんたの魔法の使い方、はっきり言ってかなり変わってるわよ？）

え？　そんな！　運命の女神《イラ》様まで！　ノア様には、褒められたのに！

（ノア……、あいつ何で自分の使徒に効率的な魔法の使い方を教えないのかしら）

魔法に決まった規則《ルール》はないから、「好きにしなさい」というのがノア様の言葉だ。

そっかぁ。俺の魔法って非効率なんだ。

確かにここ最近の成長が止まっているようにも感じていた。その証拠に。

「なぁディーア。俺の水魔法の熟練度が『９９９』から全く上がらないんだけど、何でだと思う？」

魂書《ソウルブック》を見せながら水の大精霊《ディーア》に俺は尋ねた。

「むぅ……、聖神族の魔道具ですか。私はそんな数字は気にしませんが、我が王は間違いなく強くなっておりますよ」

「そうなの？」

自分ではいまいち実感がないが、水の大精霊《ディーア》曰《いわ》く俺の水魔法はちゃんと成長しているらしい。いつになったら上がるのやら……。

俺が魂書《ソウルブック》とにらめっこしていると、後ろから声をかけられた。

「マコトさん♡　そろそろ夕食の準備ができますよ」

「ありがとう。アンナさん」

俺の首に手を回し、よりかかってくる光の勇者さん。最近は身体接触《スキンシップ》が多い。

「今日も修行を頑張ってますね。夕食の後、僕の魔法を見てください」

そう言って手を引っ張られた。

旅立ち当初は緊張していたようだが、今は落ち着いている。よかった。

（そりゃあ、好きな男と一緒にいられるなら女はいつだって幸せよ）

運命の女神様《イラ》の声が響く。これから大魔王《イヴリース》との一戦が待ってるんですが。

（アンナちゃんには優しくするのよ。『光の勇者』スキルの威力に大きく関わってくるわ）

はぁ……。そういう打算的な行動は気が進まないなぁ。

しかし、大魔王《イヴリース》に通じる攻撃手段は『光の勇者』スキルのみ。

『光の勇者』スキルは、使用者の気持ち《テンション》に左右される……らしい。なので、アンナさんの機嫌を損ねるわけにはいかない。もっとも夕食中、アンナさんはニコニコして俺に話しかけてきた。夕食は森で取れた獣肉を炙《あぶ》ったものと、近くで採取した果実、あとは迷宮《ダンジョン》の街から持ってきたパンだった。どれも美味《おい》しい。

夕食後、俺はモモとアンナさんの修行に付き合った。ずっと俺たちを運んでくれた白竜さんは、横になって休んでおり、ジョニィさんは持参してきたお酒をちびちびと飲んでいる。

しばらくして、モモと光の勇者さんの集中力が切れたというので休憩にした。

俺は水魔法の修行を続けている。最近は、いくら魔法を使ってもちっとも疲れなくなった。修行になっているのだろうか？　少し不安になる。俺は水魔法の使用は継続しつつ、何となく周りを見てジョニィさんが上を見上げているのに気がついた。

「ジョニィさん、何を見ているんですか？」

「あぁ……、この木は桜だな」

「さくら？」

そう言われて俺もそちらに視線を向ける。花も葉もないが、確かに木の幹や枝の様子から桜の木のように見えた。だけど、ここは異世界なんだけど。

（昔、こっちの世界に転移してきたやつが桜を広めていったのよ。この世界だと桜の木は珍しくないわ）

イラ様が教えてくれた。へぇ……、そうなのか。前の世界じゃ、桜をゆっくり見るなんてやってなかったけど、今となっては懐かしい。もっとも、葉も花もない寂しい状態であるが。

「どれ、折角だ。花を咲かせようか」

「え？」

ジョニィさんが、何でもないように呟《つぶや》き何かの詠唱を口にした。みるみる桜に蕾《つぼみ》ができ、薄ピンク色の花びらが開いてゆく。

「わぁ……」「綺麗《きれい》……」

アンナさんとモモの感嘆の声が響く。

「ほう、これは見事だな」

白竜さんの声が聞こえた。古竜族ですら感心する魔法のようだ。数分後には、満開の桜の木が姿を現した。かなり目立つが、白竜さんの結界があるから魔物には見つからないはずだ。風が吹くと、薄ピンクの花びらが宙を舞った。

「美しいな」

「いいですね、桜吹雪が」

ジョニィさんの言葉に頷《うなず》く。

「花見だ。マコト殿も飲もう」「いただきます」

修行中ではあったが、俺はありがたく杯を受け取った。風流だな。

「師匠はこの花がお好きなんですか？」

「ああ、故郷にも咲いている花なんだ」

さーさんにも見せてあげたい。きっと喜ぶだろう。

「じゃあ、迷宮《ダンジョン》の街に戻ったらいっぱいこの花を植えましょう」

「いいね、モモちゃん。僕も手伝うよ」

モモとアンナさんが盛り上がっている。是非、この世界にもっと桜が広まって欲しい。

俺は久しぶりの桜の花を見ながら、穏やかな気持ちでその日を終えた。

それから丸二日かけて、俺たちは西の大陸を横断し、黒々とした海にたどり着いた。西の大陸と北の大陸を分かつ海だ。その海の上を、メルさんの背に乗って移動する。薄暗い海の景色に飽きてきた頃、俺たちの前に灰色の大地が姿を現した。

「見えてきたな」

「白竜さん、あれが……？」

「そうだ。魔族たちの領域。君たち人族が、北の大陸と呼んでいる場所だ」

その言葉に、皆の口数が少なくなる。ジョニィさんですら、少し緊張している様子だ。

北の大陸――別名、魔大陸。

（そういえば……、来るのは初めてだったな……）

千年後の世界では、魔大陸からやってきた魔族や魔王と戦ったが、行ったことはなかった。上陸をするのは初めてだ。こうして、俺たちは大魔王《イヴリース》のいる大陸へと足を踏み入れた。

魔大陸を一言で表現するならば『灰色の世界』だった。

土も、森も、川も、空も全てが暗い。

「昔はこんな景色ではなかったのだがな……」

「そうなんですか？」

白竜さんの苦々しげな言葉に、俺は尋ねた。

「あの魔族《イヴリース》の神を名乗る存在が現れて以来、ここは光のない大地になってしまった」

「へぇ……」

どうやら魔大陸は大魔王《イヴリース》の影響で、このような景色になってしまったらしい。

その時、ジョニィさんが首を動かし、遠くを睨《にら》んだ。

「見られているな」

「はい、視線を感じます」

緊張を含んだ声の主は、ジョニィさんとアンナさんだ。モモも同様なのか、表情は硬い。

俺の『索敵』スキルはちっとも反応しないんだけど……。キョロキョロと『千里眼』スキルで見回すが、どこから見られているのか全くわからない。困ったな、と思っていた時。

「心配要らぬ。この大地を長く支配してきたのは、我々古竜族だ。私と一緒にいれば魔族に襲われることはない」

「流石《さすが》は白竜さん」

　頼もしすぎる。

「さて、これからどうする精霊使いくん。大魔王《イヴリース》の居城エデンは、所在が一箇所に留《とど》まらない浮遊城だ。やみくもに探しても見つからぬぞ」

「えっと……ちょっと待ってくださいね」

　確かに無計画に飛び回っては、こっちの体力を消耗してしまう。

（運命の女神様《イラ》ぁ～、聞こえます？　大魔王城の場所を教えて欲しいんですけど）

　困った時の神頼み！　どんどん頼っていこう、とあてにしていたのだが……。

（…………月……コト…………そこは……、…………で…………さい）

　あれ？　念話の調子が悪い。おーい、イラ様～、声聞こえてますか？

（……………ッ、…………。…………）

　駄目だ。声が遠くなった。

「精霊使いくん？　どうした？」

「魔大陸に入ってから、運命の女神様《イラ》の声が聞こえづらくなりました」

「えぇ！　大変じゃないですか、マコト様！」

　慌てるモモだが、これは想定内だ。魔大陸は、大魔王《イヴリース》のお膝元。

　大陸を覆うように、結界が張られているという話を運命の女神様《イラ》から聞かされている。

今頃、運命の女神様《イラ》は頑張って念話の周波数（比喩）を調整《チユーニング》していることだろう。

「どこか適当な場所に降りましょう。いくつか確認したいことがありますので」

「わかった」

白竜さんは、手近なひらけた場所に着地した。

俺たちは、白竜さんの背中から灰色の大地に降り立つ。

「ここが……」

魔大陸か。見渡す限りの灰色の世界。目が色彩感覚を失ってしまったような錯覚を起こす。しかし、一番重要なのは……。

「ディーア」

俺は水の大精霊《ウンディーネ》である彼女を呼び出した。

「はい、我が王」

「ここは……どうだ？」

俺にとって一番の鍵となるのは、俺の『精霊使い』スキルに影響しないかという点。

「悪くないですよ。水の精霊たちも元気です」

「そうか」

ほっと一息つく。全精霊の存在を拒否する――とかいうふざけた結界が張ってあった『海底神殿』とは異なるようだ。魔大陸において、精霊使いは問題ない。

さて、他の人たちはどうか。

「風の精霊、土の精霊、火の精霊たちも問題なさそうだ」

ジョニィさんが、長い髪をなびかせながら言った。彼は四精霊を扱える。羨ましい。

「私はいつもより力が湧いてきます！」

モモが腕をブンブン振っている。この子は半吸血鬼《ハーフヴァンパイア》だから、魔大陸の空気が合うというのは理解できる。白竜さんに至っては、もともと魔大陸に住んでいたということなので全く問題あるまい。というわけで、一番の問題は……。

「僕はあまりここは好きになれません……」

やはり光の勇者《アンナ》さんは、魔大陸との相性が悪かった。顔色がよくない。

「一旦、手近な場所で休憩しますか。魔大陸の環境に慣れておいたほうが良いでしょう」

俺は提案した。

メイン火力である光の勇者さんには、万全の体調で挑んでもらわねばならない。

「では、どこか野営に適した場所を……」

野営《キャンプ》名人のジョニィさんが、周りを見回していた時。

「白竜様《ヘルエムメルク》!!」

「「「!?」」」

白竜さんを呼ぶ大声が響いた。

全員が慌てて声のほうを振り向く。そこに立っていたのは。

（幽霊《ゴースト》……？）

身体《からだ》が透けている少年だった。

「敵か!?」と身構えたが、彼の表情を見る限り害意はなさそうだ。

「君は……どこかで会ったことがあったか？」

白竜さんが首をかしげる。覚えていないらしい。幽霊の少年は、寂しげな表情を浮かべた。

「はは……そうですよね。もう二百年前になります。生前に妹と共に命を助けていただきました。魔人族の僕ら家族は、居場所がなくて魔物に襲われても誰も助けてくれませんでした。それを白竜様が助けてくださいました。あのご恩は忘れません！」

「そ、そうか……」

白竜さんが気まずそうにしている。どうやら記憶にないようだ。

「僕の村にいらっしゃいませんか？　偉大なるあの御方によって世界を支配していただいて以来、この大陸は平和です。弱い幽霊族の僕たちでも安全に過ごせます。歓迎いたしますよ」

「ほう……」白竜さんが、こちらに目配《めくば》せする。

「どうする？」と目が語っていた。

その時、ふわりと宙に文字が浮かんだ。『ＲＰＧプレイヤー』スキルだ。

『魔大陸の村へ立ち寄りますか？』

はい

いいえ

（……うーん、どうしようかなぁ）

『罠《わな》』の可能性はある。なんせ魔族の村だ。

幽霊族は弱いと言われているが、それでも大勢に襲われれば危険だ。だけど……。

「行きましょうか、白竜さん」

「精霊使いくんがいいなら、向かおう」

ジョニィさん、光の勇者さん、モモは戸惑っている様子だった。が、最終的には俺に同意してくれた。いざとなれば、白竜さんに乗って逃げればいいからね。

「そちらの方々は、白竜様のお仲間ですね。どうぞこちらへ」

俺たちは、幽霊の少年に案内され、薄暗い森の奥へと進んでいった。

「こちらです、白竜様」

やってきたのは、簡易な柵で囲まれた質素な村だった。てっきり幽霊《ゴースト》たちの村だと思っていたのだが、住人の種族は様々だった。

オークや、ゴブリン、スケルトン、その他の魔族たち。みな変わった特徴があった。

「ここに居るものは非戦闘員だな」

ジョニィさんの呟《つぶや》きに、俺は小さく頷《うなず》く。村に居るのは、幼いもの、年老いたもの、あとは女性たちだった。強そうな魔族は居ない。どうやら罠ではなかったらしい。

俺が村を見て回ろうと歩き始めた時。

「マ、マコトさん」

服を摑《つか》まれた。アンナさんだ。

「どうしました？」

「どうしましたって………」

ここは魔族の村ですよ？　不用意です！　と小声で怒られた。

モモも、こちらを不安げに見つめている。が、戸惑っているのはその二人だけだ。

メルさんは、村長らしき魔族に挨拶されている。村の住人たちは、白竜さんを畏怖の表情で眺めていることからやはり古竜族が特別な存在であることが窺《うかが》える。ジョニィさんは、危険な村ではないと判断したのか既にふらりと散歩に行ってしまった。俺にとっては初の魔大陸なので、やはり探索したい。やっぱり新しい大陸ってワクワクするよなぁ。

（………トッ!!………よっ!!）

その時、頭の中で雑音《ノイズ》が響いた。おそらく運命の女神様《イラ》だが、音声は聞き取れない。まだ調整《チューニング》がうまくいってないようだ。がんばれー、イラ様。

（…………ねぇっ!!…………のっ!!）

イラ様が、怒ってる気がする。しかし、聞こえないのだから仕方がない。

だって、聞こえないからね。

「アンナさん、モモ。今から気を張っても疲れるだけだから、まずは身体と気持ちを休ませよう」

「……はぁ、マコトさんはのん気過ぎます」

「……どんな神経してるんですか、マコト様」

俺としては最大限配慮したつもりだったが、二人には冷たい視線を返された。悲しい。

俺はゆっくりと村を見て回った。白竜さんの仲間ということで、村の魔族たちは概《おおむ》ね好意的だった。古竜族は偉大だ。食べるものか、武器、防具はないかなと探したのだが、外から来る人向けの店はなかった。貧しい村で、全て自給自足でやっているらしい。

やれることは情報収集くらいということで、俺たちに話しかけてきた魔族の若者と雑談をした。といってもここは、魔大陸の端っこにある小さな村。

「最近どうですか？」

と聞いても、他の集落との交流もあまりないそうで、変化のない毎日だと聞かされた。

気になったのは会話の端々に、大魔王《イヴリース》様のおかげで平和です、という言葉があった。

どうやら大魔王《イヴリース》が現れる前は、魔族の力が強いといっても魔王同士での争いなどもあり弱い魔族は住みづらい世界であったらしい。それを百年ほど前に、大魔王《イヴリース》が現れ、全ての魔王を従え世界を統一した。それを機に、魔族たちにとって平和な世の中になったそうだ。

ふと隣を見ると、光の勇者《アンナ》さん、モモが何とも言えない表情をしている。これから俺たちは大魔王《イヴリース》を倒しに行く。彼らにとって俺たちは、世界に混乱を招く極悪人だろう。根が真面目な二人は、それを気にしている。が、俺には他に気になることがあった。

この村の住人たちと会話している時に感じた、わずかな違和感。微弱な反応だったので、最初は気づかなかった。しかし、よく見れば確かに『それ』だった。

彼らは――――魅了されている。

月の巫女《フリアエ》さんの守護騎士として与えられた『魅了』スキルのおかげで気づくことができた。

魅了とは、前の世界で言うところの『洗脳』のようなものだ。だから住人たちの言葉が真実とは限らない。何より村の住人が魅了されているようなら、この村が本当に平和かも怪しい。一泊くらいしたかったが、ここでの休憩は危険だろう。月の国《ラフィロイグ》での経験もある。

そういえば、月の国《ラフィロイグ》で出会ったあの女王様はどうしているだろうか？　まさか、こんな小さな村の住人を彼女が魅了したとは考えづらいが……。しかし、月の巫女《みこ》の代名詞である『魅了』だ。関連があるのか、気になる。あとで、白竜さんの意見を聞きたい。

（とにかく、長居はやめておこう……）

そう判断した。そろそろ出発しよう。最後に何気なく、俺は質問した。

「ところで、この村には若い男性が少ないですね。子供や老人が多い。何か理由があるんですか？」

貧しい村なので、出稼ぎにでも行ってるのだろうと思っての質問だった。

「ええ……、それが大変なんです。なんでも西の大陸で魔王ビフロンス様が勇者とやらに倒されてしまったようで……」

「…………」

返ってきた答えは、自分たちに関連する話だった。頬を汗が伝う。こんな大陸の端にある小さな村にも、それくらいは伝達が行っているようだ。アンナさんが勇者だとばれないようにしないと。が、次のセリフでそんなのんき気な考えが吹き飛んだ。

「おかげで大陸中の魔族の戦士が、竜王様に呼ばれて集まっています。百万か、不死の王様《ビフロンス》の領地に居る人族を根絶やしにするそうです」

「「え!?」」

アンナさんとモモの口が大きく開いた。二人が固まっている中、俺の頭に浮かんだのは、絵本『勇者アベルの伝説』の一節だった。

――魔大陸より百万の魔王軍が襲来し、それを救世主様が打ち倒した。その勝利の地こそ太陽の国《ハイランド》の王都シンフォニアである。

救世主伝説の中でもとびきり有名な伝承《サーガ》だ。

(次から次へと……)

頭を抱えたくなる。ゆっくりさせてはくれないらしい。既に、次の歴史《イベント》が動いていた。

「百万の魔王軍が、我々の住む大陸を蹂躙《じゅうりん》する……だと?」

俺から話を聞いたジョニィさんが、驚きの声を上げた。

現在、俺たちは魔族の村を出て白竜さんの背に乗って移動している。

「マコトさん、どこに向かうんですか?」

「マコト様、これからどうしましょう!?」

光の勇者さんとモモが、俺の服を引っ張る。もっとも、俺も確たる考えがあったわけじゃない。ただ、百万の魔王軍と聞いてのんびりしている場合じゃないと慌てて出発した。

イラ様を頼りたいところだが、未《いま》だに声は届かない。これからどうすべきか……?

「精霊使いくん、百万の軍勢が集まるとしたら恐らく『獣の王《ザガン》』の領地だ」

迷う俺に声をかけてくれたのは、白竜さんだった。

「なぜ、わかるんです?」

「それほどの規模の大軍が集まれる場所は限られている。この大陸を支配するのは古竜族だが、その住処《すみか》は高地にある。大軍が集まるには向かぬ」

「なるほど」

魔大陸の地理に詳しい白竜《メル》さんが言うなら間違いない。

「では、そこに向かうのか？　マコト殿」

「いやいや！　何を言ってるんですか、ジョニィさん！」

ジョニィさんの言葉に反応したのは、光の勇者さんだった。

「マ、マコト様。大迷宮《ラビュリントス》に戻って街のみんなに避難を」

「避難する場所などないだろう？　むしろ大迷宮《ラビュリントス》の街が一番安全だ」

「……うぅ」

モモの言葉に、ジョニィさんが冷静にツッコむ。確かに、大迷宮《ラビュリントス》の街は天然の要塞になっている。そのまま留《とど》まったほうが安全だろう。むしろ問題は俺たちだ。

百万の魔王軍が集まる大陸で、たった五人のパーティーでうろうろしている。

見つかれば、あっと言う間に捻《ひね》り潰される。

「白竜さん、魔王軍が集まっている場所を遠くから観察できますか？」

「それは、できるが。……本当に行くのか？」

白竜さんすら、気乗りしない様子だった。しかし、聞いてしまった以上は放置するわけにもいかない。俺たちは、魔王軍の集まる地へと向かった。

「な、なんですか……あれは」

「……こんなの、どうしようもないんじゃ……」

「…………………これ程とは」

光の勇者さんとモモの声が震えている。敵情視察は戦の基本だ、と言っていたジョニィさんですら固まっている。『獣の王《ザガン》』の領地があるだだっ広い平原。

そこを遠目から見下ろせる小山へ登り、俺たちはその光景を目にした。

──見渡す限り、平原を埋め尽くす魔王の軍勢。

かつて目にした魔物の暴走《スタンピード》や、『獣の王《ザガン》』の軍勢が比較にならなかった。

人は理解できない規模のものを見ると脳が現実を受け入れないのだと気づいた。

これは……、何というか、……絶望的だな。

「いかんな……、これは連合軍だ。精霊使いくん」

白竜さんが唸《うな》る。その姿はもちろん、人族の姿へと変化している。

「連合軍？」

ぱっと見ただけで、様々な魔族や魔物がいることがわかる。それは不死の王《ビフロンス》の配下でも言えたことだ。何が「いかん」のだろう？　どういう意味なのかを白竜さんに聞いた。

「本来、この大陸を領地としているのは『古竜の王《アシュタロト》』『獣の王《ザガン》』『海魔の王《フォルネウス》』の三魔王だ。知っているな？」

「勿論《もちろん》知ってます」

それは千年後でも変わらない。魔大陸を治める三魔王の話は、散々習った。

「しかし、ここにいるのは『巨人の王《ゴリアテ》』『蟲の王《ヴァラク》』『堕天の王《エリーニュス》』『悪魔の王《バルバトス》』の配下の姿が見える。『不死の王《ビフロンス》』の残党もこちらに流れていたようだ」

「それはつまり……」

連合軍の意味がわかった。そして、それが良くない状況だということも。

「世界中に散らばっていた魔王全てが集結している可能性がある」

「目的は、不死の王《ビフロンス》の敵討ちか」

「どうでしょう……、魔王同士はさほど横の連携はとっていないらしいですよ。それほど仲良くないみたいで」

ジョニィさんの言葉に、俺は運命の女神様《イラ》に教えてもらった情報を伝えた。だから、不死の王《ビフロンス》を倒したからといって、すぐに報復されると思っていなかったのだが……。

「に、逃げましょう、マコトさん……」

「マコト様、見つかっちゃいますよ……」

光の勇者さんとモモは完全に、及び腰になっている。

「マコト殿、我らの目的は敵の本丸。大魔王《イヴリース》の居城だ。ここを離れよう」

いつもは恐れを知らないジョニィさんですら、撤退を提案してきた。

「ほら、行くぞ。精霊使いくん」

白竜さんが、俺を呼ぶ。光の勇者さんとモモが「早くしましょう！」という目で訴える。

どう考えたってここを離れるべきだ。

それは俺だってわかる。わかってるんだが……。

『百万の魔王軍と戦いますか？』
はい
いいえ

（これさえなければなぁ……）

俺は空中で、チカチカと浮かぶ文字を横目で眺めた。

――『ＲＰＧプレイヤー』スキル。

幾度となく、冒険の重要な分岐点において、忠言を与えてくれたスキル。

こいつが、俺に問いかけている。本当にこのまま去ってもいいのか？　と。

四人の視線を感じながら、俺が悩んでいる時だった。

（……コト！…………高月《たかつき》マコト‼）

頭の中に、鈴のような声が響いた。

運命の女神様《イラ》？　どうやら、念話の調整《チユーニング》が完了したらしい。よかった。

（なっ……！　なっ……！　あんたっ…………！）

イラ様？　あれ、やっぱり念話の調子がまだ悪いのかな？

（わざわざ魔王軍に自分から近づくなんて、何考えてるのよ、あんたはー！！！！）

キ――――ン、と頭の奥まで運命の女神様《イラ》の美声が響いた。

「……声でか」

思わず顔をしかめる。

「マコト様？　どうしました？」

俺の表情を見て、モモが心配そうに聞いてきた。

「イラ様の声が届くようになった」

「それは何よりだ。女神様に大魔王《イヴリース》の居場所を教えていただき、すぐに出発しよう」

白竜さんが、俺を急《せ》かす。

「そうしましょう、マコトさん」

「そうだな、今なら敵の主力がここに集中している。頭を叩《たた》くには絶好の機会だ」

光の勇者さん、ジョニィさんも同じ意見のようだ。

が、俺は先に、運命の女神《イラ》様に聞いておかないといけないことがあった。

「イラ様、お聞きしたいことがあります」

俺はあえて、質問内容を口にした。他の四人にも伝わるように。

（わかってるわ。大魔王《イヴリース》の居場所ね、任せなさい。念話を調整している間に調べておいたから大魔王城の位置は、ばっちりよ！　ここから北に……）

「違います。質問は大魔王《イヴリース》の居場所じゃありません」

（え？）「「「え？」」」

五人の驚く声が響くが、俺は構わず続けた。

「ここに居る魔王軍は、西の大陸で大迷宮の街を見つけますか？」

その言葉に、四人の目が大きく見開く。俺の予想では、見つかる可能性は高いと思っている。そして、それこそが『RPGプレイヤー』スキルが選択肢を表示した理由ではないだろうか。あれほどの規模の街だ。魔王ビフロンスを倒したことで、更に住人が増えていっている。百万人の魔王軍が虱潰《しらみつぶ》しに探せば、隠れ続けることは難しい。そして、見つかったら最後——誰も生き残れない。相手は、魔王軍の主力だ。蟻《あり》のように潰される。

（……………………）

運命の女神《イラ》様からの返事はない。それが答えだろう。

「マコト殿、女神様は何と……？」

大迷宮《ラビュリントス》の街について、最も憂慮しているジョニィさんが尋ねてきた。

「運命の女神様《イラ》、大迷宮《ラビュリントス》の街は魔王軍に見つかる。そうですね？」

俺は断言するように、改めて質問した。否定の言葉は返ってこなかった。

「…………くっ」

その言葉に、ジョニィさんの表情が苦悶《くもん》に歪《ゆが》む。

「そんな……マコト様」

「マコトさん、戻って大迷宮《ラビュリントス》の街の人に知らせましょう！」

「だが、どこに逃げる？　あの人数が身を隠す場所など」

「我ら古竜族が力を貸そう、しかし全員は無理だな」

「大迷宮《ラビュリントス》のさらに下層へ移動すれば」

「下層以下の環境は過酷だ。住人によっては、生活することすらままならないだろう」

「そう、ですか……」

「時間がない、早く戻らねば」

「そうだな、マコト殿。戻ろう」

「マコトさん！」

「マコト様！」

皆の声が耳に入る。俺は、絵本『勇者アベルの伝説』の文章をもう一度思い出した。

――魔大陸より百万の魔王軍が襲来し、それを救世主様が打ち倒した。

小さくため息を吐《つ》く。どうやら運命は収束してしまうらしい。結局の所、遅いか早いかだ。

(ちょっと待って、高月マコト。あんた何を考えて…………まさか)

運命《イ》の女神《ラ》様に、さっそく考えを読まれた。その通りです、女神様。

(待って待って待って、言うことを聞きなさい！　それは駄目、本当に駄目)

なおも頭の中に、運命《イ》の女神《ラ》様の声が響く。イラ様の導きはきっと正しい。安全に行くなら、大迷宮《ラビュリントス》の街を見捨てたほうが良い。でも、それは……。

(ねぇ、……高月マコト。考え直して……)

すがるような運命《イ》の女神《ラ》様の声が心苦しい。でも、どうか力を貸してもらえませんか？

(………………呆《あき》れた馬鹿だわ。終わったら二十四時間の説教《せっきょう》よ)

ありがとうございます。女神様の同意は得られた。条件付きだが。

(…………バカ)

「みんな、聞いてくれ」

俺は四人に声をかけた。

◇光の勇者《アンナ》の視点◇

「え？」

僕は耳を疑った。今、マコトさんは何と言った？

「——百万の魔王軍をここでやっつけましょう」

「ま、マコトさん……」

「アンナさん？　どうしました？」

震える僕の声とは正反対に、いつも通りの落ち着いた声。

「あ、あれと……本気で戦う、んですか？……怖く、ないんですか？」

自分の足が震えている。僕は怖い。いくら大迷宮《ラビュリントス》の街でお世話になった人たちや、土の勇者さんたちが危険だからと言って。あの大軍に挑むなんて、自殺行為以外の何だと言うのか。

「マコトさん、どうか考え直してください」と言う前に、先に返事がきた。

「そりゃ怖いですけど……」

「だったら！」

止《や》めておきましょう！　という言葉を僕は言えなかった。

「勇者は相手を選べないのが辛《つら》いところですね」

「……っ!?」

仕方がない、とでも言いたげな口調。

マコトさんの顔から、怯《おび》えや恐れは一切感じられなかった。

——相手がどんなに強くても、勇者は相手を選べないからさ。

それは、火の勇者の言葉だった。僕もそうありたかった。火の勇者のようになりたかった。なぜ、同じことをマコトさんが言うんですか……?

なんで、マコトさんの声を聞くと身体《からだ》の震えが止まるんだろう……?

「イラ様? 別にちょっとくらい格好つけたって……、あーはいはい、わかってますよ」

マコトさんが、少し困った顔をする。

「あの……女神様が何か……?」

「ちょっとだけ、運命の女神様《イラ》に怒られました」

そう言いながら悪戯《いたずら》っぽく笑う彼を見て、僕は言葉にできない奇妙な想《おも》いが胸に広がった。僕は、がしっとマコトさんの手を摑《つか》み、何かを伝えようとして。

「僕も一緒に……」

としか言えなかった。

「一緒にがんばりましょっか」

マコトさんが、優しく僕の手を握り返してくれた。

眼下に広がるのは、地上を埋め尽くす百万の魔王軍。

それでもマコトさんのそばにいるだけで、少しだけ恐怖を忘れることができた。

「おい、精霊使い《このひと》くんっ！　何を言っている!?」

「マコト殿、無謀だ。無駄死にするぞ」

「マコト様……、やめてください！」

白竜様たちが、慌てている。

三人とも、当然ながらマコトさんを止めようとしている。その時だった。

――明鏡止水スキル。

小さな呟《つぶや》きが聞こえた。

「マコトさ……」

彼に声をかけようとして気づく。空気が………、真冬のように冷たい。僕の吐く息が白い。見ると三人の足が止まり、ぽかんとしている。それは僕も同じだった。マコトさんが、明確に変わった。あの時の、魔王ビフロンスと戦った時のように、何か別のモノに変わった。

「さて、アンナさん。一緒に来てもらえますか？」

振り向いたマコトさんは、張り付いたような笑顔だった。けど目は笑っていない。

ぼんやりと僕を見る瞳の奥が、わずかに虹色の輝きを放っていた。

「………………」

僕はマコトさんの様子に気圧《けお》されてしまい、返事ができなかった。

「我が王、ご出陣ですか？」

「ようやくですね」

「待ちくたびれました」

マコトさんを囲むように、肌の青い美女たちが姿を現す。

……水の大精霊《ウンディーネ》。

それが、こんなに沢山？　いつも一緒にいるディーアさんだけじゃない。十人以上の水の大精霊《ウンディーネ》たちが、マコトさんを取り囲んでいる。水の大精霊《ウンディーネ》の魔力《マナ》量は、白竜様をしのぎ魔王にすら匹敵するんじゃないかと思う。

「アンナさん？」

「は、はい！　わかりました……マコトさん」

僕は、水の大精霊《ウンディーネ》の魔力《マナ》に圧倒されつつ、小さく頷《うなず》きマコトさんの手を取った。

「わ、私もっ！」

モモちゃんが、慌てた声で訴える。

「悪い、モモ。これから使う魔法は、全員を巻き込むから一緒には連れていけない」

「そ、そんな……！」

モモちゃんが悲痛な声を上げる。マコトさんの言葉に、違和感を覚えた。

「では、アンナ殿はどうする？」

ジョニィさんが尋ねた。

そう、マコトさんの言葉通りなら一緒に行く僕も巻き込まれるはずだ。

「アンナさんは、『光の勇者』スキルで自分の身を守ってください。『光の勇者』スキルなら、俺の精霊魔法も効きませんから」

「わ、わかりました……」

マコトさんは、僕を巻き込むとあっさり告げた。でも……、いつものマコトさんなら、そんなことは言わない。今のマコトさんは、少し……怖い。

「おい、精霊使いくん。気づかれたぞ」

白竜様が魔王軍のほうを指差した。魔王軍の先鋒隊《せんぽう》らしき一群が、ゆっくりとこちらへ移動してくる。気づかれるのも無理はない。とてつもない規模である水の大精霊《ウンディーネ》の魔力量《マナ》。

どんなに離れていたって気づくだろう。

「メルさん、モモとジョニィさんを連れてなるべく遠くへ避難してください」

「……死ぬなよ、精霊使いくん」

そう言って、白竜様は、モモちゃんとジョニィさんを背に乗せ僕らから離れていった。

その間にも、魔王軍は僕たちを取り囲もうとしている。一部の魔物は、白竜様を追っていった。

少し心配だったけど、白竜様ならきっと大丈夫だ。問題は僕らだ。

「アンナさん、あの辺りへ飛行魔法で連れていってください」

「…………っ」

マコトさんの指差す方向を見て、僕は絶句した。それは、魔王軍の中心地だった。百万の敵がいるど真ん中へ行けと？　よくそんな気軽に言えますね！

そろそろ、僕らが居る小山が魔王軍に包囲されるだろう。だが、魔王軍の誰も近づいてこない。マコトさんが呼び出した水の大精霊《ウンディーネ》の魔力《マナ》を恐れているのかもしれない。

だけど、いつ彼らが僕たちに向かって攻撃をしかけてくるかわからない。

「アンナさん？」

どうしました？　とでも言いたげにきょとんとしているマコトさんの顔に、腹が立った。

（もう！　本当にこの人は……自分勝手！）

慎重なようでここぞという時には、平気で危険に突っ込んでいく。そして、死にかけて周りを心配させて！　危なっかしくて見てられない。だから、僕が側《そば》にいなきゃ。

「マコトさん、光の勇者スキルを使うには太陽の光がないと駄目ですよ。お願いできますか？」

僕は指摘した。こればっかりは、僕の力じゃどうしようもない。

「ああ、そうでした」

マコトさんは、水の大精霊《ディーア》さんへ何事かを伝えた。

――お任せを我が王！

水の大精霊《ウンディーネ》の一人が、空へと消えていった。音のない爆発が起きる。そして、暗闇の雲が晴れ、一面の青空が広がる。

（大魔王《イヴリース》の魔法である『暗闇の雲』をこんなにあっさり……）

本当に呆れた人だ。太陽の光を浴び、僕の身体に力が湧き上がるのを感じた。光が闘気《オーラ》へ変わる。そして、心が落ち着いてきた。これも『光の勇者』スキルの効果だ。

（マコトさんに比べれば平静でもなんでもないけど）

今でも心臓の鼓動はうるさい。だけど、身体の震えは止まった。

大変なのは、魔王軍だ。突然『暗闇の雲』が晴れたことで、さぞ驚いたことだろう。隊列が崩れ、大きなざわめきが聞こえる。この異常事態を引き起こしたのが、僕らであることは気づいているはずだ。それでもなお、魔王軍がこちらへ突撃してくることはなかった。

水の大精霊《ウンディーネ》の魔力《マナ》は、相当怖いらしい。

「アンナさん、行きましょう」

「はい、マコトさん」

僕はマコトさんの手を摑み、背の翼を広げた。ふわりと宙に浮かぶ。

そのままゆっくりと魔王軍の中心へと向かった。

「貴様、何者だ！」

魔王軍の幹部らしき魔族が叫ぶ。

「止まれぇ！！！　これ以上近づけば叩《たた》き斬る！」

あるいは襲いかかってくる者も居る。

「「「「グオオオオオオオ！」」」」

魔物が群れをなして、突撃してくる。ゆっくりと進む僕たちに、魔王軍が絶え間なく襲ってきた。目眩《めまい》がするほどの数だ。だけど、誰も僕たちに触れることすらできなかった。

——聖級水魔法・氷の絶域。

マコトさんが使役する『水の大精霊《ウンディーネ》』が作った結界魔法。最初は、小さな円形の結界だった。それがゆっくりと広がっていく。今では、小さな村ならすっぽり包まれるくらいの大きさの結界となっている。その結界の中に入った者は全て、身体が雪に覆われ氷漬けとなってしまった。例外は僕だけだ。『光の勇者』スキルによって、自身の身を守っている。これが、マコトさんが周りを巻き込むと言っていた魔法か……。

「勇者、死ねぇぇぇ！！！」

濃密な瘴気《しょうき》を纏《まと》った魔族が、こちらへ突進してきた。きっと名のある魔族だ。僕は、それを迎撃しようと剣を構える。魔族の持つ魔剣の刃《やいば》が、こちらに到達するのは二秒後くらいだろうか。僕は右手に握る剣に、光の闘気《オーラ》をまとわせた。

あとはそれを振るえば、簡単に首を落とせるだろう。しかし、その時はやってこなかった。

強力な魔族のように思えたそいつも、僕らの数十歩手前で氷漬けとなってしまった。

はぁ、小さくため息を吐《つ》くとその息がキラキラ光った。極寒の世界だ。空気は恐ろしく冷たい。『光の勇者』スキルがなければ、とても立っていられないだろう。

できれば身体を動かしたい。身体が鈍ってしまう。

「マコトさん、僕はやることがありません」

「アンナさんの出番は、これからですよ」

やや気が抜けている僕と違って、マコトさんの表情は真剣だ。

けど、魔王軍の誰もまだ、僕の剣の間合いに到達できない。

「マコトさん一人で、倒せちゃうんじゃないかなぁ……」

そんなことを口にしてしまい、僕が少し緊張感を緩めた。

マコトさんの結界は、見渡す範囲全てを白く染め上げている。白銀の世界。美しいが……、その中に侵入したものを氷漬けにしてしまう死の世界だ。

このまま、百万の魔王軍をここで足止めしてしまうつもりなのだろうか？

やっぱりマコトさんはとんでもないなぁ……などと、考えていた時だった。

「アンナさん、出番ですよ」

マコトさんの言葉で、はっとする。今までの魔族たちとは、明らかに異なる気配。

濃密な瘴気。マコトさんの視線は上空。

そちらを見ると、幾つかの人影がこちらを見下ろしていた。


「君が、あの御方《おかた》がおっしゃっていた光の勇者《アベル》ちゃん？」


場にそぐわない明るい声が響く。

マコトさんの結界内で、何も問題ないかのように、その女性は優雅に微笑《ほほえ》んでいる。

ぞっとするほどの美貌に、紅玉のような赤い瞳。

そして、背中からは漆黒の翼。一見、僕と同じ天翼族かと思ったが、その身が発する邪気が明らかに異なることを告げていた。

「よく見ろ、エリーニュス。あれは天翼族の女だ。光の勇者アベルは男のはずだろう」

答えた男は、エリーニュスと呼ばれた女に劣らぬほどの美貌を誇っている。

貴族のような服に身を包んだ、気品のある佇《たたず》まい。

なのに、その姿を見ると顔をしかめるほどの嫌悪感が湧いた。

「でも、あの女の子からは太陽の女神様《アルテナ》の加護を感じるわ。間違いなく光の勇者はあの子よ」

「しかしだな……、それではあの御方の予知が外れたということに」

「どちらでもよい、殺してから確認をすればな。早く殺《や》ろう。ここは寒くて敵《かな》わぬ」

二人の会話に割って入ったのは、腰の曲がった老人。

声は聞き取りづらく、喋《しゃべ》るたびに羽音のような雑音が響いた。

そして、老人でありながらその身が纏う瘴気は、三人の中でもっとも殺気立っていた。

「蟲の王《ヴァラク》ともあろう者が、人族ごときの魔法に寒さを感じるとは情けないのでは？」

「やかましい、悪魔の小僧。そもそもあれを見よ、数千年は見ていない水の大精霊《ウンディーネ》だぞ。なぜ、あんなものがただの人族に付き従っておる」

「確かに解せませんな。今代の精霊の女神《ノア》の使徒は、カイン殿のはず」

「そう言えば、最近カインちゃんの姿を見てないんだけど～、どこで遊んでいるのかしら」

彼らは、僕らのことなど気にせず会話を続ける。とても会話に割り込めない。たった三名の魔族。その一人一人が、魔王ビフロンスと同等かそれ以上の威圧感を放っていた。

エリーニュスという名。蟲の王《ヴァラク》と呼ばれた魔族。彼らは、まさか……。その時、ずしん、と大きな音がした。そちらを振り向くと、そこには白竜様よりも巨大な人型の魔物と、それよりも更に巨大な四足歩行の魔物が居た。

（い、いつの間に！）

いや、あれは魔物ではない……。身にまとう邪気は、上空の三人より更に大きい。

巨人と巨獣が何か言葉を交わしている。その内容は、僕には理解できなかった。

「ザガンくんとゴリアテくんだー、やっほー」

黒い翼を持った女が、軽い声で手を振った。その名前を聞き、僕の身体《からだ》が硬直する。

この世界を支配する彼らの名前。聞き違えるはずがない。

「はぁ、魔王が五人同時か……」

マコトさんが、ぼそっと呟《つぶや》くのが聞こえた。その言葉に目眩がした。

どうか、間違いであって欲しい。しかし、僕の脳はそれを否定する。

・堕天の王エリーニュス
・蟲の王ヴァラク
・悪魔の王バルバトス
・巨人の王ゴリアテ
・獣の王ザガン

世界を支配する九人の魔王。その半数が、僕たちの眼前に集結していた。

五章　高月マコトは、最強の魔王と対峙する

◇光の勇者《アンナ》の視点◇

僕たちは、世界を支配する五人の魔王に取り囲まれている。

「ま、マコトさん……」

「落ち着いて、アンナさん」

僕が震える声で、マコトさんの手をにぎる。マコトさんの声から、動揺している様子はなかった。何かを考えるように、顎に手を当てて魔王たちを見つめている。

そうだ、落ち着かなきゃ。僕は小さく息を吸った。

空気が張り詰める。しばしの沈黙を破ったのは、よく通る低い声だった。

「不死ノ王ヲ破ッタトイウ勇者共、ココデ朽チ果テヨ」

先程まで喋っていたのと異なる声に、一瞬戸惑った。

それが、獣の王《ザガン》の声と気づくのと同時だった。

「グオオオオオオオオオオオオ！！！」

巨人の王が、雄叫《おたけ》びを上げる。地面がひっくり返るほど、大きな地震が起きる。それは、

巨人の王がこちらに突っ込んでくる地響きだった。

「水の大精霊《ディーア》」

「はい、我が王」

「巨人の王の足を止めてくれ」

「かしこまりました」

そう言うや、ディーアさんは他数名の水の大精霊《ウンディーネ》と共に、巨人の王へ襲いかかった。

――千の氷の刃《サウザンドアイスカッター》
――水龍の群れ
嵐の如《ごと》く氷の刃が降り注ぎ、津波のように水の龍が暴れ狂う。まるでこの世の終わりのような光景が出現した。それが巨人の王へと向かう。

「オオオオオオオオオオオオオオ！！！！」

再び、巨人の王の雄叫びが上がるが今度は少し苦しげな声が混じる。

「す、凄《すご》い……」

「アンナさん、長くは持ちません。『光の剣』お願いしますね」

「は、はい……」

僕は火の勇者の形見《しじょう》である、聖剣バルムンクを握りしめる。太陽の光を闘気《オーラ》に変え、それを魔法剣として使用する。

光がある限り無限に扱える魔力《マナ》。その能力を使い、敵の攻撃に備えた。

「何だ、あいつは。大精霊を完璧に使役しているだと？」

「ふぅむ、興味深い。私はこの世界には疎いのだが、こちらの人間はこうもたやすく精霊魔法を使うのですなぁ。私の配下に加えられないものか」

蟲の王《ヴァラク》と悪魔の王《バルバトス》がのん気に会話している。こっちに攻撃してこないのだろうか？　その時、真っ赤な光が辺りを覆った。身体中を針で刺されたような熱気が襲ってきた。

「っ！」

獣の王《ザガン》の口から巨大な炎の塊が吐き出される。

「はっ！」

僕は、その炎塊を光の剣で両断する。マコトさんの魔法は火に弱い。そう判断してだった。

「へぇ……、これならどうかしら？……反転魔法・黒刃風」

堕天の王が、背中に生える黒い翼を羽ばたかせた。それによって巨大な竜巻が発生する。

「氷の絶界」

マコトさんが放った魔法が竜巻とぶつかり霧散させた。

「……何よあれ、ズルいわねー」

堕天の王が唇を尖《とが》らせるが、周りの景色はとんでもないことになっている。

巨大な岩が吹き飛んでいき、地面がえぐられている。

「闇魔法・千の黒刃」

悪魔の王が放った魔法で、空一面が黒い剣で埋め尽くされる。

「アンナさん、結界を」

「は、はい！」

慌てて僕は太陽魔法を発動させる。

「太陽魔法・聖域結界！」

僕の身体を中心に、光の球体が弾《はじ》け飛ぶ。一瞬、目もくらみそうな光に包まれる。

光がなくなった時、悪魔の王の魔法も消え去っていた。

「あれが光の勇者か、私の天敵だな」

自分の魔法が掻《か》き消されたというのに、悪魔の王は楽しげに笑っている。

「おい堕天の小娘。貴様は天界の出身だろう。あれを何とかしろ」

「えぇ～、今の私は堕天使だから太陽属性が苦手なの～。面倒～」

魔王たちは好き勝手に喋っている。連携が取れているとは言い難い。

巨人の王と獣《ザガン》の王は、水《ウンディーネ》の大精霊を警戒してか距離を詰めてこない。

「マコトさん、どう思います？」

「手を抜かれてますね」

「本気じゃないと……？」

「おそらく」

僕にとっては、一つ一つの攻撃を凌《しの》ぐので必死なのに……。

「大丈夫ですよ、アンナさん」

マコトさんの声で冷静さを取り戻す。聖剣を構え、息を整えた。

「我が王……、次はどうしますか？」

気がつくと隣に水の大精霊《ディーア》さんが控えていた。そして、その後ろには他の水の大精霊《ウンディーネ》まで。そ、そうだ。彼女たちだっているんだ。

「貴様ラ、イツマデ遊ンデイル？」

獣の王《ザガン》の殺気が高まる。魔王の身体を覆う魔力《マナ》と瘴気《しょうき》が、湯気のように湧き上がっている。

「仕方ないですねぇ」

「もう終わらせるのですか？　勿体《もったい》ない」

「おい、ザガン殿の命令だ。従うぞ」

「………」

獣の王《ザガン》の言葉に合わせて、五人の魔王の周りに瘴気が集まる。

地面が揺れ。暴風が吹きすさび。炎が荒れ狂っている。

（……本気だ）

五人の魔王の本気の攻撃が来る。駄目だ、こんなの防ぎようが……。

（……え？）

その時、僕の身体に熱いくらいの光が降り注ぐのを感じた。こ、これは……？

「アンナさん、光を集めました。これで足りますか？」

顔色一つ変えていないマコトさんが、空を指差した。雲一つない空。そこに透明で巨大な丸い何かが浮かんでいた。光が集まっている。こんな方法が、あったのか……。

「アンナさん、女神様に祈ってください」

「は、はい……太陽の女神様《アルテナ》、どうか僕に力をお貸し……」

「アンナさん、ストップ」

僕が祈りを捧《ささ》げていると、マコトさんに止められた。

「どうして止めるんですか？」

「そんな遠回りな祈り方はやめましょう」

「え？」

マコトさんが、急に僕の腕を摑《つか》んだ。

――太陽魔法・同調《シンクロ》。

「ま、マコトさん一体何を？」

「どうせ負けたら死ぬんですから、祈るならこうですよ」

ずっと無表情だったマコトさんが、久しぶりにニヤリと笑った。

「太陽の女神様《アルテナ》、寿命を捧げる対価にどうか我々に勝利を約束してください」

え？　こんな祈り方は聞いたことが…………。


（まったく君というやつは…………困った子だ）


突然、神聖な御声《おこえ》が頭に響いた。え？　この声は、まさか……。

同時に全身が燃え上がるように熱くなった。

それだけじゃなく、僕の身体《からだ》が七色に輝く。こ、これは……。

「アンナさん、前を見て。魔王の攻撃が来ます」

「は、はい！」

僕は訳がわからないまま、剣を構えた。

「……いかんぞ、あれは純度は低いが神気《アニマ》の光」

「あの精霊使いの男、躊躇《ちゆうちよ》なく生贄《いけにえ》術を使ったぞ。どうかしてるんじゃないか」

「ちょっとあれって天界が禁術指定してるんじゃないの？」

それまで余裕ぶっていた堕天の王が、初めて不愉快そうな顔になった。

「先ニ奴《やつ》ラヲ押シ潰セ！」

獣の王《ザガン》の合図と共に、魔王たちが一斉に攻撃をしかけた。四方から、津波が押し寄せるような攻撃。逃げ場はない。黒い壁が僕らを押しつぶそうと迫ってくるようだった。

「水の大精霊《ディーア》」

「はい！」

マコトさんが、聖級魔法を発動する。

——氷の絶域。

続いて僕も、ありったけの力を込めて魔法剣を発動させた。

——『炎の熾天使《ミカエル》』の魔法剣。

聖剣バルムンクの刀身が、七色の炎を纏《まと》った。

(で、できた……)

魔王たちの攻撃はすぐそこまで迫っている。

「勝利の光剣！」

僕は無心で聖剣を振るった。

——瞬間、周囲を光の暴風が覆い尽くした。

自分の放った攻撃で、気を失いかけた。

「けほ……」

爆風が収まり、辺りを見回すと僕らの居る場所がきれいな更地になっていた。

一瞬、呆《ほう》けてしまいすぐに気づく。

「マコトさん!?」

「……アンナさん、流石《さすが》ですね」

少し服がボロボロになっているが、マコトさんは無事だった。よ、よかった。

「お二方、まだですよ」

ディーアさんからの叱責が飛ぶ。慌てて周りを見回すと、四人の魔王の姿があった。

「倒せたのは『巨人の王』だけか……」

マコトさんの言葉の通り、巨人の王の姿がない。僕の剣で倒した……のか？　しかし、まだ四人の魔王が残っている。僕は肩で息をしながら、剣を構えた。

魔王は攻撃をしてこない。代わりに彼らの会話の声が聞こえてきた。

「どーすんのこれ……？　反則なんだけど」

堕天の王が、黒い羽についたホコリをぱたぱたと払っている。

「光の勇者は既に亜神の域に達しているな。もっと早く殺しておくべきだったのだ」

蟲《ヴァラク》の王に忌々しげに睨《にら》まれた。亜神……僕が？

「そう悲観しなくてもいいでしょう。あんなもの先程の一撃で打ち止めだ。次の攻撃はもっと弱まっているはずだ」

　冷静な悪魔の王の言う通りだった。必死で顔に出さないようにしているが、僕の体力も魔力《マナ》も限界だった。ちらっと、マコトさんの横顔を見ると平静を保っているけど疲れが見える。

　きっと僕と同じような状態だろう。どうすれば……？

「あーあ、私たちがもたもたしているから竜王様が来ちゃったわよ」

　堕天の王《エリーニュス》の言葉で、僕とマコトさんは慌ててそっちを振り向いた。

　こちらに向かっているのは、一匹の黒竜だ。獣の王《ザガン》よりさらに巨体。

　翼が羽ばたくたびに、嵐のような風がこちらまで届いている。

「あれは」

「古竜の王《アシュタロト》……ですね」

　マコトさんの言葉に息を呑《の》む。古竜の王アシュタロト。九人の魔王の中で、いや地上の生き物の中で最強と言われている存在。遠目でもわかる。別格だ。さっきまで戦っていた魔王たちが、可愛《かわい》らしく思えるほどの威圧感を放っている。

「竜王様ガ、直々ニトハ……」

「よかったぁ、これで終われるわね」

　魔王たちは、既に勝負はついたとばかりの雰囲気になっている。

でも、……この状況はマコトさんが望んだ状況でもある。先程、百万の魔王軍と戦っている時に僕は作戦を聞いていた。この状況、古竜の王アシュタロトが戦場に現れたら「あとは任せてください」とマコトさんに言われている。

「マコトさん」

僕が名前を呼ぶと、煌々《こうこう》と七色に輝く瞳がこちらを見ていた。

既に発動している。僕の喉が大きく鳴った。

「アンナさん、少しだけ離れてください。そして結界を張って自分の身を守ってください」

「……わかりました」

これからマコトさんが使う魔法の名前は聞いている。ここから僕にできることはない。

事前に聞いていて、なお信じられなかった。本当にそんなことが可能なんだろうか？

「待って！　あいつ何かをする気よ！」

堕天の王が焦った声で言った。

「ふん、何を今更……」

「なんという洗練された魔力《マナ》？　いや違う、霊気《エーテル》でもない……」

「嘘《うそ》でしょ……地上の民《にんげん》が完全な神気《アニマ》を纏っている……？」

気づかれた。でも、もう遅い。マコトさんは、短剣で自分の身体に傷をつけた。

血が刃《やいば》を伝い、赤く染まる。

「運命の女神様《イラ》……、愚かな人族に一時《ひととき》の奇跡を……」

（ぐっ……）

い、息が、止まりそうに。身体中を悪寒が駆け巡り、心臓が早鐘のように鳴り響く。寒い。こんなに晴れているのに、凍え死にそうなくらい寒い。僕は必死で結界魔法を張り続けた。魔王たちが——特に堕天の王が引きつった表情をしている。

マコトさんは、青く変化した精霊の右腕を前に突き出し、静かにその奇跡《まほう》の名を告げた。

「神級水魔法・地獄の世界《コキュートス》」

◇高月《たかつき》マコトの視点◇

——魔大陸上陸前。運命の女神様《イラ》の空間にて。

「運命の女神様《イラ》。あの……大丈夫ですか？」

人形たちがせわしなく働くファンシーなイラ様の執務室に呼ばれた。

「あぁ……、高月マコト。悪いわね、急に呼び出して」

「呼び出しは構いませんが、顔色悪いですよ？」

書類仕事をしている運命の女神様《イラ》の目の下には深いクマができており、机の上には大量

の栄養ドリンクの空瓶が転がっている。働き過ぎでは？

「いいのよ、それは。ついに明日から魔大陸ね。幾つか話をしておくことがあるわ。適当にかけなさい」

「はい」

俺は運命の女神様《イラ》の近くにあった椅子に座った。

「まず、最初の注意点。魔大陸には大魔王《イヴリース》の結界が張ってある。私の念話が聞こえなくなる可能性があるわ」

「それは困りますね」

なんてこった。ここまで様々な助言《アドバイス》をくださった運命の女神様《イラ》の声が聞こえないとは。

「あら？　随分と殊勝な態度ね、高月マコトらしくもない」

「そうですか？　いつも頼りにしてますよ」

と言うと、運命の女神様《イラ》が少し嬉《うれ》しそうな顔をした。

「ふーん、あらそう。まぁ、そんなに心配しなくてもよいわ。一時的に念話が聞こえなくなるけど、結界の隙間をついて声を送るから。少し調整に時間がかかるかもしれないけど」

おお！　それはよかった。俺がほっと息を吐くと、運命の女神様《イラ》はふふーんと薄い胸を反らした。可愛い。

「それでご用件は？」

俺が尋ねると、女神様の顔が真剣なものに変わる。

「魔王ビフロンスのことは覚えているわね？　神級魔法で、昼夜を逆転させた」

「勿論《もちろん》覚えてますよ。あの時は、死を覚悟しましたから」

「あの魔法は地上の者だけの力ではできない。いずれかの神族が力を貸しているはずって話は前にしたわね。それが誰なのか探していたの」

「誰が犯人かわかったんですか？」

思わず身を乗り出した。が、運命の女神《イラ》様は首を横に振った。

「残念ながら、誰が裏で糸を引いているのかまでは不明ね。でもはっきりしているのは、あの魔法は悪神族の仕業ではない、ということよ」

「……？」どういう意味だろう。

「いくら調べても、不死の王《ビフロンス》の魔法を誰が手助けしたのかわからなかった。もし、悪神族ならそれはありえない。奴らは運命魔法を得意としないし、運命の女神《わたし》に気づかせずに時を操るなんて不可能なの。今回の件、裏に居るのは悪神族ではなく、運命の女神《わたし》よりも時を操ることに長《た》けた上位の神格ということになるわ」

「イラ様より上位……？」

確かイラ様は、聖神族でも一番若い女神という話だった。つまりいっぱいいる。

「う、うるさいわね。そうよ、どうせ私は下っ端よ！」

「失言でした。ご無礼を」

「まぁいいわ。この世界において『聖神族』と敵対しているのは『悪神族』と『古い神族《ティターン》』。悪神族の仕業ではなく、古い神族《ティターン》唯一の生き残りのノアは封印中。……となると考えられるのは……『中立派』の神族ね」

「中立派？」

そんな神様いたっけ？

「言わなかったかしら？　月の女神《ナイア》は『外なる神族』。聖神族とは異なる神よ」

「月の女神様《ナイア》……、フリアエさんの信仰する女神様ですか」

フリアエさんからは、まったく声をかけてこない女神様だと聞いた。

会話したのは一度だけだとか。

「そうね。『外なる神族』は私たちとは異なる星々を支配していて、本来なら関わる必要はない。でも、お互いに不干渉過ぎるとふとしたきっかけで争いに発展する可能性がある。そのために、それぞれから一柱ずつ神族を使者として贈り合ってるの。人族に理解できる言い方をすれば『人質』ね」

「なんだか殺伐とした話ですね」

月の女神様《ナイア》ってそういう扱いの女神様だったのか。

「別に不遇な扱いはしてないわよ？　きちんと七女神の一柱の立場を与えているし、権限もある。巫女《みこ》や勇者を使って世界の管理を行える力はあるのに……、今の所やる気を出す気配はないわ」

「月の女神《ナイア》様って強いんですか？」

「私はあまり話したことがないから詳しくないけど……、太陽の女神《アルテナ》姉様の話だと相当力を持った神格らしいわ。少なくとも私よりは」

「ちなみに、魔王に手を貸す可能性は？」

「……ないわね。少なくとも全く理由が思いつかないわ」

そうだよなぁ。今の話だけだと、よくわからない女神様だ。

「何でやる気がないんですかね？」

できれば、フリアエさんに色々助言をして欲しい。

千年後の世界では、月の国《ラフィロイグ》の復興で頑張っているだろうし。

「一度、水の女神《エイル》姉様が聞いたらしいんだけど『つまらないから』って言ってたって。何がつまらないよ！　仕事に面白さなんて求めるなっての！　私がどれだけ女神試験の勉強をして、女神になってからも昇格テストのために頑張っているのか……」

「イラ様、イラ様」

死んだ目でぶつぶつ言い出した運命の女神《イラ》様へ声をかける。

うーん、やっぱり働き過ぎではなかろうか。精神が不安定になってるような。

「これでわかったでしょ。魔王ビフロンスに手を貸したやつは不明なの」

「困りましたね」

「でも、安心なさい。今の高月マコトには私が与えた『神気《アニマ》』がある。神級魔法が打てるのは一回が限度でしょうけど、威力は十分よ」

イラ様が自信満々の表情で俺を見つめる。かく言う俺自身は、自信があるとは言えない。

「大丈夫ですかね？」

「何よ？　自信がないの？　あんたらしくないわね」

「運命の女神様《イラ》と同調《シンクロ》して、やっと昼夜逆転の魔法を打ち消せただけですし……、俺はすぐに気絶してしまいましたし……」

魔王ビフロンスの時は、隣に降臨したイラ様が居たのにギリギリの戦いだった。今度の相手は大魔王《イヴリース》だ。いくら光の勇者として成長したアンナさんが居るとはいえ、不安は拭えない。

そんなことを考えていると、イラ様はきょとんとした顔をした。

「そう言えばあんた、私と同調《シンクロ》した時、何で運命魔法を使ったの？」

「え、だって夜を昼にしないと光の勇者スキルが使えないですよね」

あの時は、それしか手がなかった。が、イラ様の言葉は予想に反するものだった。

「はぁ？　何言ってるのよ。あんたが水魔法で魔王を倒しちゃえばよかったじゃない」

「え？　いやいや、何を言ってるんですか」

水魔法で倒せるわけないだろう。最弱の属性だぞ。

「あんたこそ何言ってるのよ。余裕で倒せるに決まってるでしょ」

俺の意見は、イラ様にばっさりと否定された。

「……どーいうことですか？」

「何でそんな勘違いをしてたのかしら。水の女神《エイル》姉様は……、戦いが嫌いだからあえて言わなかったのかもしれないけど、ノアが教えてあげればいいのに……」

顎に手を当ててぶつぶつ呟《つぶや》くイラ様を見て、自分の固定観念に疑問を抱いた。

「イラ様、水魔法って弱いんですよね？」

「弱くないわよ」

「…………え？」

俺が水の神殿で習った常識が、ガラガラと崩れていった。

「い、いや、でも火弾《ファイアボール》と水弾《ウオーターボール》じゃ、威力が全然違いますよ？」

水魔法が弱いとされる根拠の一つ。初級攻撃魔法の威力が、水魔法だけダントツで低い。

角ウサギすら倒せないのが、水弾《ウオーターボール》だ。俺の言葉に、運命の女神《イラ》様が同情するような視線を向けた。無言で、指をくいくい、と手前に動かす。近くに寄れ、ということだろうか。

俺はゆっくりと小柄な運命《イ》の女神様《ラ》の近くまで歩いた。

「ほら、もっと」

運命《イ》の女神様《ラ》の細い腕がすっと伸びてきて、俺の服の襟を摑《つか》むとぐいっと引っ張られた。

幼くも美しい女神様のご尊顔がみるみる迫る。

——コチン、と俺とイラ様の額がくっついた。

「い、イラ様？　何を」

「黙って目をつむりなさい」

「えぇ……」

「はやく！」

「は、はい」

自分の顔に、イラ様の吐息がかかる。お、落ち着け。明鏡止水99％！　目を閉じると真っ暗な闇の中に、ぽわんと球体が浮かんだ。

それは青い背景に緑と白の不規則な斑《まだら》の模様があった。まるで……。

（地球？）

前の世界で見た地球っぽい惑星の映像だ。

しかし、大陸の形は見たことのないものだった。だからこれは地球ではない。

「これが、高月《たかつき》マコトが今居る世界よ」

「へぇ」

今更ながらこの異世界も球体なのだと知った。地形こそ違うものの、地球とよく似ている。しかし、運命の女神様《イラ》はこれを俺に見せて何をしたいのか。

「さて」

イラ様が額を離す。先程視《み》えていた映像がかき消えた。

目を開くと、絶世の美少女の少し疲れた顔があった。

「疲れたは、余計よ」

「少し休んだほうがいいですよ」

「話が終わったら仮眠をとるわ」

ふぅ、と運命の女神様《イラ》が物憂げに息を吐く。俺は静かに、次の言葉を待った。

「高月マコト。あなたは水の精霊使いでしょ？　精霊の強さは何に比例するか言ってみなさい」

イラ様の言葉の意図を測りかねつつ、俺は過去に学んだ精霊魔法の知識を掘り起こす。

「確か……精霊の数ですね。水の精霊なら水辺にいるほど精霊が沢山いますから、その分強くなる」

「そうね。ちなみに神気《アニマ》を用いれば、世界中の精霊を使役できるわ」

「……それは」

俺は運命の女神様《イラ》に見せてもらった先ほどの惑星の光景を思い出す。

女神様の言わんとすることがわかってきた。

「ねぇ、高月マコト。世界は何色だった？」

運命の女神様《イラ》が目を細めて問うてきた。

――地球は青かった。

前の世界の有名な宇宙飛行士のセリフが思い浮かんだ。

「青色です」

「そうね。それはなぜ？」

「それは……」

地球の表面の70％は水で覆われている。さっき見たこの星の様子も似たようなものだった。水の精霊使いは、水の精霊の数が多いほど強くなる。水の精霊は、水が多い場所ほど沢山居る。この星は、水で覆われている。つまり……。

「四つの精霊の中で、水の精霊は最強よ」

運命の女神様《イラ》が断言した。

「さ、さいきょう!?」

「当たり前でしょ、この星には海があって水で覆われてる。何でそんな簡単なことに気づかないのかしら」

はぁ、やれやれと肩をすくめる運命の女神様《イラ》。いや、でも最強は言い過ぎでは。

「でも、風の精霊は……、それこそ大気が星を覆ってますし……」

「別に風はずっと吹いてるわけじゃないでしょ。それに視えないあんたはわからないと思うけど、風の精霊って数が多くないの。台風や竜巻が起きれば別だけど」

「そ、それなら星の成分を考えれば土の精霊のほうが……」

「地下ならそうかもね。地中深くに潜れば、土の精霊使いのほうが強いわ。でも、あんたが戦う場所はどこかしら?」

「……地上です」

「そうよ。星の表層。それを覆っているのは水。地上ならば水の精霊の数が一番多いの」

そう、だったのか。

「もっとも、ただの人族に世界中の水の精霊を操るなんて無理よ? そんなことは、ノアみたいな女神じゃないとできない。けど、今の高月マコトには私の『神気《アニマ》』がある」

俺はイラ様の言葉をゆっくりと咀嚼《そしゃく》した。水の精霊使いは弱くなかった……? 俺はぼんやりと自分の青い右手を眺めた。その時、運命の女神様《イラ》が俺の頬を指で突《つつ》いた。

「ところで、水の神級魔法は何か知ってる?」

「魔法学で、地獄《コキュートス》の世界を習いました」

「ああ、エイル姉様が、神に反逆した古代人を滅ぼした奇跡《まほう》ね。強い奇跡《まほう》よ」

「滅ぼした!?」

さらりととんでもないことを言われた。え、水の女神様《エイル》そんなことしてたの？　やっぱり怖い女神様だった。でも、運命の女神様《イラ》から話を聞けてよかった。

今日教わったことは、きっと後々の役に立つはずだ。

「じゃあ、神級魔法を大魔王《イヴリース》に使えばいいんですね」

俺が最終確認のため質問すると、イラ様が少し考える仕草をした。

「古竜の王《アシュタロト》、あいつが出てきた場合も神級魔法を使いなさい。今の光の勇者《アンナ》ちゃんだと敗北する可能性が高いわ」

「そんなに強いんですか……？」

九人の魔王において、最強格の魔王。光の勇者でも勝てない……？

「古竜の王《アシュタロト》は、竜神族の血が濃くて、地上の生物としてはバランスブレイカーなのよね」

「りゅ、竜神族？」

また知らない単語が出てきた。

「遥《はる》か昔に聖神族《わたしたち》が追い出した辺境の神族の一つよ。気にしなくていいわ。この時代に古竜の王《アシュタロト》を倒す必要はないんだから」

「千年後も健在な魔王ですよね」

無理に倒す必要はない。余計な戦いは、避けよう。

「そうそう、可能な限り魔王となんて戦わずに大魔王《イヴリース》のもとに向かいなさい。あとはあんたが、神級魔法をくらわしてやればＯＫよ」

「わかりました、運命の女神様《イラ》」

俺は跪《ひざまず》き、お礼を言った。

「うまくやるのよ、高月マコト」

「はい、女神様」

そう言って俺は、イラ様の部屋から退出した。

——つい前日の夢の中の出来事である。

◇そして現在◇

——神級水魔法・地獄《コキュートス》の世界。

世界がゆっくりと、まるで眠りにつくように、白く書き換わっていく。

幻想的な光景だ。その美しい光景と反対に……。

「馬鹿馬鹿馬鹿馬鹿馬鹿馬鹿馬鹿！　何で百万の魔王軍に正面から突っ込んで魔王五人に囲まれてるのよ！　水の精霊使いが最強とか、あんたに言うんじゃなかったわ！」

運命の女神様《イラ》が大声で騒いでいる。

「ノアがあんたに水の精霊使いの強さを説明しない理由がよくわかったわ！　あんたに自信をつけさせたらガンガン危険に突っ込んでいくじゃないの～～！！！」

「いやぁ、仕方なかったんですよ。大迷宮《ラビュリントス》の街のみんなを見捨てるわけにはいきませんし。それに百万の魔王軍と戦うのは歴史通りですよね？」

「歴史通りにやりたいなら西の大陸で戦いなさいよ！　魔大陸で戦うとか、頭沸いてんじゃないの！」

「まぁまぁ、済んだことですから。これからどうしましょうか？」

「あぁ……、歴史が……恐ろしい勢いで書き換わっていく……」

もしかして、もしかしなくてもイラ様が睡眠不足なのは俺のせいだろうか。

「あ、あのー？　マコトさん……？　この御声《おこえ》の女性は、もしかして運命《イ》の女《ラ》神様、ですか？」

聖剣バルムンクを両手に抱いて結界魔法を使い続けているアンナさんに質問された。

「女神様の声が聞こえるんですか？」

「は、はい……、急に聞こえるようになりました。なぜでしょう……」

「それは神級魔法が発動中だからよ。一時的に高月マコトの周辺は、異界に近い状態になっているわ。だから女神《わたし》の声が届くの」

「へぇ、それは便利ですね」

「今度こそ私の言うことを聞きなさいよ」

「わかりました」

「……本当にわかってるんでしょうね？」

「ヤだなぁ、俺がいつ運命の女神様《イラ》の言うことに逆らいました？」

「言うことを聞くほうが少ないじゃないの！」

「ま、マコトさん！　前を！」

見てください、とアンナさんが悲鳴を上げる。

俺はこちらを見下ろす魔王たちへ視線を向けた。古竜の王《アシュタロト》を中心とする魔王たち。

「高月マコト、運命の女神《わたし》の神気《ちから》を借りておいて負けたら承知しないわよ」

イラ様の声が耳に届く。

「勿論《もちろん》ですよ、女神様」

俺は端的に答えた。魔王に囲まれているというのに、不思議と恐怖は感じなかった。

地獄《コキュートス》の世界の影響によって、空が、地面が、空気が白く染まっていく。

神級魔法は、世界そのものを変質させる。いや、世界そのものは言いすぎだ。

今回の魔法の効果範囲は、魔大陸のみなのだから。

（これはせいぜい準神級かな……）

いくら運命の女神様《イラ》の神気《アニマ》を借りても、所詮人族の俺では完全な『神の奇跡』は再現できない。人族は神族と並べない。そこには永遠に届かない格差がある。

とはいえ――魔王を倒すには十分な力だ。

「アンナさん、動けますか？」

「……何とか戦えそうです、マコトさん」

俺が尋ねると、苦しそうではあるがしっかりとした返事がきた。流石《さすが》は光の勇者。俺のような裏技《ズル》ではなく、正真正銘の準神級。既に身体《からだ》が対応している。

比べて魔王たちは、古竜の王《アシュタロト》を除いて俺の放った魔法『地獄の世界《コキュートス》』の影響で動けないはずだ。……はずだった。

「最悪の気分だわ」

気だるげな声の主は、堕天の魔王エリーニュス。

黒い翼を羽ばたかせ俺たちを見下ろす表情は、余裕を取り戻していた。

「堕天の魔王《エリーニュス》は、かつて天界で大天使長を務めていた者。聖神族の魔法に耐性があるの。気をつけなさい」

「なるほど……」

イラ様の言葉に納得する。厄介だな。古竜の王《アシュタロト》だけでなく、堕天の王《エリーニュス》まで相手にしないといけない。いけるだろうか……？　その時だった。

「この声……まさか女神見習いのイラちゃん？　あなた何してるのよ、勝手に地上へ干渉したら怖いお姉さんたちに叱られるわよ」

俺とイラ様の会話に、魔王エリーニュスが割り込んできた。え、知り合い？

「はぁ!? 誰が見習いよ！ 私は運命の女神よ！」

「イラちゃんが？ よりによって運命属性なんてブラックな職場《とこ》に入ったの？ 大丈夫？ ちゃんとやれてる？」

「う、うるさいわね！ 私は優秀なの！ できる子なの！」

「見習いの時は、ポカミスばっかりしてたじゃん」

「あれはたまたまよ！」

「女神見習いで反省書枚数№1のイラちゃんが……」

「あんたそろそろ口を閉じなさい。奈落《タルタロス》の底にぶち込むわよ」

「あ～ん、あの可愛《かわい》かったイラちゃんが怖い女神様になっちゃったぁ」

シリアスな空気が霧散する。うしろではアンナさんが、戸惑っている。

「あ、あの、お二人は知り合いなんですか？」

「みたいですね」

女神と魔王が旧知とは。世も末だな。

「私が天界で大天使長やってた時に、女神見習いの教育もやってたから。懐かしい～。あのミスばっかりしてたイラちゃんが運命の女神かぁ」

「だまりなさい、この堕天使！　魔王なんかになって恥ずかしくないの!?」

「結構楽しいわよ？　ノルマはないし、一日中ゴロゴロしてて良いし」

天界って、ノルマあるんだ。夢がないなぁ。

「どうせイラちゃんのことだから、全部自分で抱え込んで睡眠時間を削ってるんでしょ？」

「その通りですね。イラ様の働き過ぎは心配してます」

「高月《たかつき》マコト!?　余計なこと言うんじゃないわよ！」

気を遣ったはずの俺が怒られた。理不尽な。

「イラちゃんも地上に堕《お》ちちゃえば？　楽しいわよ」

「もういいわ！　高月マコト！　そこの堕天使を叩《たた》きのめしなさい！」

口では勝てないと悟ったのか、イラ様から攻撃命令《しんたく》が下される。

とはいえ、俺は神級水魔法・地獄の世界《コキュートス》の制御で手一杯だ。

俺が足止め　↓　光の勇者さんが攻撃、しか方法がない。

俺と光の勇者さんが顔を見合わせ、どうしたものかと思案していると。

「いつまで無駄口を叩いている」

空から威圧的な声が降ってきた。

気がつくと、俺たちを見下ろす巨大な黒い影がある。

竜神族の血を引く最強の魔王——古竜の王アシュタロト。

当然のように、『地獄の世界《コキュートス》』の中で活動している。

「我が友、不死の王《ビフロンス》に続き巨人の王《ゴリアテ》まで敗北したか……」

古竜の王《アシュタロト》の声には、仲間を憂う響きがあった。魔王同士はそれほど親しくないと聞いたが。

「楽に死ねると思うな。勇者共」

「くっ！」

こちらを睨《にら》むその眼力《めぢから》だけで、アンナさんが小さくうめいた。

「アシュタロト様、まさか神級魔法地獄《コキュートス》の世界の使い手と正面から戦う気かしら？」

堕天の王《エリーニュス》は、古竜の王《アシュタロト》の肩にちょこんと座る。

「戦うなというのか？」

ギロリと睨まれた堕天の王は、小さく肩をすくめた。

「私の見立てではこの魔法は一回限り。しかも命を削りながら使用している。一度引いてから戦うほうが安全よ？」

「ほう……」

エリーニュスの言葉に、古竜の王《アシュタロト》がこちらを見下ろす。流石は魔王。憎たらしいほど冷静だ。俺が使える神級魔法は一回だけ。だからこそ、絶対に今倒すしかない。

「逃がすとでも？」

既に俺の地獄の世界《コキュートス》は発動し、その範囲内に古竜の王《アシュタロト》と堕天の王は入っている。

この魔法は結界であり、檻《おり》だ。外からも内からも出入りはできない。そして、地獄の世界《コキュートス》の監獄主は魔法の使い手。魔法の範囲内に居る相手は自由を奪われ、力を封じられ、監獄主に逆らえない。そして一番恐ろしい点は、地獄の世界《コキュートス》の中に居る者は苦しみを与えられ続ける。罪人を罰するための魔法だからだ。

残念というか幸いというか、俺は発動させるだけで精一杯なので『苦しみを与える』なんてことまで手が回らない。が、効果は出ているのだろう。

悪魔の王《バルバトス》、蟲の王《ヴァラク》、獣の王《ザガン》は口を開くことすらできていないのだから。恐怖に目を見開き震えている者、倒れているもの、呆然《ぼうぜん》と立っているもの様々だ。魔王ですらこれだ。

これ……水の女神《エイル》様の魔法なんだよね？　何という怖い魔法。というか、怖い女神様だ。

「エイル姉様は、問答無用で殺さないから優しいでしょ☆　って言ってたわ」

「……はぁ、そうですか」

そう言って微笑《ほほえ》んでいる水の女神《エイル》様の姿が容易に想像できた。

「水の腹黒女神の魔法……、厄介だけど即死性が低いのが救いね。ただし、この檻に囚《とら》われているだけで力が奪われていく。今の私は平時の四分の一というところかしらね」

唯一余裕の態度を保っている堕天の王の周りにふわふわと黒い人影が集まる。闇魔法だろうか？　あの黒い人影に捕まるとまずそうだ。

「我は力半分といったところか」

古竜の王《アシュタロト》の周辺に、黒い瘴気《しょうき》が集まり立ち昇る。神級魔法を使っていなければ、その瘴気に当てられて倒れてしまいそうだ。これで半分の力？　さっきまで戦っていた五人の魔王を超える魔力《マナ》が残っている。これは……、レベルが違い過ぎる。

まともに勝てるやつはいるんだろうか？　勝てるとしたら唯一……。

「太陽の女神様《アルテナ》……代償を支払います。力をお貸しください」

後ろから優しい声が聞こえ、温かい七色の光が俺とアンナさんを包む。古竜の王《アシュタロト》の瘴気を押し返すような慈愛の光。しかし、アンナさんの顔色は悪かった。

「アンナさん、生贄術《いけにえ》使いましたね？」

「マコトさんの真似《まね》です……、どのみちここで負けたら命はありませんし」

「そりゃそうですね」

違いない。俺とアンナさんは、前を向き二体の魔王に向き直った。

戦いをあまり長引かせたくはない。それは向こうも同じだろう。

「アシュタロト様、先手をお願いできますか？」

「よかろう」

堕天《エリーニュス》の王の声に、古竜《アシュタロト》の王が応えた。

なにをする？　という疑問は湧かなかった。すぐに理解する。

「……オォォオオオ……」

古竜《アシュタロト》の王の低い唸《うな》り声《ごえ》とともに、その口元に膨大な魔力《マナ》が収束される。

（竜の咆哮《ドラゴンロア》……）

古竜《アシュタロト》の王の咆哮《ほうこう》。山が一つ消し飛ぶくらいでは済まないだろう。それに対抗するには

……。

――『炎の熾天使《ミカエル》』の剣。

アンナさんの周りを白い炎が包み込む。そして、七色に輝く刀身。

先ほどを凌《しの》ぐ、凄《すさ》まじい魔力《マナ》が集約されている。

「マコトさん、僕のうしろに」

「わかりました」

俺は神級魔法を維持したまま、アンナさんのうしろに下がる。両チーム、最大威力の技。

大地が揺れる。地面が裂け、暴風が吹き荒れる。この世の終わりのような光景が広がる。

古竜《アシュタロト》の王の周囲に集まる瘴気が、黒い月のようだ。対する光の勇者さんの周囲は、白い太陽のように輝きを放っている。どちらが勝つか……。

（アンナさんが負けるはずない……）

救世主である光の勇者の力は絶対。ですよね、運命の女神様《イラ》？

「…………あ、当たり前よ」

声震えてますよ。実はギリギリなのだろうか？

（ノア様、水の女神様《エイル》、運命の女神様《イラ》……どうかお力添えください）

俺は祈るくらいしかやることがなかった。古竜の王《アシュタロト》が『竜の咆哮《ドラゴンロア》』を放とうと大きく口を開き、光の勇者さんが、『炎の熾天使』の剣を振りかぶった。その時。


「――皆さん、この場を収めてください」


穏やかな声が響く。魔王の黒い瘴気と、光の勇者さんの白い光がしぼんでいった。

「……」「……」先程までの一触即発の空気が、かき消える。

アンナさんの表情がきょとんとしたものになり、古竜の王《アシュタロト》ですら穏やかな顔をしている。

堕天の王だけは、苦々しい表情をしていた。

「アンナさん」

「……マコトさん……、僕は一体」

一瞬、寝ぼけたような顔だったアンナさんがはっとして、真剣な表情に戻る。

さっきの表情。まさか……見覚えはある。でもあり得ない。

たった一瞬とはいえ、アンナさんが魅了されていた。光の勇者は、どんな呪いも受け付けない。完璧な『状態異常無効』体質。

それがどうして……。俺は先程聞こえた声の主を探す。すぐに見つかった。

バサバサと翼が羽ばたく音が聞こえ、俺たちと魔王の間に巨大な生物が降り立った。

それは一見すると竜だが、口が三つ、腕が五本、翼が七枚で、無数の目が体中を覆っている醜悪な生き物だった。

「あの竜は……」

「忌まわしき竜ですね」

アンナさんの疑問に、俺は短く答えた。

冒瀆《ぼうとく》的な姿をした忌まわしき魔物は、大魔王《イヴリース》が生み出している生物だ。魔大陸なら、姿を現しても不思議ではない。それよりも気になるのは、忌まわしき竜の上に乗っている人物だ。長く艶やかな黒髪。黒いドレス越しにもわかる抜群の体形《プロポーション》。

そして、見る者全てを魅了するような美しい顔。

彼女は、俺が千年後に守護騎士をやっている月の巫女《フリアエ》さんに、とても似ていた。

似ているが別人だ。会うのは二度目。彼女の名前は知っている。

「お久しぶりね、勇者様」

忌まわしき竜の上で優雅に微笑むのは、月の国《ラフィロイグ》のネヴィア女王だった。

六章　高月マコトは、厄災の魔女と再会する

月の国《ラフィロイグ》の女王ネヴィア。しかし千年後にその名を呼ぶ者は居ない。

——厄災の魔女。


それが彼女の二つ名だ。人類の裏切り者であり、呪いの巫女《みこ》。そんな悪いイメージしか浮かばない魔女であるが、目の前の女性はニコニコと邪気のない笑顔を向けてくる。

「ネヴィア殿、何ゆえ止める？　光の勇者とその一行を殺せというのが偉大《イヴリース》なあの御方《さま》の命令のはずだ」

古竜の王《アシュタロト》の低い声が響く。

「このまま『地獄の世界《コキュートス》』を使われては、北の大陸の民が滅んでしまいます。それにこの場で戦闘となれば、動くことができない魔王様たちが巻き込まれてしまいますよ？」

そう言って月の国《ラフィロイグ》の女王は、周りを見回す。言葉の通り、『悪魔の王』や『蟲の王《ヴァラク》』『獣の王《ザガン》』は、神級魔法の影響で停止している。だけど、それはおかしい。

（……ならどうして月の国の女王《ネヴィア》は動けるんだ？）

堕天《エリーニュス》の王が動けるのは、彼女が元は天界の天使だから。

古竜《アシュタロト》の王は、竜神族の血を引いているからだ。

巫女とはいえ、彼女は人族のはずだ。魔王ですら動けない『地獄の世界《コキュートス》』の範囲内でなぜ自然に振る舞える？　只々《ただただ》、不気味だった。

「あなたは……、誰の味方なんですか？　月の国《ラフィロイグ》の女王なのでしょう！」

光の勇者さんが叫んだ。

アンナさんからすれば月の国《ラフィロイグ》の女王が魔王と仲良く話している様子はショックだろう。

「私はみんなの味方です。勿論《もちろん》、あなたにとっても」

月の国《ラフィロイグ》の女王は、ニッコリと微笑み言い切った。

（よく言う……）

どう見たって、彼女は魔王側だ。歴史に名を残す悪女であり、魔王と通じている魔女。

けれど、彼女には一欠片《ひとかけら》の悪意も見えない。

「…………」

アンナさんは、不審げな視線を向けたまま剣を構えている。

少なくとも月の国《ラフィロイグ》の女王の言い分を鵜呑《うの》みにはしていない様子だ。

「ネヴィア、無理でしょ。この子たちにはあんたの自慢の魅了は効いてないわ」

「ええ、平和的に解決したかったのですが……」

堕天の王がシュタッと月の国《ラフイロイグ》の女王の隣に、降りてきた。

よく見ると、月の国《ラフイロイグ》の女王の瞳は金色の光を放っている。魅了するつもりだったのか。

どこが平和的だ。はっと、不安になりアンナさんの顔を確認する。……大丈夫。

魅了されていない。さっき一瞬だけ、魅了されていたのは気のせい、のはずだ。

「では、お願いするしかありませんね」

ふぅ、と小さくため息を吐《つ》くと月の国《ラフイロイグ》の女王がこちらへ近づいてくる。

彼女からは、何の威圧感も感じない。古竜の王《アシュタロト》や、堕天の王に比べれば無害そのものだ。

なのに、俺とアンナさんは数歩後ろに下がった。

「勇者様、『地獄の世界《コキュートス》』を止めていただけませんか？」

微笑みを絶やさず月の国《ラフイロイグ》の女王が俺に話しかける。

「駄目よ、高月《たかつき》マコト」

「わかってます」

イラ様の声が響く。言われるまでもない。

『地獄の世界《コキュートス》』は命綱だ。魔法を止めた瞬間、ここにいる魔王たちに俺は殺される。

「勇敢な勇者、高月マコトさん」

月の国《ラフイロイグ》の女王に名前を呼ばれる。その声は甘く、耳元で囁《ささや》かれるような錯覚を起こした。

「なんでしょう？」

「ここへ来る途中、貧しい魔族の村に立ち寄ったでしょう?」

「……それが何か?」

短く答える。どうやら監視されていたらしい。

「地獄の世界《コキュートス》が完成すれば、何の罪もないあの子たちも死んでしまいます。いえ、地獄の世界《コキュートス》は神級魔法。死んでなお苦しみを与え続ける魔法です。そんな惨《むご》いことがあるでしょうか?　あなたはそんな酷《ひど》いことをする勇者様なのですか?」

非難する口調ではなく、優しく問いかけてくる。そして彼女《ネヴィア》の言い分は正しい。

神級魔法は、範囲が広すぎる。人族の俺では細かい制御はできない。

だから魔大陸全土を範囲としていた。痛いところを指摘された。

「おまえたちが僕らを苦しめているからだろう!　勝手なことを!」

アンナさんが叫ぶ。この世界で辛酸をなめてきた彼女の心からの叫びだ。

「ですが、北の大陸には生まれたばかりの子供の魔族や、魔族と人族が番《つがい》になった魔人族も多く住んでいます。彼らの中には、この地を離れず静かに生涯を終えるものも多い。その全てに今死ねと?　それが勇者様の望みなのですか?」

「……詭弁《きべん》だ」

アンナさんは、引かない。が、言葉が弱くなっている。俺は彼女の前に立った。

「交渉相手は俺でしょう。何を言われても地獄の世界《コキュートス》は止まりませんよ」

俺は言い切った。実際、魔大陸の住人を無差別虐殺してしまうという状況はかなり心を抉《えぐ》るものがあるが……。『明鏡止水』スキルがなければ、耐えられなかったかもしれない。

それでも、魔法を止めるわけにはいかない。

それを予想通りというふうに、月の国《ラフィロイグ》の女王は微笑《ほほえ》んだままだ。

「勇者様、あなた方の望みは偉大なあの御方《イヴリースさま》のお命。そうですよね？」

「ネヴィア？　何を言ってるの？」

月の国《ラフィロイグ》の女王の言葉に、不審な目を向ける堕天の王。俺も彼女の意図を測りかねた。

「偉大なあの御方《おかた》がお会いになるそうです、勇敢な勇者様」

「え!?」「はぁ？」「何だと！」

驚きの声は勇者と魔王、両陣営から上がった。俺は月の国の女王《ネヴィア》の目を静かに見つめた。

相変わらずの笑顔で、なにを考えているかわからない。

「それって罠《わな》でしょう？」

「ふふっ……、さぁ、どうでしょう？　でも偉大なあの御方に会える機会なんてそうありませんよ？」

俺の問を、月の国《ラフィロイグ》の女王は否定しなかった。

「高月マコト、騙《だま》されるんじゃないわよ」

運命の女神《イラ》様から、注意を受け頷《うなず》く。言葉通りに受け取ったりはしない。

「勿論、それだけでは交渉にならないことはわかっています。ですから、更に皆様へ贈り物をしましょう」

そう言いながら、月の国《ラフィロイグ》の女王は天に向かって祈りを捧《ささ》げた。

――偉大なる我が主《あるじ》、仮初の夜をお与えください。

（祈る相手は月の女神様《ナイア》じゃないのか……？）

俺が訝《いぶか》しく思う間もなく、信じられないことが起きた。

太陽の光が陰り、暗闇に包まれる。そして月と星空が現れた。

「そんな……」

運命の女神様《イラ》の呆然《ぼうぜん》とした声を聞きながら、俺はハッとした。

「アンナさん！」「……っ！」

俺の声に光の勇者さんが青ざめる。

光の勇者の力の源は『太陽の光』。まずい、光の勇者の力が半減する。

「ご心配なく、夜を呼び出したのはほんのひと時だけです」

月の国《ラフィロイグ》の女王は、こちらを攻撃する意図はないらしい。

――この大陸に住まう全ての民に伝えます。

月の国《ラフィロイグ》の女王の声が響く。

――光の勇者とその仲間たちに、決して危害を加えてはなりません。

決して大きな声ではないにもかかわらず、彼女の声がどこまでも響いていく。

——この約束《のろい》を違《たが》えた者には惨たらしい『死』が訪れるでしょう。

物騒な内容で締められた。そして辺りが明るくなり太陽の光が戻る。

「これでいかがですか？　勇者様」

「いかがと言われても……」

あんな口約束だけで……ん？　俺は慌てて堕天の王の瞳を見た。まさか……。

「ネヴィアどういうつもり？　私たちに呪いをかけるなんて」

堕天の王が詰問するような口調で言う。そう、今の月の国《ラフィロイグ》の女王の言葉は『呪い』だった。

「仕方ありません。そうしなければ、勇者様に魔法を解いていただけないでしょうから」

本当に大陸中の魔族たちに呪いを？　それは神級の域じゃないのか？

「ふふ、民たちには普段から『魅了』をかけていますから、簡単なんです」

俺の怪訝《けげん》な表情に気づいたか、ネヴィア女王がこともなげに言った。

以前、フリアエさんに『魅了』も呪いの一種だと教えてもらった。じゃあ、本当に？

「間違いないわ、魔大陸に住む全ての民に『死の呪い』がかけられている。発動条件は『光の勇者一行に危害を加えること』よ」

運命の女神《イラ》様の言葉で、それが真実だと否応《いやおう》なしにわかった。

「だけど、その呪いを解除すれば約束を破ることはできるんじゃ……」

「呪いはかけるより、解くほうが難しいの。おそらくこれを解くには数日を要するわ」

アンナさんの言葉を、イラ様が否定する。

じゃあ、本当に魔大陸の住民は俺たちを攻撃できない？

（だったら、俺たちは一方的に攻撃できるんじゃ）

そんな考えが頭をよぎる。

「高月マコト……それは幾らなんでも……」

「冗談ですよ、イラ様」

無抵抗な相手を一方的に虐殺とか、それは駄目だろう。

月の国《ラフィロイグ》の女王は相変わらずニコニコしたまま。その笑顔が空恐ろしく感じた。

（一応、神級魔法を中断するメリットはある……）

発動を完成させなければ、女神様の神気《アニマ》は身体《からだ》に残る。

つまり、規模は小さいが神級魔法をもう一度放てる。

俺たちの最終目的は『大魔王《イヴリース》の打倒』。魔大陸の戦力は、呪いによって俺たちを攻撃できず。大魔王《イヴリース》自らが俺たちに会おうと言っている。

しかも神気《アニマ》を残して。限りなく罠な気しかしないが。

「マコトさん……」

不安げなアンナさんに、袖をひかれる。

彼女の顔も随分、やつれている。いい加減休ませてあげたい。

「……地獄の世界《コキュートス》を中断する」

俺は制御していた神級魔法を止めた。どっと、身体中から力が抜ける。そのままへたり込みそうなのを、抑えた。白く染まっていた世界が、徐々に色を取り戻していく。

「ありがとうございます、勇者様」

俺が魔法を止めるとわかっていたように、月の国の女王《ラフィロイグ》は笑顔でお礼を述べた。

「やってられないわね。勇者を殺すためにわざわざ南の大陸から駆けつけたのに、勇者を攻撃しないように呪いをかけられるなんて。私は帰るわ」

そう言うや堕天の王は、黒い翼を羽ばたかせ空へと消えていった。

古竜の王《アシュタロト》は、静かにこちらを見下ろしている。何を考えているのかわからないが、攻撃の意図はなさそうだ。これで一旦休戦か、と一息つこうと思った時。

「おや、堕天の王《エリー》は帰ってしまったのですね」

「がっ！」

とてつもない力で首を絞められ、そのまま宙へ吊《つ》り上げられた。

意識が飛びそうになりながらも、俺の首を摑《つか》んでいるのが『悪魔の王《バルバトス》』だとわかった。

「マコトさん！」

「動くなよ、光の勇者とやら」

アンナさんの悲鳴にかぶせるように、しゃがれた声が耳に届いた。

蟲《ヴアラク》の王が、アンナさんの前に立ちふさがっている。

こいつらが復活していたか。おい、約束が違っ……。

「こいつは殺す。よいな、ネヴィア殿」

「あっ、……それはいけません」

悪魔の王の爪が、俺の首にかかり……。

（…………あぁ、意識が）

途切れようとした時。

「マコト殿！」「マコト様！」

気がつくと、ジョニィさんとモモに抱きかかえられていた。あれ？　逃げたはずじゃ。

「この二人がどうしてもと言うので戻った。危なかったな、精霊使いくん」

白竜さんまで来てくれていた。って、俺を襲った悪魔の王はっ!?

「これは……空間転移《テレポート》で移動して斬られたか……。神級魔法を食らったあととはいえ油断したな」

悪魔の王が、怪我《けが》をしたかのようにフラフラしている。

よく見ると、俺の首を摑んでいたほうの腕が切り落とされていた。

ジョニィさんの抜身の刀が、斬ったのだと気づいた。

「ネヴィア殿。……この呪いは……本気で呪いましたな」

口から血を流している悪魔の王が恨めしそうな目で、月の国《ラフィロイグ》の女王を睨《にら》んでいる。

「ですから駄目だと申し上げましたのに」

ネヴィア女王は、はぁと小さくため息を吐《つ》いている。

「あの……殺されるところだったんですけど」

「ごめんなさい、悪魔の王さんが失礼しました」

俺が非難の目を向けるが、月の国《ラフィロイグ》の女王は飄々《ひょうひょう》としたものだった。

「約束は守ってもらいますよ」

「勿論《もちろん》です。では偉大《イヴ》なる《リース》あのお方《さま》のもとへお連れしますね」

俺は魔王に殺されそうになり、その魔王も呪いによって瀕死《ひんし》になっているのに、月の国《ラフィロイグ》の女王だけはマイペースだった。他の魔王たちは、気味悪げにこちらを見ている。

だが、残りの魔王はこちらを攻撃することはなく一人、また一人と姿を消していった。

その時、ホストのような見た目の男が近づいてきた。悪魔の王だ。

「やぁ、すまないね勇者くん。殺せると思ったのだが」

そんな軽口を叩《たた》いてきた。ジョニィさんに斬られた腕は、既に再生している。

が、呪いの影響か顔色が悪い。

「そちらこそ呪いで随分辛《つら》そうですが」

嫌味で返しておく。

「まったくだよ。私は四つの命を持ってるから、一つを犠牲にして君と相討ちをしようと思っていたのだが、思いの外呪いが強かった。もしかすると君を殺していたら四つとも命を失っていたかもしれん。助かったのは私のほうというわけか」

はっはっは、と笑う悪魔の王。

「さて、私は去るが……、人間があの御方と対面して正気を保てるかな？」

意味深なことを言って、悪魔の王は空間転移《テレポート》で去っていった。

蟲《ヴアラク》の王、獣《ザガン》の王は既に居ない。あとは……。

「ヘルエムメルク」

最後まで残っていた古竜《アシユタロト》の王が、白竜《メル》さんの名前を呼んだ。

相変わらず声を発するだけでとんでもない迫力がある。

「……………」

白竜さんは、気まずそうな顔をしたまま横を向いている。

「話がある。あとで来い」

そう言って古竜《アシユタロト》の王も去っていった。白竜さんの顔色は良くない。大丈夫かな……。

なんにせよ魔王は全員去った。

残っているのは、俺と光の勇者さん、ジョニィさん、モモ、白竜さん。そして、月の国《ラフイロイグ》の女王、なのだがさっきから次々と黒い鎧《よろい》の竜騎士たちが集まってくる。

どうやら、俺の『地獄の世界《コキュートス》』を解除したので動けるようになってやってきたらしい。

月の国《ラフイロイグ》で俺たちを追ってきた連中だが、今の所襲いかかってくる気配はない。

というか、呪いが効いているなら彼らも俺たちを攻撃できないはずだ。

「大魔王様《イヴリース》は明日お会いになります。それまで我々の街にご滞在ください」

「我々の街？」

ネヴィア女王の言葉に首をかしげる。彼女の治める街といえば……。

「月の国《ラフイロイグ》へ戻ると？」

「いえ、北の大陸にある偉大なる御方《おかた》の治める王都です」

「そんな場所が……？」

「ついてきてください」

戸惑う俺たちをよそに、月の国《ラフイロイグ》の女王は忌まわしき竜の背に乗り、飛び立った。

俺たちも慌てて白竜さんに乗ってその後を追う。

しばらく灰色の大陸を進み、大きくひらけた場所が見えてきた。

「到着しましたよ」

ネヴィア女王の声が響く。

「わぁ……」

モモが驚嘆する声が聞こえた。ジョニィさんやアンナさんがあっけに取られている。

――魔大陸の王都。

千年前の時代において、世界を支配する大魔王《イヴリース》のお膝元。

巨大な都だろうと想像していたが……、これほどとは。

どこまでも続く建物群と、高層ビルから東京の街を一望したかのような景色。

千年後の太陽の国《ハイランド》の王都を遥《はる》かに上回る巨大都市が広がっていた。

「どうぞ、ごゆっくり。明日の昼頃に迎えに参ります」

高級そうな宿屋まで案内され、月の国《ラフィロイグ》の女王は去ってしまった。

魔大陸の大都市リース。そこは無数の魔族たちの住処《すみか》が、どこまでも広がっていた。

最大の特徴は城壁がないこと。

千年後の街は勿論のこと、月の国《ラフィロイグ》にだって城壁はあった。だが、この都市にはそれがない。

つまり外部から敵に襲われる心配をしていないということだ。宿の中は美しい調度品が揃《そろ》っており、案内をしてくれる魔族たちは礼儀正しかった。部屋を借りている人は、俺たち以外居ない。貸し切りのようだ。しばらくの間は敵の襲撃を警戒していたが、全く何も起きなかった。次第に弛緩《しかん》した空気が流れる。ただ、待っているのも時間の無駄だ。

「明日、どうします？」

俺は皆を見回して聞いた。

月の国《ネヴィア》の女王が俺たちを大魔王《イヴリース》と会わせるという話。100％罠《わな》だろう。

「逃げましょう！　マコト様！」

モモの意見は当然だった。今なら魔大陸を離れるのも容易だ。

「だが、大魔王《イヴリース》を倒す好機ではないのか？　退却はいつでもできる」

ジョニィさんの言葉も真っ当だった。俺たちの目的は『大魔王《イヴリース》の打倒』。

最終目標がわざわざ迎え入れてくれるという。

そのチャンスを、むざむざ逃して良いのだろうか。

「一体、敵の狙いは何なのでしょうか？　もともと魔王たちは……『光の勇者《ぼく》』の命を狙っていたのですよね？」

アンナさんが不安げに俺を見つめる。確かに千年前に来てすぐの頃、魔王軍の魔族たちは執拗《しつよう》に『光の勇者』を付け狙っていた。つまり狙われるなら、彼女である。

「そんなに深く考える必要はないと思うぞ。おそらくは勧誘だ」

真剣に悩む俺たちをよそに、白竜さんはわかりきったことを言うなという口調だった。

「勧誘？　何のです？」

俺が聞くと、白竜さんは当たり前のように言った。

「西の大陸を支配する不死の王《ビフロンス》を倒した者……、そいつに西の大陸の新たな魔王にならないか？　という勧誘だろう」

「僕は魔王になんてなりません！」

「違うぞ、勇者くん」

「え？」

憤慨するアンナさんを白竜さんが手で制す。そして、まっすぐ俺が指さされた。

「精霊使いくん、おそらく君が魔王にならないかと誘われる」

白竜さんの目がまっすぐ俺を見つめる。俺？

「なぜです？　不死の王《ビフロンス》を倒したのはアンナさんですよ？」

「その算段をつけたのは精霊使いくんだ。しかも『神級魔法』の使い手。敵対するより味方に引き入れたいのだろう。それに大魔王《イヴリース》が魔王を増やしていくことは、これまでも多くあったからな。珍しいことじゃない。最近だと黒騎士の魔王だな」

ギリ、とうしろから歯ぎしりが聞こえた。黒騎士カイン……。俺と同じ女神様《ノア》を信奉する使徒であり、アンナさんの師匠の仇《かたき》。そう言えば、あいつは新人魔王だっけ。

「もう、白竜師匠ってば！　マコト様が魔王になんてなるわけが……」

「精霊使いくんが魔王として西の大陸を支配できるなら、平和が訪れるぞ。大迷宮《ラビュリントス》の街の民も安全に過ごすことができる」

「……そ、それは」

モモが大きく目を見開いて押し黙った。

「存外良い案かもしれんな」

「ジョニィさん!?」

アンナさんが信じられないというふうに、長髪の美形エルフを睨む。

「仮に魔王になったとして、味方になったと油断させて不意打ちで大魔王《イヴリース》を倒せるやもしれん。どうだ、マコト殿？」

「騙《だま》し討ちですか……」

「戦の常套《じょうとう》手段だろう？」

「ジョニィさんも悪い人ですね」

苦笑する。流石《さすが》にそれは……案外悪くないかもしれない。

うしろで俺たちを睨むアンナさんがいなければ。

「運命の女神様《イラ》、どう思います？」

俺はここまで無言の女神様に質問した。

他の三人には、イラ様の声は聞こえないはずだが皆、口を閉じた。

（私には大魔王《イヴリース》に絡む運命の糸が視《み》えない。私の『未来視』が防がれているから……）

わからんってことか。これは前から聞いてたことだ。

(でも、ジョニィちゃんの言う通りチャンスだと思うの。それにいざとなれば私の『神気《アニマ》』が高月《たかつき》マコトの中に残っているから、逃げるだけならどうにかなるはずよ)

なるほど。さっき、中途半端に発動させた神級魔法・地獄《コキュートス》の世界。

完成させることなく中断したため、未《いま》だに俺の身体《からだ》には僅かな『神気《アニマ》』が残っている。

「だったら倒せません？　大魔王《イヴリース》を」

(だといいのだけど……、恐らく大魔王《イヴリース》は高月マコトに『神気《アニマ》』があることを知ってる。無策じゃないと思うわ)

「悩ましいですね」

(まったくね)ふぅ、という物憂げなため息が聞こえた。

「結局、イラ様は大魔王《イヴリース》に会うことに賛成ですか？　反対ですか？」

(…………)

「イラ様？」

(…………大魔王《イヴリース》を倒す大きなチャンスではあると思うわ)

珍しく煮え切らない返事だ。何か心配事があるのだろうか。

「おい、精霊使いくん。女神様は何とおっしゃっている？」

ぶつぶつ独り言を呟《つぶや》いている俺は、しびれを切らした白竜さんに詰め寄られた。

「折角の機会なので大魔王《イヴリース》に会ってみてもいいんじゃないかと。いざとなれば、『神気《アニマ》』

を使ってでも逃げましょう」

「そうか」

「ぅぅ……怖いです」

「女神様の言葉なら従おう」

ジョニィさん、モモ、白竜さんの言葉は三者三様だった。

「マコトさん」

そして最も真剣な目をしたアンナさんが、俺の腕を摑《つか》んだ。

「何でしょう？　アンナさん」

「マコトさんは魔王になったりしませんよね？」

「え？」

真剣に聞くから何かと思ったら。

きっと鏡があれば、豆でっぽうでもくった鳩《はと》のような顔をしていたことだろう。

「なるわけないでしょう」

俺の返事にアンナさんは、心底ほっとした顔になった。

「そうなのか？　勿体《もったい》ないな」

ジョニィさんは、どうやら俺に魔王になって欲しいらしい。

まぁ、戦わずして西の大陸に平和が訪れるなら、という考えも賛同はできる。でもなぁ。

「俺は人族だから、魔王になってもせいぜい百年弱しか平和になりませんよ。でも、そうしたら西の大陸の魔王はどうするんでしょうね？」

「そもそも不死の王《ビフロンス》は完全に滅んでおらん。光の勇者くんの攻撃で力の大半を失ったが数千年後には復活するんじゃないか？　精霊使いくんをつなぎの魔王にしたいのだろう」

光の勇者さんが倒したと思っていた不死の王《ビフロンス》だが、白竜さん曰《いわ》くいずれ復活するらしい。

まぁ、復活することは自分の目で確認している。

「じゃあ、明日はついに大魔王《イヴリース》と対決です。いいですね」

俺がみんなを見回して言うと、皆小さく頷《うなず》いた。

「ふむ……、では方針は決まったな」

そう言ってジョニィさんが、置いてあった刀を腰に差しマントを羽織った。

「どこかに行くんですか？」

「ああ、初めての街だ。色々と見回ってみよう」

「ほ、本気ですか⁉」「魔族の街ですよ！」

モモや光の勇者さんが大きな声で驚く。

「マコト殿。この街の魔族たちは月の国《ラフィロイグ》の女王の呪いによって我々には手出しできぬのだな？」

（間違いないわよ！）

脳内に女神様の声が響く。

「ええ、運命の女神《イラ》様がそう言ってます」

「ならば問題ないだろう」

そう言い残して、ジョニィさんは出かけてしまった。度胸があるなぁ。アンナさんやモモは、出かける気はしないようで部屋のベッドに腰掛けたり窓から外を見たりしている。

(でも、たしかに待っているだけは暇だな)

修行でもするか、と思っていると白竜さんが言いづらそうに話しかけてきた。

「なぁ、精霊使いくん。少し時間はあるか？」

「見ての通り時間を持て余してますよ」

明日の昼まで、宿で待つだけだ。

「一緒に来てほしい場所があるのだ」

「別にいいですけど、どこです？」

何度も助けられている白竜さんのお願いは断れない。しかし、一体どこなのだろう？

「僕も行きます」

「白竜師匠、私も！」

アンナさんやモモが同行を申し出るが、白竜さんは首を横に振った。

「少し危険な……、いや危険はないのだが二人を連れていくことはできぬのだ……、すまぬ、それほど長い時間ではないからしばし精霊使いくんを貸してもらいたい」

「……わかりました」

「えぇ～、留守番ですかぁ」

アンナさんがわずかに、モモが思いっきり不満を表情に浮かべる。

俺としては白竜さんが最初に危険と言いかけたところがとても気になったのだけど。

どこに連れていかれるんだろう？

アンナさんとモモを置いて、俺は白竜さんと外に出た。


「歩きなんですね」

「宿から近いからな」

てっきり白竜さんに乗っていくのだと思っていたら、移動は徒歩だった。

魔族の都の大通りを、俺たちはのんびり歩く。様々な種族の魔族で通りは賑《にぎ》わっている。

大通りには露店が多く、ひっきりなしに客引きが行われている。

活気のある街だ。ただ、気になったのは。

「みんな魅了されてますね」

「ああ、住人はそれを気にしてなさそうだが」

これが全て月の国《ラフィロイグ》の女王の力なのだろうか？　だとしたら、とてつもない。

「民の数が多いな」

白竜さんがポツリと言った。

「ええ、沢山いますね」

「建物に比べて住民が多すぎる。全員この都に住んでいるんだろうか」

確かに家も多いが、それ以上に人混みでごった返している。

「出稼ぎに来ているのかもしれませんよ」

「そうだな。あとは……幽霊《ゴースト》や不死者《アンデッド》が多い」

「確かに、そうですね」

道行く魔族は、身体が透き通っている幽霊や、ゾンビ、スケルトンなどの不死者《アンデッド》が多い。

そして彼らは武装していないので近くを通ってもあまり緊張しない。

途中露店で客引きにもあったが、俺たちは寄り道することなく進んだ。

しばらく歩き、白竜さんは巨大な屋敷の前で止まった。

大きさはハイランド城よりも大きいのではないだろうか。

権力者が住んでいるんだろうということは予想できる。巨大な屋敷の門は、これまた巨大だった。少なくとも人間では開くことすらできなそうな大きさだ。

ただ、門が巨大な理由は明白だった。

「ようこそ、いらっしゃいませ」

白竜さんの姿を見て、門番の竜が門を開いた。

この屋敷の主《あるじ》は、竜なのだろう。そりゃ門も屋敷も巨大なはずだ。

「行くぞ、精霊使いくん」

「は、はい」

門番の竜からは、ジロジロと不躾《ぶしつけ》な視線を送られる。

「あの……、白竜さん。そろそろここに来た目的を……」

「古竜の王《アシュタロト》に会いに来た」

「……」

門番の竜を見て嫌な予感がしたのだ。

「あの……なぜ最強の魔王に会いに？」

「あとで来いと言われた。精霊使いくんも聞いていただろう？」

「聞いてましたけど……、何で俺まで一緒に来る必要が？」

「私が君たちに力を貸しているのは、大迷宮《ラビュリントス》で私が精霊使いくんに負けたからだ。古竜族は力の強い者に従う。理由を説明するには君に同席してもらうのが一番早い」

「相手は魔王ですよ？　話すだけで終わりますかね」

「私の知り合いだ。それにネヴィア女王の呪いで、我々には攻撃できぬはずだろう」

白竜さんは古竜族なので、古竜の王《アシュタロト》とは縁がある。それは知っているが……。

「竜神族の血を引く古竜《アシュタロト》の王は、呪いが効かない可能性はないですか？」

「そんなことをよく知っているな」

「イラ様に聞きました」

「心配するな、きっと大丈夫だ。さぁ、行こう。一人だと気が進まなくてな」

要するに怖いから一緒に来てくれと。

「………わかりました」

正直、帰りたい。が、逃げられる空気でもない。巨人でもゆうに通れそうな巨大な扉が開く。白竜さんはずんずん進んでいく。俺はおそるおそるそのうしろに続いた。

ズン……、重そうな音とともに、後ろから扉が閉まる音がした。

逃げられなくなってしまった。

「どうした精霊使いくん？」

「ビビってるんですよ」

「ふっ、君でも恐れることがあるのだな」

白竜さんが面白いものを見るような目で笑った。人を何だと思っているのか。

ここまで来たのだ、行くしかない。『明鏡止水』スキル99％……。

俺は覚悟を決め、正面の階段を上がった。その正面の扉をくぐると、そこはホールのような巨大な部屋だった。そして、真正面にあるのは、――玉座だ。

そこには黒い衣服に身を包んだ男が腰掛けている。身長は三メートルを超えるのではなかろうか。巨人族程ではないが、人族ではあり得ないほどの巨体。

鋭い眼光で、こちらを見下ろしている。

「あれは……」「古竜の王《アシュタロト》だ」

俺の呟きに、白竜さんが答えた。外見こそ違うが発する瘴気《しようき》は、確かに俺たちを威圧してきたあの魔王だった。白竜さんと同じく、人型の形態をとっているのだろう。

玉座への道筋には、血のように赤い絨毯《じゆうたん》が敷かれておりその上を俺たちはゆっくりと進んだ。両側にずらりと、巨大な戦士が並んでいる。うっすら肌に鱗《うろこ》のような模様が見える。

彼らも竜なのだろうか。

俺たちは、古竜の王《アシュタロト》と数メートルの距離までやってきた。しばし、静寂が訪れる。

(白竜さん、何か言って!)

俺はちらっと彼女の横顔を見たが、思いの外緊張しているようで顔が強張《こわば》っている。

口を開いたのは、古竜の王《アシュタロト》だった。

「よく来たな、我が娘ヘルエムメルク」

「……ご無沙汰しております、父様」

白竜さんがしぶしぶといった感じで、返事をした。

運命の女神様《イラ》に事前に聞いていたので、二人の関係性は知っていた。それでも思う。

千年前の聖竜様もとい、白竜さん。よく救世主《アベル》パーティーの仲間になってくれたな、と。

◇古竜の王《アシュタロト》の視点◇

数百年ぶりに末の娘が帰ってきた。

てっきり一人で来るかと思ったが、隣に人族の男を侍《はべ》らせている。一見、微力な魔力《マナ》しか持たぬ脆弱《ぜいじゃく》な者。しかし、その存在は魔王軍で知れ渡っている。

――数万年ぶりとなる水の大精霊《ウンディーネ》の使い手。

人族でこれほどの精霊使いに出会ったことがない。

当初、あの御方《おかた》から知らされていた要注意者は『光の勇者』だった。

しかし、今やそれを超える危険な存在として認知されている。

神級魔法すら扱うその存在は、到底無視できるものではない。

よりにもよって、そやつを連れてくるとは……。

「久しいな、我が娘」

我の声が広間に響く。実際に最後に会ってからかなりの時間が経《た》っている。我があの御方に従うと決めたのを不服として、娘はどこかへ姿を隠した。

まさかこのような形で再会するとは思っていなかった。

「父様におかれましても、ご壮健そうで」

娘は、やや不貞腐《ふてくさ》れたような態度だった。落ち着いたと思っていたが、まだまだ若いな。

隣の男は、物珍しそうに城内を見回している。

(何を考えている……？)

魔王を前にし、魔王城へ乗り込むなら少しくらいは緊張した様子を見せれば可愛《かわい》げがあるものを。何事にも動じていない様子で、こちらを見つめてくる。

我は苛《いら》つきを抑え、娘に問うた。

「なぜ人間へ味方する？」

「父様と同じ理由ですよ。強き者に従っているだけです」

「……隣の男が我が娘を誑《たぶら》かしたということか」

嫌味を込めて言った。

「強者へ敬意を払うことが古竜族の誇りでしょう」

「明日にはあの御方が、この都へいらっしゃる。そうなれば終わりだぞ？」

語気を強めた。そう、あの御方には誰も敵《かな》わない。

「わからないでしょう。今日だって父様を含めた魔王たちと渡り合っていた」

「我らとあの御方を同列に語るなど……愚かな」

「いつからそのような弱腰になったのですか」

駄目だ。娘は、精霊使いの男を盲信している。

言葉が届いていない。ならば、隣の男に尋ねるしかない。

「貴様の名は？」

我は娘の隣に居る男の名前を聞いた。人族の名前を知ろうとするなど、初めてのことだった。しかし、その男はきょとんとした顔でこちらを見つめるのみだった。

「高月《たかつき》マコトです。父様」

代わりに答えたのは娘だった。なぜ、おまえが答える。

「高月マコト、我が友ビフロンスを倒したのは貴様か」

どうしても硬い口調となる。不死の王《ビフロンス》とは長い付き合いだった。

完全に滅んだわけではないと聞いているが、人族に倒されるなど考えられない。

「運が良かったので」「……ほう」

運が良かったと言うのか。そんなことで、不死の王《ビフロンス》を倒せるはずがない。ふざけた男だ。

私は玉座を立ち、ゆっくりと精霊使いの男に近づいた。少し怯《ひる》んだ様子を見せるが、逃げも隠れもしない。どのみち月の巫女《ネヴィア》の呪いで、我はこの男を攻撃できない。

それにしても、魔王城で歴戦の古竜《エンシェントドラゴン》たちに囲まれ、私を目の前にしてこの落ち着きよう。どんな神経をしているのか。

もしくは、先に放った『神級魔法』を扱えるという自信からだろうか。

「貴様の身体《からだ》に宿る神気《アニマ》。それを用いてもあの御方には通じぬぞ」

あの御方は、我々魔王とは次元《レベル》が違う。

あのような半端な魔法で倒すつもりでいるなら、片腹痛い。

「やってみなければわからないでしょう」

「無駄だ。愚かな選択はやめよ。我々に降《くだ》れ」

「父様、無駄ですよ。精霊使いくんは、天界におられる女神様の使徒として動いている。止まりませんよ」

……女神の使徒か。やっかいだな。神の姿を目にした使徒は、例外なくまともではない。

あの邪神を信じる黒騎士の魔王カインもそうだった。

どれ程強くともあれでは駄目だ。まず会話ができない。

（いかん……、このままでは娘があの御方と敵対してしまう）

それは防がないといけない。いっそ、呪いを無視してでも力ずくで止めるか？

我の心情が伝わったのだろうか。精霊使いの男が口を開いた。

「古竜の王《アシュタロト》、心配しなくても無理そうなら逃げるだけですから」

「なんだと……？」

精霊使いの男の言葉に戸惑う。ついさっき、魔王に囲まれた死地をくぐり抜けたのはあの御方に挑戦するためではなかったのか。なぜ簡単に逃げるなどと言える。

「貴様、あの御方にお目通りしてただで帰れると思っているのか！」

思わず怒鳴り声が口から出てきた。我ですら、あの御方をひと目見て服従するしかないと悟った。それほど、生物として次元がかけ離れていた。あの時の畏怖を思い出し、それが怒りに変わる。意図せず、我の身体から瘴気が溢《あふ》れ、相手を威圧してしまった。

部下たちが一斉に首をすくめる。

いかん、人族に向けるような覇気ではなかった。反省し、精霊使いの男を見た。

「折角会ってくれるなら、一度挨拶をしておかないと」

精霊使いの男は穏やかに言った。その瞳は、決して壊れた者のそれではなかった。

（この男……。なぜ、我を前にしてそのような目ができる？）

……なるほど、娘が惚《ほ》れ込むわけだ。惜しいな。

これほどの胆力を持つもの、できれば手合わせしたかった。

「あの御方に逆らって無事で済むとは思えぬ。だが、もしも生き延びられたなら、月の巫《み》女《こ》の呪いが晴れた暁には、我と勝負をせよ。勝てば全ての竜族が従う『竜王』の称号を与えよう」

「……父様？　本気ですか」

「竜王？」

娘と精霊使いの男が驚いた顔をした。

「我の古い友を下し、娘を誑かした男だ。戦ってみたくなるのは、古竜《エンシェントドラゴン》の性《さが》だ」

気がつけば、苛つく気持ちはなくなっていた。

さて、我の言葉にどう答えるかと待っていた時。

『…………………………………』


…………

…………


精霊使いの男の近くに、うっすらと文字のようなものが視《み》える。

だがすぐに視えなくなった。奇妙な感覚だった。

「わかった、約束するよ。いつか勝負しよう」

精霊使いの男は、あっさりと答えた。部下の古竜《エンシェントドラゴン》たちがざわつく。

……面白い。この男は、きっと我の前に再び現れるだろう。

そう確信した。我は上機嫌で、精霊使いの男を城外まで見送るよう部下へ伝えた。

一緒に帰ろうとした娘は引き止めた。

それから我は、娘がどのような旅をしてきたのかゆっくり話を聞いた。

◇光の勇者《アンナ》の視点◇

(マコトさん遅いなぁ……)

僕とモモちゃんは帰りを待っていたが、彼は一向に戻ってこない。

「ま、まさか白竜師匠も、マコト様のことを狙ってて二人でしっぽり……!?」

「いやいや、まさかぁ」

僕は笑って否定した。

「わかりませんよ！　最近のマコト様を見る瞳《め》は、アンナさんと同じ女の目でした！」

「ちょ、ちょっと、モモちゃん!?」

僕はそんな目はしてないよ！……してないはず。

「にしても暇ですねー。少し外に行きませんか」

「うん、そうしようか」

僕はモモちゃんの誘いに同意した。ジョニィさんもマコトさんもでかけてしまった。

僕らだけ宿で待っているだけというのもつまらない。宿の外は、繁華街だった。

こんなに発展した街を見るのは月の国《ラフィロイグ》以来だ。いや、あの街よりも遥《はる》かに栄えている。

世界で一番賑《にぎ》わっているんじゃないかと思った。

僕とモモちゃんは、大通りの露店を見て回った。

大陸が異なるからか、見たことのない食べ物や衣装が多い。そして、店主は皆魔族だ。

でも、人族の僕を見ても何も言ってこない。火の勇者《ししょう》から、魔族は敵だと教わってきた僕にとって衝撃だった。この街の魔族たちは、誰もが笑顔で挨拶をしてくる。

マコトさんに、彼らは『魅了』されて操られてるんだと教わったけど。正直、毒気が抜かれてしまう。

（なんで、北の大陸と他の大陸はこんなに違うんだろう……）

ずるい、と思う。西の大陸だと、人族は全然幸せじゃないのに。

「あなた初めて見る顔ね」

「え？」

さっと、僕のうしろにモモちゃんが隠れた。見ると三人の少女が、モモちゃんに声をかけている。一見、人間のようだがよく見ると口から小さな牙が見える。

彼女たちも吸血鬼《ヴァンパイア》だ。危険なのでは？　と思ったが彼女たちから害意は感じ取れなかった。

単純にモモちゃんに興味があるようだ。

「もしかして、外から来たの？　お話が聞きたいわ」

「強い力を持っているのね。さぞ、高貴な方の血をいただいたのね」

「え～と……」

モモちゃんは最初戸惑っていたようだが、徐々に打ち解けていった。

僕の知る限り同世代の子と話す機会はなかった。だからうれしいのかもしれない。

僕は少し離れた場所で、店を見て回ったけど一人だとあまり楽しくない。

（マコトさんが居たらなぁ……）

そんなことを考えていると、見知った顔が通りかかった。

「ジョニィさん？」

「アンナ殿か」

赤髪長髪の美形のエルフの剣士だった。

「いくら呪いで守られているとはいえ、一人は不用心だろう」

人のこと言えないでしょう、と指摘しようとしてジョニィさんの隣に誰か居ることに気づいた。こちらは知り合いではない。初めて見る人だった。

「ねぇ、この子があなたのお仲間？　美人な子」

ジョニィさんにしなだれかかるように身体を寄せているのは、褐色肌のダークエルフの女性だった。

「先程話したうちのパーティーメンバーの一人だ」

「へぇ、隊長は水の大精霊《ウンディーネ》を操るって人ね。私も会ってみたいわ」

「あ、あの……ジョニィさん。この方は？」

ダークエルフは初めて会ったけど、れっきとした魔族のはずだ。

なのに随分親しげに話している。昔からの知り合いに偶然会ったのだろうか。

「ご友人ですか？」

「いや、さっき知り合ったばかりだ」

「え？」

どうやら街を散策していて、声をかけられたらしい。それでこんなに親しそうに!?

「ねぇ、早く行きましょうよぉ〜」

「ああ、悪い。待たせたな」

ダークエルフの女性は、ジョニィさんの腕を摑《つか》んで引っ張っていく。

「あの……ジョニィさん、宿には……？」

「明日の朝までには戻る」

「えぇ……」

朝帰り確定!?　ここ敵地なんだけど。

「明日は最終決戦だ。アンナ殿も英気を養うと良い。マコト殿に抱いてもらうのがいい」

「なっ!?」

最後にとんでもないことを言われ、ジョニィさんは女性と一緒に去っていった。だ、抱いてって……。はぁ、もう何を言ってるんだか。熱を持った顔をぱたぱたと扇《あお》ぐ。

モモちゃんは、吸血鬼《ヴァンパイア》の女の子たちと話している。

うーん、そろそろ宿に戻ろうかな、と思っていた時だった。

（あっ！　マコトさん！）

彼の顔を見つけた。マコトさんは、きょろきょろと周りを気にしながらどこかへ向かっている。宿とは反対方向だから、帰ってきたわけではないようだ。一体どこに……？

ま、まさかジョニィさんのように、女性と知り合って？

それともモモちゃんが心配してたように、白竜様と密会!?……いや、まさか。

そんなこと、ないって。でも、気になる。

気がつくと、僕は気配を消してマコトさんを追っていた。

街の奥へ奥へ、人気《ひとけ》のないところへ進んでいく。マコトさんはこの街は初めてなんじゃ……。何かに導かれるように、迷いなくマコトさんは歩いていく。

やってきたのは、街外れだった。寂れた場所だ。建物はどれもボロボロで、人の気配はない。こんな所には誰も来ないだろうと思われた。

しかし、マコトさんは腕組みをして水魔法の修行をしながら、明らかに誰かを待っている。僕はマコトさんの視界に入らないように、その様子を観察した。

数刻経《た》って、何も変化がない。もう帰ろうかな……、と思っていた時。

誰かがやってきた。女性ではない。そのことに、少しほっとする。良かった、マコトさんは逢引《あいびき》なんてしていない。それにしても、こんなに人目を避けて会う相手は誰だろう？

僕は目を凝らして、マコトさんと話す相手を見た。

（…………え？）

息が止まりそうになる。動悸《どうき》が早まる。手が震えるのを抑えられない。

……なんで、あいつが？

その顔は、大迷宮《ラビユリントス》で見た顔だ。忘れるはずがない。

普段は、全身鎧《よろい》で身を包み一切の素顔を見せない男。

黒騎士の魔王。邪神の使徒。そして、火の勇者《ししょう》を殺した男。

「魔王カイン……」

マコトさんが会っていたのは、僕の師の仇《かたき》だった。

◇高月《たかつき》マコトの視点◇

「あー、怖かった」

俺は古竜《アシユタロト》の王の城を一人であとにした。白竜《メル》さんは残るらしい。

親娘間《おやこ》でわだかまりは残っているようだが、久しぶりに会ったようだし積もる話もあるのだろう。これを機会に是非仲良くしていただきたい。

できれば今の時点の古竜の王《アシユタロト》とは、敵対したくない。

そのうち戦うって約束はしちゃったけど。

多くの魔族たちでひしめく魔都をのんびり歩く。宿までの帰り道は『地図《マッピング》』スキルで把握している。やってきた当初は少し怖かったものだが、こうして通りを散歩していると少し寄り道してみようかなという気がしてきた。

(あんたねぇ……、明日は大魔王《イヴリース》と戦うのよ？　休んでおきなさいよ)

運命の女神様《イラ》が話しかけてきた。その通りなのだが、気になることがあった。

イラ様、なんで魔大陸はこんなに平和なんですかね？

この都や、その前に着いた村でも俺たちは襲われなかった。

(それは……、あの厄災の魔女《ネヴィア》が『魅了』してるからよ)

それはわかる。だからこそ、俺はこう思わずにはいられなかった。

——全ての人が同じように魅了されてしまえば、世界は平和になるのでは？

(そ、そんなの駄目よ！　絶対に駄目！)

焦った運命の女神様《イラ》の声が響く。

(冗談ですよ、イラ様)

（え……あんたの思考から本気さを感じたんだけど）

千年前にわざわざやってきて、ここで方針を変えるようなことはしない。

けど、どうしてもあの月の国《ネヴィア》の女王が歴史で習ったような悪人にも見えなかった。

（馬鹿、自分に従わない者を『魅了』で従えてる女が善人なわけないでしょ）

うーん、でも月の国《ラフィロイグ》の女王に魅了された人たちはみんな幸せそうに過ごしてるんですよねぇ。もやもやした気持ちを抱えながら歩いていた時だった。

（……ん？）

（どうしたの、高月マコト？）

「××××××《こっちに来て》」

精霊語で呼ばれた。水の精霊だ。が、やけに愛想が悪い。

（イラ様、精霊に呼ばれました）

（大丈夫？……罠《わな》じゃないの？）

（いえ、多分これはアイツですね）

大魔王《イヴリース》との戦いが終わるまで顔を出さない約束をしていたが、何か不測の事態だろうか？

「×××××××《こっちよ、早くして》」

普段俺が会話をしている水の精霊や、水の大精霊《ディーア》では考えられないくらい冷淡な声の水の精霊だ。この精霊の使い手は、全く精霊と仲良くできてない。

あっという間に、先へと進んでしまう。俺は見失わないように、早足でその後を追った。

どんどん町外れへと案内され、誰も居ない廃墟《はいきょ》のような場所に連れてこられた。

目的地はここでいいのだろうか？

（これから来るのってあの黒騎士の魔王よね？）

（ええ、おそらく）

この世界で精霊を使うのは、ジョニィさんかあの男くらいしか会ったことがない。

ジョニィさんは、こんな回りくどいことはしないだろう。だから、アイツだと思うのだが。待てども待てども誰も来ない。おーい、呼んだならちゃんと待っててくれよ。

（来ないわね、仕事に戻るわ。何かあったら呼びなさい）

はーい、と返事をすると通信が切れた。

魔王カインはノア様の信者なので、イラ様にはいつ来るのか未来が視《み》えない。

（気長に待つか……）

それからさらに一時間ほどした時だった。

「マコト！　よくぞ生きていた！」

全身黒鎧の男がやってきた。予想通り、魔王カインだ。目立たないようにか、いつものフルフェイスの兜《かぶと》はしていない。それでも、全身の黒鎧は十分な威圧感を放っていた。

「何かあった？」

「何かあっただと？　神級魔法『地獄の世界《コキュートス》』が発動したのだ。無事だったのか!?」

あー、まさかの俺を心配して駆けつけてくれたらしい。

「無事だよ。そもそもその魔法は俺が使ったんだ」

「な、なに……？」

カインが驚いている。まあ、『地獄の世界《コキュートス》』は聖神族の魔法だ。

驚くのも無理はないだろう。さて、どうやって説明しようかと思っていたら。

「マコトさん！！！」

殺気を孕《はら》んだ怒鳴り声が響いた。ギクリとする。

「え？」

慌てて振り向き、俺は硬直した。

「む」

カインが素早く俺の前に立ち、剣を構えた。その先に居たのは……。

「アンナさん……」

いつもの彼女ではない。目を見開き、荒い息をしながら剣を構えている。

(まずい!!)

油断した。どうして気づかなかった?

『RPGプレイヤー』スキルで後方の確認はしていたはずなのに。

「マコトさん……説明してください。なぜ、あなたが魔王カインと親しげに会話しているのですか……?」

「………………」

「何か言ってください!!!!」

アンナさんの声は、今にも怒りが爆発しそうな気配があった。

いや、とっくに怒りは頂点に達しているのかもしれない。

彼女の歯ぎしりをした音がここまで聞こえてきた。

「そいつは、僕の師である火の勇者の仇です」

そう言ってアンナさんの構える聖剣に、凄《すさ》まじい勢いで魔力《マナ》が収束される。

魔王を斬り伏せた時に匹敵するほどだった。空気が震え、地面が震動している。次の瞬間にも、斬りかかってきそうな雰囲気だ。

対する魔王カインは、剣を構えてはいるものの全く闘気《オーラ》を発していない。

「マコトさん!……どうして、何も言わないのですか?」

「……」

なんて言えばいい？　どうすれば切り抜けられる？

「……マコトさん。僕を騙《だま》していたんですか？」

彼女の目は真っ赤で、涙が溢《あふ》れている。その瞳に見つめられると、言葉に詰まった。

「取りあえず落ち着いて」とか「明日は大魔王《イヴリース》が相手なんだから、ここで魔力《マナ》を無駄にしちゃいけない」などと言える空気ではない。

だけど、何か言わないと。俺が口を開きかけた時。

「そうか、君が『光の勇者』か」

魔王カインは、構えた剣を腰に戻した。そして、穏やかな顔で次の言葉を放った。

「その聖剣で、私の首を刎《は》ねてくれ」

◇アンナの視点◇

「え？」

僕の口から間抜けな声が飛び出した。

「カイン……おまえ」

マコトさんが複雑な表情で魔王カインに話しかけた。

「いいんだ、マコト。私のような出来の悪い使徒は、こうして命を差し出すことでしかノア様のためにできることはない。ここで光の勇者に討たれることで、本来の歴史に近づくのだろう?」

こいつは一体、何を言ってるんだ? 怒りと戸惑いの感情が、頭の中でごちゃまぜになる。

「さぁ、光の勇者。私を斬れ。そして世界を救え」

穏やかな表情の魔王カインが、僕に近づいてきた。

「っ……!」

その異常な光景に、僕は思わずうしろに下がってしまった。

弱気になった自身の心を鼓舞した。

やつを殺せ! 相手は師の仇だ!

歯を食いしばる。柄《つか》を強く握りしめ、剣を振りかぶった。魔王カインは動かない。

穏やかな表情だ。ちらとマコトさんのほうに視線を向ける。

こちらは難しい顔をしたままだ。止めないの? 魔王カインの仲間なんじゃないの?

わからない……わからない! 一体、何が正しいのか。

「うわあああああ!」

僕は混乱したまま、魔王カインに斬りかかった。魔王《カイン》は僕の剣を避《よ》けなかった。

斬撃が、魔王カインの首元を切り裂く。

血が吹き出し、カインが膝をついて倒れた。地面が真っ赤に染まる。

「あ……あぁ……、僕は……」

ついに師の仇を……。悲願だった。師匠が死んだあの日、僕は復讐《ふくしゅう》を誓った。

復讐は果たされた。なのに……、達成感は皆無だった。

カランという音と共に、剣が地面に転がった。

「カイン……」

マコトさんが悲しげな顔で、黒騎士の魔王に近づく。

どうしてそんな顔をするんですか？　やっぱり仲間だったのですか？

僕のことを裏切ってたんですか？　でも、僕がカインを斬るのを止めはしなかった。

「どうした、マコト」

「ん？」「え？」

むくりと魔王カインが起き上がった。よく見ると僕が斬った傷は完全に塞がっている。

「なっ……、なっ……」

何で!?　確かに斬った。僕の全力で。何で、何事もなかったように立ち上がれるんだ。

「カイン、生きてたのか？」

マコトさんがほっとした顔で、カインに尋ねた。

「ノア様の鎧《よろい》のおかげだ。死に損ねたな」

「そういえば完全回復の魔法がかかってるんだっけ？」

「その通りだ。流石《さすが》はノア様のご加護だ」

「いいよなぁ、その鎧。俺も使徒になった時、欲しかったよ」

「私が死ねばマコトに譲ろう」

「サイズが合わないだろ」

「安心しろ、ノア様が造った神器だ。着ればたちどころに持ち主の身体《からだ》に合った大きさに変わる」

「へぇ……、でもどうせ俺は短剣より重いものは装備できないからさ」

「それは言い過ぎだろう？」

「マジなんだよなぁ。片手剣《ショートソード》を両手ですら振れないからさ」

「それは……もう少し身体を鍛えたほうがいいぞ」

「鍛えても全く身体能力《ステータス》が上がらないんだよ」

マコトさんと魔王カインが、のんきな会話を続けている。

(何なの!?　こいつらは!!)

ああ、もう頭が真っ白になる！　怒りの心はどこかに消え去ってしまった。

「説明してください！」

僕はマコトさんに詰め寄った。すぐ近くに困ったようなマコトさんの顔がある。

いつものマコトさんの顔だ。

「マコトさん！」

「………実はですね」

言いづらそうに彼は語り始めた。


――こうして、僕はマコトさんの正体を知ることになった。


「マコトさんが、千年後の未来からやってきた……？」

僕はくらくらする頭をかかえ、近くにあった樽《たる》のようなものに腰掛けた。

事実を聞いて、とても立っていられなかった。

「というわけで、太陽の女神様《アルテナ》の神託で救世主であるアベ……アンナさんの手伝いに来たって訳です」

マコトさんは「やっと言えた～」と大きく伸びをしている。

いや、そんな一人だけすっきりした顔をされても。

「……」

明後日《あさって》の方向を向いて、ぼんやりとしているのは魔王カインだ。大迷宮《ラビュリントス》で襲ってきた時のような威圧感は一切感じない。僕らの会話が終わるのを待っている。

「それでマコトさんと魔王カインの関係は……」

「古い神族《ティターン》である女神ノア様の使徒。カインはこの時代で、俺は千年後かな」

「その女神は邪神……なんですよね？」

「神界戦争《ティタノマキア》に負けた神族だから邪神扱いになってるけど、実際は海底神殿に閉じ込められて信者を一人しか作ることができないか弱い女神様ですよ」

マコトさんが肩をすくめて言った。改めて僕は、マコトさんと魔王カインを見比べた。

二人は共通の女神様を信仰する信者だけど、決して僕を裏切っていたわけじゃなかった。

こんな事情だなんて、想像を遥《はる》かに超えていた。

「それで私はどうすればいい？　ノア様のためならば喜んでこの命を差し出そう」

カインの言葉に戸惑う。何でそんな簡単に……。怒りよりも、気味の悪さが勝った。

「マコトさんは、どうしてほしいですか？」

僕の言葉に、マコトさんがきょとんとした顔になった。

少し言葉に詰まったあと、ぽつりと呟《つぶや》いた。

「ま、仕方ないとはいえ……唯一の信者を失えば、ノア様は悲しむだろうなぁ」

寂しそうに言った。それだけだった。仇《かたき》を討つな、とは言わなかった。

カインを殺すな、とは言われなかった。つまり僕に任せるということだ。好きにしろということだ。さっきもそうだった。僕がカインを斬るのを止めなかった。

なぜなら、マコトさんは僕のために、、、ここに居るから。

それは太陽《アルテナ》の女神様の神託だから。マコトさんは絶対に僕の味方をしてくれる。

そのために千年後の未来からやってきた。たった一人だけで。

「マコトさんは、いずれ千年後に帰るんですか？」

気になったことを僕は質問した。

「そうしたいけど、帰る方法を見つけないと」

運命《イラ》の女神様の魔法は一方通行だから、と言って笑った。

僕は笑えなかった。

（この人は誰も知り合いのいない過去の世界で、たった一人で戦い続けていたんだ……）

僕は何も知らなかった。何も知らずに頼り続けていた。ずっと助けてもらってきた。

そして、僕が魔王カインを斬れば、マコトさんは初めて出会ったという信者の仲間を失う。

今でも師匠の仇は憎い。それでも、マコトさんが自らの全てを犠牲にして世界を救いにやってきたという行動を聞いて、個人的な復讐を行う気になれなかった。

（……あぁ、師匠。お許しください）

「魔王カイン、おまえがマコトさんの味方だと言うなら明日の大魔王《イヴリース》との戦いで、僕らを助けてくれ」

僕は……復讐を諦めた。

「……良いのか？」

「アンナさん、いいんですか？」

魔王カインとマコトさんが、不思議そうな顔でこちらを見てきた。

「いいから！　他の皆にも説明しますよ！」

僕は気が変わらないうちに、マコトさんの手を引っ張って宿へと戻った。

◇

宿に戻り、魔王カインが仲間になったことを皆に説明した。

白竜様とモモちゃんは、目を見開いて驚いていた。

さらにマコトさんが千年後の未来から来たことを伝えると、二人共しばらく口が利けないほど衝撃を受けていた。

「それは……、想定外だったな」

白竜様の声が震えている。

「マコト様は、千年後に帰ってしまわれるんですか!?」

モモちゃんは、僕と同じ質問をしている。そして、「帰りたいけど方法がないんだよね」

という返事を聞いて複雑な顔をしていた。

それから僕らはマコトさんの居た時代の話を色々と聞かせてもらった。魔王カインは「席を外そう」と言って空いている部屋に消えていった。マコトさんは異世界人で、そもそもこの世界の人間じゃなかった話。水の国《ローゼス》というところで、勇者をしていたという話。仲間と一緒に、千年後の世界で魔王と戦った話。未来に残してきたという恋人の話。

――そして、帰る方法のない一方通行の過去転移の話。

それを聞いて、僕らはため息を吐《つ》いた。なんて凄《すさ》まじいんだろう。もっと話が聞きたいけど、明日に備えて早く寝ることにした。ちなみにジョニィさんは、居ない。彼の言う通り朝帰りだった。翌朝に状況を伝えると、ジョニィさんは「マコト殿らしい」と笑った。

この人は落ち着きすぎだ。流石に魔王カインの姿を見た時だけ、少し動揺しているようだったが。僕とマコトさん、モモちゃん、白竜様、ジョニィさん……そして魔王カイン。

この奇妙な面々で、迎えを待った。

昼過ぎになった。

「皆様、お迎えに上がりました。それではあの御方《おかた》のもとへご案内いたします」

ずらりと月の国《ラフィロイグ》の騎士たちが宿の前に並んでいる。

その中を割って月の国《ラフィロイグ》の女王ネヴィアが、慈愛の笑みを浮かべながら姿を現した。

七章　高月マコトは、大魔王より問われる

「あら、カインさん。ずっとお姿を見かけなかったので心配していたんですよ」

魔王であるカインが、俺たちと一緒にいるというのに月の国の女王《ネヴィア》はさして驚いた様子も見せなかった。にこやかに話しかけている。

「…………」

一方、カインは寡黙を貫いたままだ。カインだけでなく、他の面々も月の国《ラフィロイグ》の女王に視線を向けない。その理由は彼女の『魅了』だ。厄災の魔女《ネヴィア》の『魅了』は、全てを惑わす。うかつに話しかければ、その声色で魅惑される。昨日の魔王戦で、光の勇者《アンナ》さんですら危ないとわかった。となれば、当然会話の相手をするのは——

「今日はよろしくおねがいしますね、女王様」

俺は手短に答えた。

月の巫女《みこ》の守護騎士である俺は、フリアエさんの魅惑が効かなかった実績がある。

「まぁ、私と話してくださるのは貴方《あなた》だけなんですね、高月《たかつき》マコトさん。寂しいわ」

「みんな照れてるんですよ」

「ふふふ、では今日で仲良くなりましょう」

「そうですね」そんな軽口を叩《たた》いた。

「あの御方はみなさんとお会いできることを心待ちにしておられます。どうぞこちらへ」

そう言って月の国《ラフィロイグ》の女王は、忌まわしき竜の背に乗った。流石《さすが》に同席する気にはなれなかったので、俺たちは竜の姿になった白竜《メル》さんに運んでもらうこととなった。先導される形で、俺たちは薄暗い空を進む。行き先を聞く必要はなかった。既に見えている。

——浮遊城エデン。

大魔王《イヴリース》の居城だ。昨夜のうちから、魔都の上空に浮かぶ島がこちらを見下ろしていた。

地上からは、その大きさがわかりづらかったが……。

(でかい……)

白竜さんが上昇するにつれ、その巨大さがあらわになった。暗闇の雲と同じくらいの高さにあるそれを千里眼で確認する。おそらく飛行場ほどの大きさがあるのではと思われた。形は歪《いびつ》な楕円《だえん》形《けい》で、表面は黒い鉱石とも金属とも判別がつかない物体でできている。人工物のようにも見えるが、元の世界でもこんな巨大な物体を空に打ち上げることはできないだろう。浮遊城までの距離が二〜三百メートルに迫った時。

違和感を覚えた。空気が変わった。圧迫感と息苦しさを覚える。

霧のようなものが視界を邪魔している。これは『瘴気《しょうき》』か……？

かつて木の国《スプリングローグ》にあった『魔の森』と似た雰囲気を思い出した。

（大魔王《イヴリース》が張っている結界ね）

運命の女神様《イラ》の声が響く。そうか、俺たちは大魔王《イヴリース》の居る領域《テリトリー》に入ったのだ。

「大魔王《イヴリース》の結界に入ったそうです。みなさん、気分は悪くありませんか？」

俺が尋ねると、全員問題ない、というふうに小さく頷《うなず》いた。ひとまず、結界自体に攻撃性はなさそうだ。月の国《ラフィロイグ》の女王を乗せた忌まわしき竜が、ふわりと空に浮かぶ島に降り立った。

白竜さんもそれに続く。俺たちは、慎重に地面に降りた。

「ここは……」

奇妙な場所だった。地面は土ではなく、ひび割れたガラスが敷き詰められたように見える。木や草は生えておらず、見たことのない動物の骨のようなものがごろごろと転がっている。そして何よりも目を引くのは……。

「マコト様……、気持ち悪いです」

モモが顔をしかめる。隣のアンナさんも似たような表情だ。

全身に血管が浮き出ているスライム。頭がいくつもある豚頭《オーク》。皮膚がなく神経がむき出しになっているゴブリンたち。鱗《うろこ》が剝がれ、皮膚が腐っている巨大な蛇。どれもまともな生物がいない。

（忌まわしき魔物……）

島中で歪な形をした魔物がもぞもぞと蠢《うごめ》いている。それにしても、これまで見てきた忌まわしき魔物共の中でも格別に醜い。まるで何かの生体実験に失敗したかのような。

「うふふ、可愛《かわい》らしいでしょう？　あの御方が創られたんですよ？」

月の国《ラフィロイグ》の女王だけは、その奇妙な生き物を可愛いと感じているらしい。

その証拠に、気持ち悪い生き物たちを優しくなでたり、さすったりしている。

「へ、へぇ……」

俺はやや顔がひきつるのを感じながら相槌《あいづち》をうった。勿論《もちろん》、可愛いとは微塵《みじん》も思わない。

なるべくそのグロテスクな生き物たちを見ないように、島の様子を観察する。

目につくのは島の中央に建っている巨大な塔だ。というより、建物はそれしかなかった。

大魔王《イヴリース》の城と聞いていたのだが、城のようなものは建っていない。

あそこに大魔王《イヴリース》がいるんだろうか？

（しかし、塔か……、うーん）

（悩んでいるわね、高月マコト）

（イラ様、これって罠《わな》ですかね？）

（まぁ、塔と言えば魔法の増幅装置として使うのが一般的だから……）

魔法使いは、自分の魔法の威力を増すための魔道具を用いることが多い。

ルーシーはいつも『杖《つえ》』を持ち歩いていた。さらに威力を高めるために『魔法陣』を使っていたのはルーシー母《ロザリー》さんだ。そして、大掛かりな魔法を発動させる時に魔法使いは『塔』を建築して、巨大魔法を行使することがある。

(大魔王《イヴリース》の扱う大魔法か……)

不死の王《ビフロンス》の時に、昼夜を逆転させた神業を思い出す。あんなことを何度もやられたら、勝負にすらならない。

(大丈夫よ！　見た所あの塔は中に居る者を守る防御用の建物ね)

イラ様が自信満々に俺の懸念を否定した。

(不安だ……)

(何でよ！)

(イラ様は、ポカが多いし)

(だ、大丈夫。信じなさいって！)

まぁ、心配しすぎてもしょうがない。いざとなれば逃げるだけだ。

(ちなみにイラ様は、大魔王《イヴリース》の外見って知ってます？)

カインや白竜さんがやけに脅してくるから、事前に聞いたが、二人には言葉を濁された。

どうやら口にすらしたくないらしい。一体、どんな姿なんだ……？

（それが女神《わたし》にもはっきりとわからないのよねぇ……。本来の歴史だと光の勇者《アベル》ちゃんは、右腕と片足を失って、相討ちに近い形で倒したみたいで、アルテナ姉様は暗闇の雲のせいでアベルとほとんど会話ができなかったから聞けてないんですって）

（よくそんな状態で大魔王《イヴリース》を倒せましたね）

俺はちらっとアンナさんを見た。彼女をそんな目に遭わせるわけには……いかない。

「マコトさん？　どうかしましたか？」

緊張しているのかぎこちない笑顔を俺に向けた。

「大丈夫ですよ、落ち着いて行動しましょう」

なるべく安心してもらえるよう、力強く返事をする。

光の勇者《アンナ》さんには、朝早くから起きてもらい十分な太陽の光を充填してもらっている。

昨日の魔王戦以上の力を発揮できるはずだ。

俺の役目は、全力で光の勇者さんが力を振るえるようサポートするだけだ。

（ねぇ、高月マコト。これから大魔王《イヴリース》と対峙《たいじ》するんだから他の子たちにも声をかけておきなさいよ）

（ええ、そうですね）

運命の女神様《イラ》の助言に従う。

「ジョニィさん。どうですか？」

「ああ、問題ない」

俺が声をかけると両目を閉じているジョニィさんは、しっかりした足取りで歩いている。

というのも、カインから大魔王《イヴリース》と初めて会った人間は、ほぼ正気を保てないと警告されたからだ。魔物である白竜さんや吸血鬼《ヴァンパイア》のモモは、恐らく大丈夫だろうということだった。

アンナさんには『光の勇者』の加護がある。

魔物ではなく、勇者の加護がないジョニィさんはどうするか？

「だったら私は最初から目を閉じておこう。周りの様子は精霊が教えてくれる」

とのことだった。どうやらジョニィさんは、目を瞑《つぶ》ったままでも戦えるらしい。

本当に多才だな。色々と不器用だったルーシーの曽祖父とは思えない。

「モモ、どうだ？」

「へ、平気です……」

そう言うわりに、顔色が悪い。

「無理するなよ」

「はい、マコト様」

モモに今回の戦闘に参加してもらうのは酷かなとも思った。

が、今回のモモは戦闘要員でなく脱出要員として参加してもらっている。

空間転移《テレポート》が扱えるのは白竜さんとモモだけ。危なくなった時、空間転移《テレポート》の使い手は多いほうが良い。なにより、モモ自身が俺についてくることを望んでいた。

　俺はモモの手を、優しく握った。

「白竜さんとカインは……」

「心配ない」

「私は何度も来ているからな」

　この二人は問題ない。安心して任せられる。あとは――

（あんた自身は平気なの？　この島は時空が歪《ゆが》んでるし、瘴気がかなり濃いはずよ）

　イラ様の言葉に、辺りを見回し少し深呼吸してみる。

（特に何も感じませんね）

（呆《あき》れた鈍感男ね）

　ひどいことを言う。平静を保っていると褒めてほしい。

（ま、それくらい図太いほうが頼りになるわね。神級魔法はいつでも発動できるようにしておきなさい）

（大丈夫ですよ。水の大精霊《ディーア》にも準備してもらっています。ディーア、どうだ？）

（我が王……、この場所は苦手です……）

　水の大精霊《ディーア》から、弱々しい声が聞こえた。どうやら大魔王《イヴリース》の結界内は、精霊にとって過ごし辛《づら》い場所のようだ。まぁ、これは予想通りだ。精霊魔法の威力は、周りの環境に依存する。

（わかった。困った時に呼ぶようにするよ）

（……はい、お気をつけて、我が王）

水の大精霊《ディーア》の声が小さくなった。これで全員に声をかけ終えた。

あとは大魔王《イヴリース》と相対するのみだ。俺たちの前を歩く月の国《ラフィロイグ》の女王は、俺たちの会話が聞こえていないかのように前を向いたままだ。てっきり、茶々を入れられるかと思ったが。

（……ん？）

女王の歩き方を見ていて気づいた。ほんの僅か、足取りが重い。

（怪我《けが》……、いやどちらかというと疲労か……？）

理由はわからないが、どうやら月の国《ラフィロイグ》の女王は疲れているらしい。

だが、それが意味するところは全くわからなかった。俺たちは島の中央にある塔の前にやってきた。塔には、大きな扉が備わっている。どうやって開くのかと思っていると。

ギ……ギギギギ……ギギギギギギギ……。

ゆっくりと、ひとりでにその扉が開いた。塔の中は暗く、外からは見えなかった。

「どうぞ、中へ」

月の国《ネヴィア》の女王が、巨大な扉の奥へと進んでいく。俺たちはそれに続いた。扉を通る。

（……ん？）

この違和感は、浮遊城エデンに近づいた時と同じだった。

――結界内に侵入した。

どうやら塔にも、結界としての役割があったようだ。

イラ様の言う通り、防御のための塔だった。二重の結界とは随分と厳重だ。

塔内は明かりが乏しく薄暗い。そして甘い香りが建物内に充満していた。

(この匂い……)

覚えがある。いつかの酒場に蔓延《まんえん》していた麻薬《ウィード》の香りだ。なぜ、ここに？

『暗視』スキルで見回す。塔の中は、がらんとしていた。

古竜の王《アシュタロト》の時と異なり配下の姿などは見当たらない。代わりに目につくものがあった。

床中に複雑な模様の魔法陣が、ぐちゃぐちゃと幾重にも描かれている。

見ているだけで気分が悪くなってくる。乱雑に描かれたようで、確かな目的を持っている魔法陣は建物の中央に魔力《マナ》が集まるよう術式が書かれていた。自然と目線は中央に向く。

「っ……」

誰かが息を呑《の》む。ドクン、というのは自身の心臓の音だった。

それは――在った。

ついに俺はこの世界を支配する大魔王イヴリースと対面することとなった。

塔内の中央に居るそれを見て、俺は眉をひそめた。

（何だ…………こいつは？）

最初にそんな言葉が、心に浮かんだ。

俺が立っている場所より高く位置するそこは、玉座にあたるのだろうか。

隣には美貌を振りまく月の国《ラフィロイグ》の女王――厄災の魔女ネヴィアが控えている。

「みなさん、偉大なるイヴリース様の御前ですよ」

彼女はそう告げた。


――大魔王イヴリース。

世界を支配する魔王たちの親玉。全ての魔法を扱えるとか、どんな攻撃も通らない不死身の化け物だとか、死者すら生き返らせる冒瀆者《ぼうとくしゃ》だとか。見た者全てを恐怖させる恐ろしい外見をしているとか。様々に言われているが、詳細は誰も知らない。実は決まった姿は持たない無形の者だという話も聞いたことがあった。

しかし……。

「あなたが大魔王《イヴリース》？」

厄災の魔女《ネヴィア》の言葉を聞いてなお、半信半疑の俺は『それに』尋ねた。

人の形ではない。というより、生物の形ですらない。

一言で言うなら宙に浮かぶ巨大な肉塊なのだが、そこに人やら魔物やら蟲《むし》やらの頭や手や足が、乱雑にくっついたおぞましい姿の化物だった。

生き物というより芸術家のオブジェと言ったほうがしっくりくる。

しかし、その肉塊はどくどくと脈打っており確かに生きているようだ。

肉塊の色は、赤や青や黄色のペンキをむちゃくちゃにぶちまけたような、けばけばしい色をしており見ているだけで目が疲れる。

肉塊にくっついている手は、常にウヨウヨ触手のように動き嫌悪感を引き立てた。

そして、肉塊に張り付く多くの口は「キィ……キィ……」という不快な声を発し続けている。そして、何よりも目を引くのは肉塊のいたる所に張り付いている、大小様々な目だった。その瞳は七色に輝き、絶えずギョロギョロと視線をめぐらせている。

いくつかの目がこちらを見ており、目線を合わせると鳥肌がたった気がした。

(なんか……忌まわしき魔物っぽい……)

浮遊城エデンの外にいた魔物たちも十分気味が悪かったが、目の前の存在に比べれば可愛《かわい》いものだった。皮肉にも、今なら月の国《ラフイロイグ》の女王が言っていた「可愛い」にも一定の同意ができそうだ。こいつと会話ができるのだろうか?

俺が先ほどの質問の答えを待っていると。

「まぁ!」

月の国《ラフイロイグ》の女王が、嬉《うれ》しそうな声を上げた。

「素晴らしいですわ！　貴方《あなた》だけはイヴリース様を見て正気を失わないのですね！」

「え？」

その言葉に違和感を覚え、俺は振り返った。

「げ」

仲間たちがほとんど倒れている。アンナさんを始め、モモ、白竜《メル》さんまでも突っ伏している。おい！　なんでカインまで倒れてるんだよ！

唯一、膝をついて意識を保っているのはジョニィさんだけだった。

直接見なかったことが功を奏したようだ。

「アンナさん！　しっかり。ジョニィさん、大丈夫ですか!?」

俺は慌ててアンナさんを抱き上げ、ジョニィさんに声をかける。

「ああ、瘴気《しょうき》に当てられただけだ……」

ジョニィさんから、返事があった。モモや白竜さんを、起こしている。あっちは任せよう。この機に襲われるかと身構えたが、大魔王《イヴリース》と厄災の魔女《ネヴィア》は何もしてこなかった。

こちらを余裕の笑みを浮かべ見下ろしている。

「マ……コト……さん」

真っ青な顔をしたアンナさんが、たどたどしく口を開く。その目には光がなく、焦点も定かではない。俺はそっと彼女の額に手を当て呟《つぶや》く。

俺は太陽魔法・初級を用い『回復』の魔法を使った。

練度の低い術だが、光の勇者である彼女に同調《シンクロ》しながらかけることで徐々に目に光が戻ってきた。

——太陽魔法・同調《シンクロ》。

「アンナさん、意識が戻ったら太陽魔法で自分を回復してください」

「は、はい……、マコトさんはどうす……？」

アンナさんに聞かれる前に、俺は右手を前に突き出し「水魔法・水弾《ウオーターボール》」を放った。

バスケットボールほどの水弾《ウオーターボール》が、寝ている黒騎士の顔面に激突した。

「はっ!?」

水をぶっかけられたカインが、飛び起きる。

「私は気を失っていたのか!?」

「……いたのか、じゃないんだけど？」

俺は冷たい声で言った。お前は何度も会ってたんじゃなかったんかい！

冷めた目で見下ろす俺に、焦った顔で弁明する魔王カイン。

「違う！　あれは……あんなものは見たことがない！」

「……、そうだ。私の知っている大魔王《イヴリース》はあのような姿ではない……」

カインの叫びに、白竜さんの呟きが続いた。おや？

なんだ、大魔王違いか？　改めて俺は、厄災《ネヴィア》の魔女と大魔王《イヴリース》のほうを眺める。

見ると先程、虹色に輝いていた沢山の目が閉じ、大魔王《イヴリース》の周りを黒い靄《もや》が覆っていた。

さっきよりも少し気持ち悪さは消えたかもしれない。

「嘆かわしいことです。イヴリース様の神聖な御姿《おすがた》を見られるのは高月《たかつき》さんだけなのですね」

厄災《ネヴィア》の魔女は大きくため息を吐《つ》いた。

「どういうことです？」

俺は尋ねたが、さっきのアンナさんや白竜さんの様子に一つ心当たりがあった。

似たような状況を知っている。

あれは千年後の太陽の国《ハイランド》の大聖堂で、皆がノア様を見てしまった時のような……。

「なんで……おまえのようなヤツがここに居る！」

塔内に女の美しい声が響いた。

「だ、誰ですか？」

「何者だ？」

モモやカインがぱっと顔を上げ、キョロキョロと辺りを見回した。

が、俺は特に驚かなかった。もはや聞き慣れた声だ。

「運命の女神《イラ》様？」

普段、念話でしか話さない女神様の御声《おこえ》だった。

「あら、天界の女神様が地上に介入をしてもよろしいのですか？　罰せられますよ？」

厄災の魔女《ネヴィア》が、からかうような口調で尋ねる。

「月の巫女《ネヴィア》！　なんであんたはこんなやつと一緒に居る。月の女神《ナイア》は何をしているの！」

「ふふふ、月の女神《ナイア》様は地上に不干渉ですよ。ご存知でしょう、運命の女神《イラ》様」

運命の女神《イラ》様の怒鳴り声に、アンナさんがビクリと肩を震わせる。

俺は落ち着くように、彼女の手を握った。

「イラ様、何をそんなに慌てているんです？」

「高月マコト……」

イラ様の声には、言うのを躊躇《ためら》うような雰囲気があった。

いや、そもそもイラ様の声が届いているのがおかしい。天界からの声は、地上に届かない。

だから俺は、運命の女神《イラ》様にもらった魔道具のネックレスを通して声を聞いているのだ。

「この塔内は、結界のせいで異界になっているわ。だから女神《わたし》の声が届くのよ」

「この塔内が異界……」

入った瞬間に違和感はあった。が、侵入者に対する害意はなかった。

事実、身体能力《ステータス》が著しく低い俺ですら何の不調も感じない。

「何のための結界ですか？」

「それは……」

「この御方《おかた》が、この結界内でしか生きられないからですよ」

イラ様の言葉を、厄災の魔女《ネヴィア》が遮る。その表情が悲しそうなものに変わった。

「それは……どういう意味？」

アンナさんが俺の隣に立ち、剣を構えた。まだ顔色はよくない。

「イラ様、教えてください」

俺は女神様の言葉を待った。

「……大魔王《そいつ》は『廃棄された神族』。神のなりそこないよ。悪神王《ティフォン》のやつ、異世界から魔王を召喚したんじゃなくて『神族』そのものをこの世界に送り込んできたのよ……。こんな明確な神界規定違反をしていたなんて……」

「神族……？」

俺は改めて、宙に浮かぶ醜い肉塊を眺める。ウネウネと手の形をした触手がうごめくそれが、神聖な存在とは思えなかった。どう見ても気色の悪い化物だ。そもそも、さきほどから一言も口を開かないし、まともな知性を持っているのだろうか？

「……失礼な男だね」

ふわりと肉塊の前に、幽霊のような半透明の美しい少年がこつ然と現れた。

「あんたは？」

「イヴリースだ。さっきから名乗っているだろう？」

「ん？」

話すのは初めてだろう、と言いかけて気づいた。もしや、ずっとキィキィと不快な声を上げていたのは、実は俺たちに話しかけていたのか？

「言葉は通じなかったようだね。おかげでこの魂だけの不便な状態にならないといけない」

大魔王《イヴリース》を名乗る少年は、残念そうに言った。

「それから運命の女神《イラ》、一点だけ訂正をしておくよ。僕は悪神王《ティフォン》に命じられてここにいるわけじゃない。単に魔界から逃げてきただけのか弱い廃神だ。この塔の外で生きられないのは合っているけどね。地上の空気は魔力《マナ》濃度が薄すぎて僕には毒と同じだ。この塔内でならギリギリ生きていける」

「へぇ……」

とするとこの塔を壊せば大魔王《イヴリース》を倒せる……？

「この塔を壊すのはやめてもらいたいな。その時は、本気で攻撃させてもらおう」

心を読まれた。ノア様や水の女神《エイル》様と同じ。しかし、自分から弱点をばらすとは何を考えているのか。俺はいつでも『神級魔法』を放てるよう準備する。

俺の心の内は伝わっているだろうに、少年姿の大魔王《イヴリース》は余裕の笑みを俺に向ける。

「千年後の水の国《ローゼス》の勇者高月マコト」

「……何でしょう？」

隣のアンナさんや後ろの仲間たちが動揺するのを感じたが、俺は驚かなかった。

相手は神様だ。俺の事情など、とっくにわかっているだろう。

「そうでもないよ。千年後に復活できたから過去に干渉して、光の勇者を始末しようと思ったんだけど……。まさか、未来から刺客を送り込んでくるとはね。しかも女神ノアの使徒とは……」

想定外だったよ、と大魔王《イヴリース》は残念そうに呟いた。

「千年後に復活したんだから、そっちで頑張ればよかったのに」

過去干渉なんぞするから、俺が時間旅行をするはめになってしまった。

「知っているだろう？　千年後の地上の覇者は人族たちだ。魔族は北の大陸に追いやられ、戦力の柱である魔王も残り僅か。僕たちに勝ち目は薄い」

「……」

悲しそうに言っているが、どうも嘘《うそ》くさい。以前、水の女神様《エイル》は言っていた。大魔王《イヴリース》との戦いに勝てるかどうかは、五分五分《ごぶごぶ》だと。

「マコト様……」

「高月マコト」

俺が大魔王《イヴリース》と時間稼《かいわ》ぎをしていると、モモやカインが復活していた。一応、仲間の無事は確認できた。しかし、困ったな。大魔王《イヴリース》が例の化物の姿になって、再び気を失われては困る。

「高月マコト、神級魔法を使って塔を破壊しなさい。そうすれば大魔王《イヴリース》は、自分の真の姿を晒《さら》すことも、本来の力を発揮することもできないわ。あとは光の勇者ちゃんに任せればいいわ」

運命《イ》の女神《ラ》様の助言に小さく頷《うなず》いた。

同じことを考えていた。やはり、それしかなさそうだ。

――俺は首に下げてある運命《イ》の女神《ラ》様からもらったネックレスを握る。

「折角の神気《アニマ》をそんな勿体ない使い方をするのかい？」

止めたのは大魔王《イヴリース》だった。

「勿体《もったい》ない？」

引っかかる言い方だ。もっと良い使い方があると？

「勿論《もちろん》だよ。こんな塔を壊すくらいなら、『神気《アニマ》』を使って君自身を強くすればいい。無敵の戦士でも、最強の大魔法使いでも思うがままだ。なんせ神級魔法はどんな『奇跡』だって起こせるんだから」

「そんな使い方もできるんですか？　イラ様」

「……」

大魔王《イヴリース》の言葉を鵜呑《うの》みにはできず、俺は女神様に尋ねたが返事はなかった。

「そもそも君自身が不老不死を願えば、千年後に戻ることだって容易だ。君の一番の望みだろう？」

「!?」

はっとした。今まで、時間転移をして千年後にやってきたから、戻りも時間転移が必須だと思っていた。

でも、自分自身が不老になることで千年後に戻る。神級魔法ならそれができる……。

「た、高月マコト……それは……」

イラ様の声が震えている。

「運命の女神は、その使い方は望んでないみたいだね。なんせ自分の失敗で分け与えてしまった『神気《アニマ》』だ。それを使って半神《デミゴッド》のような存在が生まれては、都合が悪いんだろう」

「……」

大魔王《イヴリース》の言葉に反論はなかった。図星なのだろうか。

（千年後に戻る方法……）

期せずして手に入れてしまった。ここで『神気《アニマ》』を使い果たしては、再び振り出しに戻る。俺の逡巡《しゅんじゅん》を察してか、大魔王《イヴリース》が更に続ける。

「どうだい？　無理難題ばっかり吹っ掛けてくる女神共を見限り、僕の仲間にならないか？」

「今なら西の大陸を治める魔王の地位が空いていますよ」

大魔王《イヴリース》と一緒に厄災の魔女《ネヴィア》も、ニコニコと俺を勧誘する。

さっきから攻撃してこず、会話ばかりなのはこれが本題らしい。

「マコトさん……」

アンナさんが俺の腕をギュッと摑《つか》む。うしろを振り返ると、カインや白竜さんも不安げな顔をしている。答えは決まっている。

「生憎《あいにく》、魔王になるわけにはいかなくてね」

俺はその誘いを断った。

「そうですか……」と厄災の魔女《ネヴィア》が残念そうな顔をする。

少年姿の大魔王《イヴリース》は、表情を変えない。

「だろうね。太陽の女神《アルテナ》の神託を受け、光の勇者を従え、運命の女神《イラ》の神気《アニマ》を宿している。魔王の席では物足りないだろうね」

大魔王《イヴリース》は、俺の目の前までふわふわと浮かびながらやってきた。玉座に居る肉塊と異なり、全く威圧感は感じない。人形のように整った容姿の少年は、にこやかに言った。

「高月《たかつき》マコト。僕の仲間になれば、世界の半分をあげよう」

「なっ!?　本気ですか、イヴリース様！」

隣の厄災の魔女《ネヴィア》が驚きの声を上げた。

「「「え？」」」

アンナさんや仲間たちがポカンと口を開く。俺も少し驚いた。

「随分と気前がいいね」

「君にはその価値がある。千年後に帰還して弱小国の国家認定勇者になんて戻る必要はない。君こそがこの世界の支配者だ。しかも神気《アニマ》を使えば半永久の命が手に入る」

大魔王《イヴリース》の美声が甘く耳に届く。

「さぁ、僕の手をとってくれ。そして一緒に世界を支配しよう」

ニッコリと微笑《ほほえ》む大魔王《イヴリース》の隣に、ふわりと文字が浮かび上がった。

『大魔王《イヴリース》から世界の半分を受け取りますか？』

はい
いいえ

◇モモの視点◇

「大丈夫……か？」

「は……い……」

大魔王《イヴリース》の姿を見るや、私は意識を失った。

私を起こしてくれたのは、白竜師匠だ。その白竜師匠も顔色が悪い。

ジョニィさんも、アンナさんも、あの恐ろしかった黒騎士の魔王ですら大魔王《イヴリース》の放つ威圧感に気圧《けお》されている。

（……なのに）

一人だけおかしな人がいる。

「これはこれは、『ＲＰＧプレイヤー』冥利に尽きるな」

マコト様だけはいつも通りだった。いや、いつも通りどころではない。

視線を向けることすらおぞましい化物を目の前に、楽しそうに会話していた。

（……怖い）

初めてマコト様を怖いと思った。ずっと頼りになる人だと思っていた。

どんな逆境も撥《は》ね除《の》けてくれた。だけど……。

『アレ』と楽しげに話すマコト様は……、果たして人間なのだろうか？

「さぁ、未来からの勇者様。偉大なる御方《おかた》と一緒に世界を支配しましょう?」

月の国《ネヴィア》の女王が妖しい笑みと共に、マコト様へ語りかける。

「いけません……マコトさん」

「駄目よ、高月マコト」

青い顔をしたアンナさんと上空から聞こえる不思議な声が耳に届いた。

そうだ、大魔王《イヴリース》は何と言った?「世界の半分をやる」と言っていた。

そして、マコト様の横顔からは迷っているように感じた。だ、駄目……。

私はフラフラとマコト様に近づく。しかし、足は震えすぐに転んでしまった。

「さぁ、僕の手を取るんだ」

「高月マコトさん、私たちの仲間に」

大魔王《イヴリース》と月の国《ラフイロイグ》の女王の誘いに、マコト様は返事をしない。空中をじっと見つめたままだった。う、ウソ。まさか、あいつらの味方になるなんて言い出すんじゃ……。

「なぁ、カイン?」

「む? 何だ?」

突然、マコト様が話しかけたのは黙っていた黒騎士の魔王だった。

「確か大魔王《イヴリース》さんは、カインと約束をしたんだよな? 海底神殿のノア様を救い出してくれるって」

「「……」」

その言葉に大魔王《イヴリース》と月の国《ラフィロイグ》の女王は、黙りこくった。えっと……ノアって確かマコト様が信じている女神だっけ？

「大魔王イヴリース。ノア様を海底神殿から出してくれれば俺もカインも喜んで仲間になるよ」

「え？」

マコト様がとんでもないことを言い出した。

「マコトさん!!　何を言うんですか！」

アンナさんが大声で怒鳴った。

「本気か？」

ジョニィさんですら戸惑った様子だ。

「勿論、本気ですよ。もし『できれば』ですけど。どうかな、大魔王《イヴリース》さん？」

「高月マコトさん、そうおっしゃらず『世界の半分』ですよ？　何の不満があるんですか」

媚《こ》びるように尋ねてきたのは月の国《ラフィロイグ》の女王だ。

「ノア様の信者にとっては、海底神殿の攻略こそが全てだ。そうだよな、カイン」

「あ、あぁ……その通りだ……」

カインは、マコト様の言葉に飲まれているようだった。

「「……」」

大魔王《イヴリース》たちは、困ったように視線を合わせる。

「あんたも人が悪いわね」

不思議な声がまた聞こえた。

「運命の女神様《イラ》……」

白竜師匠が恐れ多いという風に呟《つぶや》く。どうやらこの声は、女神様のものらしい。

「神獣リヴァイアサンが護《まも》る海底神殿の攻略なんて、できるわけないでしょう」

「……あぁ、私も無理だと思う」

「おい、イラ様はともかくおまえ《カイン》は諦めるなよ」

「す、すまん！　冗談だ！」

マコト様が、珍しく語気を強めている。

というか、マコト様は女神様や魔王となんでそんなに自然に会話できるんだろう？

「さぁ、どうする？」

「……それは」

マコト様が大魔王《イヴリース》に迫る。おかしい。さっきまで、世界の半分などというとてつもない条件で、マコト様を味方に引き入れようとしていたはずなのに……。

今は、マコト様の言う「海底神殿から誰かを助ける」という条件にすり替わっている。しかも、大魔王《イヴリース》やその側《そば》にいる月の国《ラフィロイグ》の女王が心底困った顔をしている。どうやら『海底神殿の攻略』とやらは、世界の半分を手に入れるより困難なことらしい。その時だった。

──聞き分けがないね。

突如、塔内に声が響き、ぞくりと背筋が冷えた。

「え？」

一瞬で、闇に包まれる。何も見えなくなった。

──ここまで聞き分けが悪いとは……。仕方ないから君の仲間たちを人質に取らせてもらうよ。

「マコト様！　白竜師匠！」

大声で叫ぶ。しかし、返事はない。そんな。ついさっきまで、みんな側にいたのに。

──ふふふ、叫んでも無駄だよ。空間を断絶してある。誰にも声は届かない。

それは私に話しかけているようで、もしかすると皆同じ状況なのかもしれない。兎《と》に角《かく》、一瞬で私たちは分断されてしまった。そんな、どうすれば……。

──神級魔法『地獄の世界《コキュートス》』。

焦る私を救ってくれたのは、やはりマコト様だった。黒い霧が徐々に晴れる。白竜師匠や、ジョニィさん、アンナさんの姿もあった。見えづらかったが、黒騎士の魔王も無事なようだ。

そして、マコト様。薄い笑みを浮かべて、腹立たしいほど落ち着いた声が聞こえてきた。

「そちらが攻撃をしかけるなら、こっちもやり返す。神級魔法なら届くだろう？」

「マコト様！」

私は慌てて駆け寄り、がしっとその身体《からだ》にしがみついた。

「モモ、大丈夫だったか？」

「は、はい！　でもその魔法を使っちゃってよかったんですか？」

聞いていた話では、神級魔法を使えるのは『一回だけ』。私たちを助けるのに使っては、このあとどうすれば……。その時、「ピシリ」と何かがひび割れる音がした。

――やってくれるね。瞬時に最善手を打つとはね。

ピシピシという音と、ポロポロ何かが崩れ落ちていくことに気づいた。

「塔が……」

誰かの言う通り、私たちのいた魔法の塔が氷の結晶となって崩れていった。やがて塔の残骸は全て風に流され、私たちの立っている場所はただの広場になってしまった。

「大魔王《イヴリース》は、外じゃ生きられないんだったか」

「だから塔を！」

マコト様は、あの一瞬で私たちを助け、大魔王《イヴリース》すら倒すことまで見越していた。

暗闇の雲の隙間から、太陽の光が差し込んでくる。

（……うぅ）

太陽の光を浴びて、吸血鬼《ヴァンパイア》の私は身体の力が抜ける。

それをマコト様が優しく支えた。

──やはり『神気《アニマ》』持ちは反則だな。一手でひっくり返される。

正面には、うねうねとうごめく気味の悪い肉塊が宙に浮いている。しかし、最初に見たほどのおぞましさや、威圧感は感じなかった。

大魔王《イヴリース》の身体は、ゆっくりと崩れ落ちていく。

（あぁ、これで安心……）

緊張が解け、太陽の光を浴びた私は再び意識を失った。

「はぁ……、未来は避けられないのですね……」

気を失う直前、かすかに月の国《ラフィロイグ》の女王の声が聞こえた。

◇高月《たかつき》マコトの視点◇

塔が崩れ落ちた。異界の神である大魔王《イヴリース》は地上では生きられない、らしい。

ノア様や水の女神《エイル》様くらいの高い神格なら話は別らしいが。

少なくとも大魔王《イヴリース》なら、塔の結界を壊すことが致命的になるはずだ。

大魔王《イヴリース》の肉体は、ゆっくりと形を失っていく。それを止める者がいた。

「イヴリース様。どうぞ私の身体をお使いください」

厄災の魔女《ネヴィア》が言うや、肉塊から伸びていた触手のような手が彼女の身体に巻き付いた。

何十本という黒い腕が、美しい厄災の魔女《ネヴィア》の身体を這《は》う淫靡《いんび》な光景が広がっている。

一体……何をやってるんだ？

「……んっ……はぅ」

フリアエさんの外見を思い起こさせる厄災の魔女《ネヴィア》が、顔を赤らめ小さく喘《あえ》ぐその様子は
……ぶっちゃけエロい。

黒いドレスは捲《まく》し上げられ、際どい位置の肌が見え、あられもない姿になっている。

「マコトさん？」

俺がその様子を凝視していると、隣から光の勇者《アンナ》さんの冷めた声が聞こえた。

「何も見てないです」「ウソつき」

はい、嘘《うそ》つきです。

「馬鹿なこと言ってないで、さっさと攻撃なさい！　大魔王《イヴリース》が厄災《ネヴィア》の魔女の身体と同化しているわ！」

「「え！」」

イラ様の叱責を聞き、俺とアンナさんは慌てて厄災《ネヴィア》の魔女に向き直った。

――ブワ！っと突風が吹いた。

瘴気《しょうき》を纏《まと》った黒い風だ。それだけでなく、厄災《ネヴィア》の魔女と肉体が崩れている大魔王《イヴリース》の周囲が黒い壁に覆われている。結界か。

「雷の魔弓・嵐」

「火魔法・不死鳥《フェニックス》」

ジョニィさんと白竜さんの放った魔法が、黒い結界に突き刺さる。しかし、結界が破れる様子はなかった。俺はカインに目で合図する。

「水の大精霊《ディーア》！　水魔法・八岐大蛇《ヤマタノオロチ》」

俺の放った水魔法に合わせて、カインが黒い結界に斬りかかった。黒い結界を巨大な水魔法が押し潰そうとし、カインの魔法剣の斬撃が炸裂《さくれつ》するが。

「駄目……ですね」

弱々しいアンナさんの声が聞こえた。水の大精霊《ディーア》の魔法とノア様の造った魔法剣ですら壊せなかった。あとは……、俺は隣にいる光の勇者さんを見つめる。彼女も俺を見て、小さく頷《うなず》いた。アンナさんの持つ聖剣が、白く輝く。

しかし、その攻撃が放たれる前に黒い結界が消え去った。

「お待たせしました」

そう言いながら姿を現したのは、変わり果てた厄災の魔女《ネヴィア》だった。彼女の白い肌が、褐色に変わり、長い黒髪が七色に輝いている。

全てを魅惑する黄金の瞳は、さらに爛々《らんらん》と妖しい光を放っていた。元よりフリアエさんのようなずば抜けた美貌を持っていた厄災の魔女《ネヴィア》だが、大魔王《イヴリース》と同化した影響か女神様のような人外の美しさとなっていた。

「ネヴィア……、すまないね」

「良いのです、イヴリース様。私の全ては貴方様《あなたさま》のもの……」

一つの口から二人の声が聞こえてくる。

（高月マコト。大魔王《イヴリース》……、いや『廃神』は下界に堕《お》ちたわ。月の巫女《みこ》と同化することで神格を失った。今なら『光の勇者』で倒せる）

運命の女神様《イラ》の声が、脳内に響く。

「アンナさん、厄災の魔女《ネヴィア》を倒せますか？」

「ぼ、僕が……？」

アンナさんは、厄災《ネヴィア》の魔女の迫力に呑《の》まれている。目の前の大魔王《イヴリース》と同化した魔女の威圧感は、古竜の王《アシュタロト》を超えていた。それでも気力を振り絞ってか、剣を構えている。かたや厄災《ネヴィア》の魔女は、つまらなそうにこちらを見下ろしている。

「本来の歴史には程遠い『光の勇者』さん。貴方が私のお相手？」

厄災《ネヴィア》の魔女の身体からは、水の大精霊《ウンディーネ》を遥《はる》かに上回る魔力《マナ》を感じる。

（うーん……）

これは厳しいな。俺や白竜さん、ジョニィさんたちも一緒に戦えればいいのだが、さっきの同化中の黒い結界ですら傷一つつけられなかったのだ。むしろ足手まといになるだけだろう。そして、最大戦力である光の勇者《アンナ》さんは厄災《ネヴィア》の魔女の迫力にたじろいでいる。

（ほら、高月マコト。例の『作戦77』の出番よ！）

運命の女神様《イラ》から念話が届いた。

そうか、塔の結界がなくなったからまた俺だけに声が届くようになったのか。

（そんなことより、はやくしなさいよ！）

（……）

『作戦XX』とは、対大魔王《イヴリース》戦に備えてイラ様から色々と教わっていた裏技なのだが……。

よりによって77番か……。

（もうあれしかないのよ！　とっととやりなさい！）

（……わかりましたよ）

覚悟を決めた。

『本当にしますか？　マジで？』
やめておく
やるしかない！

ふわりと空中に文字が浮かぶ。止めるな『RPGプレイヤー』スキル。

「アンナさん」

俺は光の勇者の名前を優しく呼んだ。

「マコトさん……」

アンナは不安げに俺を見つめる。

俺はそんな彼女の肩を抱き寄せ――――キスをした。

「え？」

アンナさんが目を丸くする。そして次の変化は劇的だった。

「わっ!?　えっ！　何？」

アンナさんの身体から、湯気のように七色の闘気《オーラ》が立ち昇る。

（ふっ、いい感じね。このあとの手順もわかってるわね？　高月マコト）

イラ様の声に気分が重くなる。

「あ、あの……マコトさん。今のは一体……」

先程までの不安げな表情はなくなっている。潤んだ瞳でこちらを見つめるアンナさん。

（さぁ、とっとと言いなさい！　『作戦78』！）

脳内の女神様がうるさい。……あぁ、もう！　他に手はないのか。

「ここで死ぬ前に言っておく。……あ、愛してるよ、アンナ」

「〰〰〰っ！」

アンナさんの顔が、ぼっという音をたてそうなほど真っ赤になる。

そして、アンナさんの全身が眩《まぶ》しいほどに輝きだした。

（よっし！　これで光の勇者ちゃんが覚醒したわ！　アルテナ姉様が『激しい感情の動き』で覚醒するスキルにしたおかげね！）

なんでそんな面倒な条件にしたんですかねぇ、太陽の女神《アルテナ》様。

ちなみに本来の歴史では『復讐心《ふくしゆうしん》』によって光の勇者は覚醒したらしい。

が、こっちの歴史では俺のせいで何故《なぜ》かアンナさんの心は穏やかだった。

――ふむ、じゃあ高月マコトへの『恋心』で覚醒させましょう。

というのがイラ様の作戦である。外道か。

「ぼ、僕もマコトさんのことを愛してます……」

アンナさんに熱のこもった声で告白される。決して、アンナさんのことは嫌いではないし、むしろ好きまである。けど、こんな場面でそれを言いたくなかった。

（俺はきっと地獄に落ちるな……）

「マコトさん、見ててください」

光の勇者《アンナ》さんが静かに聖剣を構える。その小さな動きだけで、吹き飛ばされそうなほどの魔力《マナ》の暴風が吹き荒れた。もはや、神気《アニマ》を失った俺が手伝える領域ではなくなった。

「どこまでも無茶苦茶ですね。これが本来の歴史通りの覚醒した光の勇者ですか」

どこか疲れた様子で、厄災の魔女《ネヴィア》の手には見たことのない杖《つえ》が握られていた。どうやら、俺たちをのんびり待っていたわけではなく武器を召喚していたらしい。

「イヴリース様に代わり、貴方たちを滅ぼしましょう」

大魔王《イヴリース》と同化した厄災の魔女ネヴィアが、禍々《まがまが》しい瘴気を放つ杖をこちらに向ける。

「させない」

覚醒した光の勇者アンナが、七色に輝く剣を構えた。

こうして、最後の戦いが始まった。

光の勇者《アンナ》さんが、軽く剣を振るう。それだけで、立っていられないほどの暴風が起こる。

アンナさんの手にある輝く聖剣から、無数の光刃が放たれた。

その一つ一つが聖級に匹敵する攻撃だ。ビリビリと空気が震える。相対する厄災の魔女《ネヴィア》は静かに微笑《ほほえ》む。その手に持つ黒い杖だけでなく、彼女の身体《からだ》全体を真っ黒な瘴気が包み込んでいる。邪悪な見た目とは反対に、美しい透き通った声が響いた。

――反転魔法・闇千手。

ネヴィアの杖から無数の黒い手が生え、光刃を握りつぶした。

「貴女《あなた》は人族でしょう？　なぜ、大魔王《イヴリース》に味方するのですか！」

アンナさんが叫ぶ。てっきり無視するかと思ったが、意外にも返事があった。

「私は魔人族よ。人族ではないわ」

ふぅ、とため息を吐《つ》きながらもその杖からは、次々に魔法が発動する。

――反転魔法・暗黒死鳥。

巨大な黒い鳥の形をした闇魔法だ。ルーシーが得意な王級火魔法・不死鳥《フェニックス》に似ているが、それより遥かに禍々しい。闇の巨鳥が群となってアンナさんに襲いかかる。

「月の国《ラフィロイグ》の国王の側室の子として私は生まれた。生まれた時から瘴気を宿し、魔族の力が強かった私はそのまま幽閉されたわ。牢獄《ろうごく》から出られない忌姫として生涯を終えるはずだった……」

「だから……人間を恨んで……」

アンナさんは、厄災《ネヴィア》の魔女の攻撃を捌《さば》くので手一杯だ。

手助けしたいが、全ての攻撃が聖級の攻防に割って入る隙がない。

「でも私は月の巫女に選ばれた。月の女神《ナイア》様から全ての生き物を『魅了』する力を賜ったの。その力を使って月の国《ラフイロイグ》を支配するのは簡単だったわ。月の国《ラフイロイグ》に攻め入る魔族たちも全て魅了してしまえばよかった。ついでに、人族と魔族を番《つがい》にして国民全員を魔人族にしてしまえば良いと思った……」

滔々《とうとう》と語る厄災《ネヴィア》の魔女。にしても、魔人族化は『ついで』だったのか……。

「だからって、大魔王《イヴリース》に肩入れする理由にはならない！」

アンナさんが、聖剣で厄災《ネヴィア》の魔女に斬りかかる。

しかし、沢山の黒い手に阻まれて刃《やいば》は届かない。

「偉大なあの御方《おかた》は、寂しい人なの」

光の勇者の猛攻を、軽くいなしながら寂しげに厄災《ネヴィア》の魔女は笑った。

（……まずいわね）

まずいですね、イラ様。どうやら覚醒したアンナさんより、大魔王《イヴリース》と同化した厄災《ネヴィア》の魔女のほうが少しだけ強い。今の所、戦いは拮抗《きっこう》しているが厄災《ネヴィア》の魔女には余裕がある。アンナさんの表情には、焦りが見られた。

（水の大精霊《ディーア》……どうだ？）

自分の頼みの綱に声をかける。

（我が王……、申し訳ありません。恐らく私ではあの魔女に敵《かな》わないだけでなく、逆に捕らえられ魅了されてしまうと思われます……）

水の大精霊《ディーア》が魅了される!? 一瞬驚いたが、そう言えば俺も水の大精霊《ディーア》にお願いをする時、魅了の力を借りたのだった。なら駄目だ。水の大精霊《ディーア》の力は借りられない。

「イヴリース様は弱い神様なの。魔界を追われ、地上へ堕《お》とされたら結界なしには生きられない……。誰も仲間が居なくて、家族が欲しくて造ったのが『忌まわしき魔物』たち……」

「……」

その言葉を聞いて、俺は浮遊城に居る多くの歪《いびつ》な形の魔物に目を向けた。厄災《ネヴィア》の魔女と光の勇者の戦いに、忌まわしき魔物たちは端のほうへ逃げている。そうか、あれは大魔王《イヴリース》が仲間が欲しくて造った魔物なのか。

「いいさ。僕にはネヴィアが居てくれる――勿体《もったい》ないお言葉です、イヴリース様……」

前半の言葉が大魔王《イヴリース》で、後半が厄災《ネヴィア》の魔女なのだろう。同じ人の口からの言葉なので、とてもわかりづらい。そして、世間話をするような口調ながらも厄災《ネヴィア》の魔女からは聖級クラスの魔法が絶え間なく放たれている。浮遊城の地面はえぐれ、時折大きく揺れる。そのうち墜落するのではないかと心配になるほどだった。

「はぁ……はぁ……はぁ……はぁ……」

アンナさんが肩で息をしている。足がふらふらしているのが、俺から見てもわかった。

（そ、そんな……覚醒した光の勇者が後れを取るはずが……）

イラ様の声で、この状況が良くないのだと悟る。でも、俺にできることは……。

「噂《うわさ》に聞いていたほど、強くはないのね、ではこれで幕引きにしましょうか」

厄災の魔女《ネヴィア》の杖が、これまでより一層禍々しく瘴気《しょうき》を放っている。

「いかん、勇者くんがやられるぞ！」

「助勢しよう」

白竜さんとジョニィさんが同時に飛び出した。モモは、気を失ったままだ。

「水の大精霊《ディーア》、モモを頼む！」

「はい！　我が王！」

俺も遅れて光の勇者さんのもとに向かった。

「ふふふ……、みんな食べちゃってくださいね、冥府の神獣さん……」

ネヴィアの魔法が完成した。

――疑似召喚魔法・冥府の双頭犬《オルトロス》。

厄災の魔女《ネヴィア》の魔法が発動する。それは二つの頭を持つ、巨大な魔犬だった。冥府の双頭犬《オルトロス》は異界に居ると言われる神獣だ。ほ、本物じゃないよな？

「グルル……」

低い唸《うな》り声《ごえ》を上げ、アンナさんに飛びかかる。と、同時に厄災《ネヴィア》の魔女の放つ数百本の黒い手がアンナさんに降り注ぐ。そのうちのいくつかが、アンナさんの手足に巻き付いた。

まずい！　アンナさんを守ろうと、俺たちは飛び出した。

「オオオオオオオオオオオォォォ――――――ン！！！！」

冥府の双頭犬《オルトロス》が吠《ほ》えた。そのうち、白竜さん、ジョニィさんの足が止まる。

（……かりそめの魔法生物とはいえ冥府の神獣を忠実に再現している……準神級の戦力を有しているわ。地上の民にとって威嚇の声を聞いただけで動けなくなる……）

神級の威圧というわけか。この中で動けるのは俺と……。

「逃げろ！」

アンナさんを足止めしていた黒い手を切り飛ばし、その場から突き飛ばしたのは、黒騎士の魔王カインだった。カインに迫るのは冥府の双頭犬《オルトロス》の巨大な口だ。

「ぐあああああっ!!」

バキバキと嫌な音を立てて、カインの鎧《よろい》が砕け散る。

あれはノア様が作った神器。壊れるはずが……。

「あら、カインさん。光の勇者を庇《かば》うだなんて。あなたは私と同じ魔人族だからわかってくれると思っていたのに……」

「やめろ！」

アンナさんが叫んだ。

――光の剣！

これまでで最大級の光刃を放つ。巨大なレーザーのようなその一撃は、冥府の双頭犬《オルトロス》にぶち当たり光が十字に爆発した。

（あれは千年後《さくらいくん》の光の勇者が獣の王《ザガン》を倒した時と同じくらいの威力だ）

アンナさんの全力だろう。あの攻撃なら流石《さすが》に……。

爆風のあとには、首を一つ落とされた冥府の双頭犬《オルトロス》と無傷の厄災の魔女《ネヴィア》の姿があった。カインに噛《か》み付いていたほうの頭は、落とされている。そのすぐ側《そば》に、鎧が半壊したカインが倒れていた。

ちぎれかけた腕が痛々しかったが、神器の効果で自動回復している。ノア様の造った鎧の加護は、失われていないようだ。しかし、戦いにはもう参加できそうにない。

「グルルル……」

残ったほうの頭で、冥府の双頭犬《オルトロス》が忌々しそうにこちらを睨《にら》む。

「太陽魔法・聖なる炎！」

「風の精霊・刃の嵐」

白竜さんとジョニィさんの魔法が、冥府《オルトロス》の双頭犬を襲う。が、かすり傷程度にしか効いていない。

「精霊の右手――水魔法・氷の絶域」

俺が放った氷の結界魔法が、冥府《オルトロス》の双頭犬を捕らえた。が、すぐに氷の檻《おり》がひび割れ、破られようとした時。

――光の剣！

アンナさんの攻撃によって、冥府《オルトロス》の双頭犬のもう一つの首が落ちた。ばたりと、黒い巨犬が倒れ、塵《ちり》となって消えた。やった……のか？　アンナさんと顔を見合わせた時。

「くそ……」

「すまぬ」

その間に、白竜さんとジョニィさんが黒い手に囚《とら》われていた。

(二人が人質に……)

状況がどんどん悪化していく。

「あらあら、冥府《オルトロス》の双頭犬は切り札だったんですけど……残念だわ」

さして困った様子もない厄災《ネヴィア》の魔女。再び、聖級クラスの魔法を連発してくる。アンナさんはフラフラとしながら、それを迎撃していた。俺も精霊の右手を使って迎え撃つが、手数が圧倒的に足りない。

（にしても……）

（妙ね。どうして人質を使って脅してこないのかしら）

白竜さんとジョニィさんの命は、ネヴィアに握られている。俺たちを脅すのは簡単なはずだ。そんなイラ様と俺の気持ちを読んだように、厄災の魔女《ネヴィア》が口を開いた。

「人質を殺すなんてしませんよ。光の勇者が強くなってしまいますから」

ニッコリと微笑む厄災の魔女《ネヴィア》。バレている。アンナさんの『光の勇者』スキルの特性が。

感情の動きによって強化されるスキル『光の勇者』。

「……はぁ……はぁ……はぁ」

アンナさんは会話する余力も残っていないようだ。かたや厄災の魔女《ネヴィア》は、優雅に微笑む。

「ちなみに高月《たかつき》マコトさん。あなたには指一本触れませんよ？　だって光の勇者の想い人《おもびと》なんですもの。うっかり殺してしまっては大変」

「……」

いっそ俺が特攻するか、と頭をよぎったのを先読みされた。

「最初に殺すのは光の勇者、貴女です。それまでは誰も殺しません。安心して最初の犠牲者になってくださいね」

厄災の魔女《ネヴィア》が淡々と告げた。舐《な》めている、のではないだろう。むしろ最適に攻略されている、のだ。堕ちた神と同化した魔女。弱点がない。油断もしていない。

せたから。
振り向くと憔悴《しょうすい》したアンナさんの顔があった。俺のせいだ……。俺が無理に彼女を戦わ
「ま、マコトさん……」
（強い……）

——精霊の左手。

（高月マコト！）

イラ様の焦った声が響くが無視した。俺は両腕を精霊化した。ここまでならギリギリ大丈夫なはずだ。一気に流れ込む魔力《マナ》量が倍増する。ついでに、扱いも一気に難しくなる。

膨大な魔力《マナ》が身体《からだ》中で暴れまわる。『明鏡止水』をひと時も途切れさせてはいけない。

次々と襲ってくる闇魔法を、俺とアンナさんで迎撃した。俺の魔力《マナ》は水の精霊から。アンナさんは、太陽の光から力を無尽蔵に得ている。しかし、堕ちた神と同化している厄災《ネヴィア》の魔女の魔力《マナ》も、尽きることはない。膠着《こうちゃく》状態だった。

「きりがありませんねぇ～」

のんびりとした厄災《ネヴィア》の魔女の言葉だけが場違いに聞こえた。

「知ってます？　歴史上、太陽の巫女《みこ》と月の巫女は対立することが多かったと」

急に話題が変わった。何だ？

「それはどうして？」

アンナさんは口を開く気力がなさそうだったので、俺が代わりに質問した。

「月の女神様《ナイア》は、代々の巫女を魔人族から選ぶことが多かった……。ただそれだけです。おかげで月の巫女はいつも仲間はずれ。私だってそうです。今もたった一人で孤独に戦っているのですから」

「どうして月の女神様《ナイア》は、人族でなく魔人族を巫女に選ぶんでしょう？」

何か理由があるんだろうか。

「……私は月の女神様《ナイア》に感謝しているの。私が人族に生まれてしまえば、きっと何も考えずに魔族や魔人族を倒して『ただの平和』な世の中を尊んでいるんでしょうね。数が少なくて虐げられている魔人族だからこそ、『本当の平和』な世界を目指すことができる……」

「本当の平和……？」

厄災の魔女《ネヴィア》が平和を望んでいる？

「そう。私が全ての地上の民を『魅了』して、イヴリース様によって統治される平和な世界……」

「…………それはただの支配では？」

要は世界征服のことだった。実に大魔王《イヴリース》らしい。

「素晴らしいでしょう？　私が魅了した民は『平等』だもの。どんな境遇の民も自分は幸せだと感じることができる。誰も不幸にならない。最高の世界だと思わないかしら」

「だったら！　どうして故郷のみんなは、あんなに苦しんでいるんだ！」

アンナさんが怒りを爆発させたように叫んだ。確かに、初めて出会った頃のアンナさんは師を殺され、絶望した顔をしていた。西の大陸は、平和とは程遠かった。

「申し訳ないことをしたわ。いずれ西の大陸の民も全て魅了してあげるつもりだった」

「戯言《たわごと》を！」

「集中力を欠いてますね……、ほら捕まえた」

「しまっ！」

「アンナさん！」

会話は、俺たちの気をそらすためだったのかもしれない。アンナさんの聖剣に、黒い手が幾重にも巻き付いていた。ギギギ……と、嫌な金属の音が聞こえる。

「聖剣が！」

アンナさんの悲鳴が響いた。聖剣バルムンクがくの字に折れ曲がっている。

（またか!?）

火の国《グレイトキース》でさーさんにもへし折られてるし、よく壊れる聖剣だなぁ！　じゃなくて、アンナさんが丸腰だ。何か代わりの武器が必要だ。そうだ、アイツの武器は!?　気絶しているカインのほうを見る。ノア様の剣を握っていないようだ。駄目かっ！

「では、今度こそこれで終わりにしましょう」

厄災《ネヴィア》の魔女の杖《つえ》に瘴気《しょうき》が集まる。さきほどの魔法・冥府の双頭犬《オルトロス》の時と同等、もしくはそれ以上の。

（まずいまずいまずいまずいまずいまずいまずいまずい！）

白竜さんやモモは剣を持っていないし、ジョニィさんの刀はただの魔剣だ。そもそも白竜さんもジョニィさんも、黒い手で囚えられている。他に何か。

聖剣に匹敵するようなものは……。

——女神《わたし》のことを忘れたの？　マコト。

それはさながら砂漠で丸一日何も飲めなかった後に、一滴の水を口にしたような。

カラカラに乾いた心に染みる、美しい声だった。

数年ぶりに聞いたかのような錯覚を起こす——ノア様の声だった。

（え？）

イラ様の戸惑った声が届いたが、俺は無意識に次の行動を起こしていた。

「アンナさん！　これを使え！」

俺は腰に差してあった女神様《じん》の短剣《ぎ》を、光の勇者さんへ手渡した。

「わかりました！　マコトさん！」

俺が渡した神器をアンナさんが受け取り構える。神器とはいえ、見た目はただの短剣。正直、聖剣とは比べ物にならないくらい貧弱だ。

「……それで勝負をするのですか？」

厄災の魔女《ネヴィア》が、同情するような視線を向ける。

——疑似召喚魔法・冥府の番犬《ケルベロス》。

顕現したのは、漆黒の巨大な三つ首の魔犬だった。また神獣……。

「それでは光の勇者を殺してください、冥府の番犬《ケルベロス》ちゃん」

信じられない速度で、黒い巨犬がこちらに——アンナさんに迫る。

「くっ！」

アンナさんは、短剣に魔力《マナ》を込め『光の剣』を放った。『光刃』は小さい。それが一瞬、七色に光った。

「「「え？」」」

いくつもの驚きの声が重なる。さきほどの聖剣バルムンクから放たれた『光の剣』は、冥府の双頭犬《オルトロス》の首一つを落とした。

厄災の魔女《ネヴィア》には、傷一つつけられなかった。そして、今回。

ノア様の神器から放たれた『光刃』によって——

三つ全ての冥府の番犬《ケルベロス》の首が吹き飛んだ。

大魔王《イヴリース》と同化した厄災《ネヴィア》の魔女を護《まも》っていた黒い手が、紙切れのように切り裂かれた。そして、厄災《ネヴィア》の魔女の身体が真っ二つとなった。

「……かはっ」

厄災《ネヴィア》の魔女は、黒い血を吐きながらゆっくりと倒れた。

――厄災《ネヴィア》の魔女は、黒い血を撒《ま》き散らしながらゆっくりと倒れた。

俺も含めた仲間たちが、あっけにとられている。

『光刃』を放った光の勇者《アンナ》さん自身が、一番驚いている。

「……むちゃくちゃ……ですね。……何ですか、……その短剣は？」

消え入りそうな声で、厄災《ネヴィア》の魔女が呟《つぶや》いた。確かに、こんなことなら最初から神器をアンナさんに渡しておけばよかった。

「くっ……！　はっぁ……はぁ……はぁ……はぁ……」

アンナさんが、がくっと膝をつき崩れ落ちそうになった。

「アンナさん！」

慌てて俺はそれを支える。

「だ、大丈夫です。でも、体力と精神力を殆《ほとん》ど奪われたような……、あ、あの……マコトさん、この短剣は一体……？」

「女神様からいただいた神器です。こんな威力が出るとは思いもしませんでしたけど

「……」

「……お、お返ししますね。どのみちもう使う気力はありません」

息も絶え絶えに、アンナさんが短剣を返してきた。神器《たんけん》に救われた。

そして、これを使うように指示してきた御声《おこえ》。間違いなく女神様《ノア》のものだった。

「ノア様？　ノア様、聞こえますか？　ありがとうございます！」

空に向かって叫ぶ。しかし、返事はない。

あれは気のせいだったのだろうか。いや、そんなはずはない。

「ああ……、古《いにしえ》の時代に只《ただ》一柱で神界戦争《ティタノマキア》を引き起こしかけたというあの恐ろしい女神ですか。カインさんの神器と同程度のものと油断していました……。貴方《あなた》は随分とかの女神の寵愛《ちょうあい》を受けているのですね」

厄災の魔女《ネヴィア》の苦しげな声を聞きながら、俺は短剣を見つめた。魔力《マナ》を宿した蒼《あお》い刃《やいば》はいつも通り美しく輝いている。この世界に来て初めて手にした武器。何度も助けてもらった魔法の短剣。

「……その短剣……、ノア様から賜ったと……言っていたな」

フラフラとやってきたのは、黒騎士カインだった。

「大丈夫か？」

「なんとか……な」

身体の怪我《けが》は、鎧《よろい》の加護で大きな傷は治っているようだったが、肝心の鎧は半壊している。冥府《オルトロス》の双頭犬の牙の痕が痛々しい。

「どうやら……マコトの神器は特別なようだ……」

カインが寂しそうな顔をする。いや、俺は君の剣と全身鎧が羨ましいです。

「そもそも素材は同じって聞いたけど」

「そうなのか？」

「その割には、見た目が全く異なるが」

口を挟んできたのは、ジョニィさんだった。

（そうね、魔王カインと高月《たかつき》マコトの持っている神器は同じ神鋼《アダマンタイト》で造られているわ。でも、製法が異なる……ノアより神格が劣る運命の女神《わたし》ではわからないけど）

へぇ……、素材が少ない分、強く造ってくれたということだろうか。

「ノア様……、感謝します」

俺はその場に跪《ひざまず》き、女神様に感謝の言葉を告げた。やはり返事はない。

千年後に戻ってからお礼を言うしかないか。

「…………信心深い……のですね……高月……マコトさん」

「厄災の魔女《ネヴィア》さん……」

忘れていたわけではない。油断させて復活してくるのでは？　と皆、注意深く見ていた。

しかし、身体《からだ》を二つに引き裂かれた魔女の体は少しずつ砂のように崩れ落ちている。

まだ喋《しゃべ》れることが不思議なほどだ。

「よかった……ですね。世界を救った貴方の名は、永遠に歴史に刻まれるでしょう……」

（そうよ、高月マコト。これで世界の危機は去ったわ）

運命の女神《イラ》様の声が聞こえた。確かに大魔王《イヴリース》と同化した厄災の魔女《ネヴィア》は倒れ千年前の世界は救われた。しかし、違和感が残る。これが終着点《ゴール》ではない。

「イラ様。千年後に復活する大魔王《イヴリース》はどうなりました？」

そう。千年前の平和も大切だが、俺にとって一番大事なのは千年後の世界。

無事に歴史改変は防ぐことができたのだろうか。

（あっ）

「……ち」

俺の言葉に、厄災の魔女《ネヴィア》が舌打ちした。というか、イラ様は忘れないでいただきたい。

（わ、忘れてないわよ！　うっかりしてただけで！）

歴史をこの女神様にまかせて大丈夫なのだろうか。

（えっとね……、うん。確認したわ！　千年後は七カ国同盟で復活した大魔王の軍勢と戦うところまで歴史が確認できたわ！　つまり高月マコトが過去に渡る前の状態に………あれ？　これ大丈夫よね？）

「七カ国ってことは月の国《ラフィロイグ》が復活したのか」

一つ国が増えている。まぁ、それは良いだろう。問題は、大魔王《イヴリース》はやはり千年後に復活するらしいということだ。本来の歴史通りに。

「大魔王《イヴリース》は千年後に復活するってさ」

俺はじろりと厄災の魔女《ネヴィア》を睨《にら》んだ。すると彼女は、クスクスと笑い始めた。

「ふふふ……、その通りです。昨晩のうちに『転生の儀式』は済ませておきましたから。イヴリース様は未来に旅立たれました」

「待て！　では我々が相手をしたのは何だったのだ！」

白竜さんが怒鳴る。

「分身ですよ。といっても魂を分割して造られた分身ですから強さにはさほどの遜色はなかったでしょう……？　運命の女神様《イラ》も見事に騙《だま》せたようですし」

（な、なんですってー！）

見事に騙されたんですね。

「光の勇者に破れた大魔王《イヴリース》は、千年前の世界を捨てて千年後に転生した。これなら歴史通りのはずだ」

事前にイラ様に教わっている。歴史は守られた。

「ええ、覚醒した光の勇者には敵《かな》わない。本来の歴史では、瀕死《ひんし》の重傷を負って転生をしたイヴリース様ですが、今回は余力を持って転生することができました」

「それは……つまり千年後の大魔王《イヴリース》は、より強力になったと？」

「そうです、真のイヴリース様はお強いですよ」

流暢《りゅうちょう》に語る厄災の魔女《ネヴィア》。身体が崩れていってるのに、よくペラペラ喋れるな。そして、身体が崩れているのに焦っている様子が全くない。これは、もしかすると。

「まさか……、あんたもか？」

ふと気になったことを尋ねた。

「さて……、どうでしょう？」

ニマーと嫌な笑顔で返された。

あ、これ絶対に転生する気だ。厄災の魔女《ネヴィア》も千年後にいるわ。

「千年後に再会することになりそうだな」

俺が嫌そうな顔を向けると、それに負けないくらい厄災の魔女《ネヴィア》も顔をしかめた。

「……高月マコトさん。貴方はこの世界を救った英雄ですよ？　そちらの美しいアンナさんや可愛《かわい》らしいモモちゃんに想《おも》われてるのですから、この時代で悠々自適に過ごせばいいじゃないですか」

「千年後には戻るなと？」

「はい、来ないでください。私は会いたくありません」

はっきりと言われた。嫌われたようだ。そりゃそうか。

「大人しくしておいてくれるなら、わざわざ探しませんよ。でも、どうせ千年後でも変なことをする気でしょう？　国中の人たちを魅了したり」

「ふふ、それで世界が平和になるならいいじゃないですか」

いけしゃあしゃあと言い放つ。

厄災の魔女《ネヴィア》にとって、魅了して民を操るのはあくまで正義らしい。

「見つけ出しますからね」

千年後に悪さしてたら、と釘《くぎ》を刺す。しかし見つけるのが大変だろうな、などと思っていたら予想外の返事がきた。


「あら？　もう会ってますよ？」


「は？」ぎょっとする。

「千年後に私が転生した姿を貴方はもう知ってますすよ」

にんまりと笑う厄災の魔女《ネヴィア》。……本当だろうか？

俺が今まで出会ってきた人の中に、厄災の魔女《ネヴィア》の転生者がいた？

「おい！　それは誰……」

「…………ふふふ」

意味深な笑い声と共に、彼女は砂のように崩れ去った。こうして、最後の最後に爆弾発言を残し、厄災の魔女《ネヴィア》——と同化した大魔王《イヴリース》（分身）は滅んだ。

「これからどうする？」

ジョニィさんが、俺たちを見回した。大魔王《イヴリース》は居なくなった。完全に倒したわけではないが、少なくとも今の時代は平和が訪れるだろう。

「俺は、残りの魔王を討伐しつつ千年後に帰る手段を探す旅ですかね」

要は残処理だ。大魔王《イヴリース》が居なくなったとはいえ、本来の歴史とは異なる動きをしている。西の大陸以外で、魔王の支配が続いている地も解放しないといけない。全員、北の大陸に引っ越してくれれば楽なんだけどなぁ。そんなことを考えていると、仲間たちが全員引きつった顔をしていることに気づいた。

「精霊使いくん、君は戦っていないと死んでしまう病気なのか？」

白竜《メル》さんに病気扱いされた。

「てっきり、大迷宮《ラビュリントス》に帰るのだと思っていたのだが……」

あぁ、ジョニィさんのこれからどうする？　はそういう意味だったんですね。

「マコト様……、流石《さすが》に休んでください」

「マコトさん、聖剣の修理もありますから」

そういえばアンナさんが持っている聖剣バルムンクは、折れ曲がったままだ。

「確かに土の勇者《ヴォルフ》さんや木の勇者《ジュリエッタ》さんも心配しているだろうし、大迷宮《ラビュリントス》へ戻りますか」

俺が言うと、皆がほっとした表情になった。

「私はどうしたものかな。魔王は辞したとは言え勇者たちにとっては仇《かたき》だろう」

所在なげにしているのは、黒騎士カインだ。変なことを言っている。

「一緒に海底神殿攻略だろ？」

「………マコトはそう言うと思っていた」

カインが苦笑した。

「神獣リヴァイアサンに気づかれないように海底神殿に侵入しよう」

「無理だろう。海底神殿は神獣《リヴァイアサン》の背中に建っているんだぞ？」

「神獣の目を誤魔化す囮《デコイ》が要るな……」

「我らの頼みの精霊魔法は使えないぞ」

「そうなんだよなぁ」

「あの、我が王……、恐ろしい雑談が聞こえてきたのですが」

俺とカインが熱く議論していると、水の大精霊《ディーア》が肩をつついてきた。冗談冗談と俺は笑顔で返した。その俺に近づいてくる小さな人影があった。

「マコト様……、なぜそんなに焦っておられるんですか……？」

大賢者様《モモ》が、不安そうに俺を見上げる。

（焦ってる？）

そう見られたのだろうか。

（そりゃそーでしょ。大魔王《イヴリース》を倒した後だってのに、すぐに魔王討伐に向かうだの、最終迷宮《ラストダンジョン》の攻略に挑むだの。普通はそんなこと考えないわよ）

イラ様に指摘されて、気づいた。

「千年後に戻る方法を見つけないといけないからなぁ……」

思わず口から出た。恐らく焦っている原因はこれだ。ルーシーやさーさんと交わした『千年後に戻る』という約束。その手段が未《いま》だ見つかっていない。

（…………なくはないわよ？）

運命の女神様《イラ》がぽつりと言った。

「イラ様？　千年後に戻る方法、あるんですか!?」

俺の声に、仲間たちがはっとした表情になる。

（一応……、今の高月マコトなら大丈夫な……はず）

イラ様の自信なげな声で不安になる。

「もしかして、大魔王《イヴリース》や厄災の魔女《ネヴィア》みたいに、転生させるって方法ですか？」

それだと別人になっちゃうからなぁ。

（転生は無理ね。本人の魔力《マナ》が相当多くないと、死後の世界で他人との区別がつかないから、転生先の振り分けが難しいの。高月《たかつき》マコトの魂だとできないわ）

「そ、そうですか……」

所持魔力《マナ》が少ないと転生も満足にできないらしい。

（まぁ、私に任せなさい。ちょっと工夫は必要だけど、うまく千年後に渡る方法を教えてあげるわ）

「ありがとうございます、イラ様」

一応、戻る算段がついたということでいいのだろうか？

「はぁ……」

大きくため息を吐《つ》いた。今度こそ、千年前の時代の終着点《ゴール》が見えてきた。

……長かった。そんなことを考えていた時。

「マコトさん！」

アンナさんが俺の手を摑《つか》み、宝石のような青い瞳がまっすぐ俺のほうを見つめた。

「あ、あの……」

「何ですか？　アンナさん」

俺が尋ねると、アンナさんは小さく息を吸い、しばらく無言で俺を見続けた。

「僕と……結婚してもらえませんか？」

「え？」

真っ赤な顔になったアンナさんに告げられた。

「ちょっと！　アンナさん、抜け駆けは許しませんよ！」

「モモちゃんは千年後にマコトさんと会えるんだからいいじゃないか！」

「うぐ、それは……」

千年後に俺とモモが出会うことは二人に話している。俺が大賢者様に魔法を教えてもらったよ、という話をするとモモは複雑な表情を浮かべていた。

「マコトさん、千年後に戻るというなら僕は止めません。でもだから、その前に僕と……」

「あ、アンナさん。お、落ち着いて……」

彼女の真剣な表情に気圧《けお》される。

「戦いの前に僕を愛していると言いましたよね？」

「は、はい……」

確かに言った。ニッコリと微笑《ほほえ》まれると、それ以上何も言えなくなった。こ、これが男の責任というやつか。俺の心情に合わせるかのように、ふわりと空中に文字が浮かぶ。

『アンナ・ハイランドと結婚しますか？』
はい
いいえ

『RPGプレイヤー』スキルの選択肢まで……。

しかも太陽の国《ハイランド》の名前が急に出てきた。ハイランド建国の聖女アンナさん。

つまり、そーいうことだろう。

（アンナちゃんと結婚して、ここで永住するのも悪くないと思うけど？）

イラ様まで何を言うんですか。

（……本当に、高月マコトのためを思って言ってるのよ？　千年前の時代なら、間違いなくあなたは幸せになれるわ。これだけ無茶をしてきたんだもの。また千年後に戻ってまで大魔王《イヴリース》と戦わなくてもいいじゃない）

イラ様の口調は、俺を憂う感情がこもっていた。本気で心配をしてくれている声だった。

目の前のアンナさんと、俺を心配する運命の女神様《イラ》。

俺の目の前にふわふわ浮いている選択肢。

（……揺れるなぁ）

俺は小さく息を吸い、アンナさんの求婚《プロポーズ》に返事をした。

八章　高月マコトは、再会する

◇大賢者《モモ》の回想◇

「ふわぁ……」

私は大きく欠伸《あくび》をする。ここは太陽の国《ハイランド》の王都シンフォニアにある自分の屋敷だ。

最近の生活サイクルは二日起きて、五日寝ている。

理由は半吸血鬼《ハーフヴァンパイア》である私は、眠っていたほうが魔力《マナ》を溜《た》めることができるから。

本当は人の血を吸ったほうが手っ取り早いんだけど。どうも積極的に人の血を吸う気にはなれない。……マコト様以外《あのひと》の血は。


――大魔王《イヴリース》が倒されてから長い年月が経《た》った。

人族のアンナさんはもちろん、エルフ族のジョニィさんもいない。

千年近い時が過ぎたのだ。そんなに長く存在できる生物は限られている。

私のような不死者《アンデッド》か、白竜師匠のような長寿の古竜族くらいだろう。

そういえば、白竜師匠と最後に会ったのは三百年以上前の話だっけ。

私が一人前の魔法使いになるまで面倒を見てくれた。千年前の戦いで、私はオロオロしてばかりだった。その頃と比べると随分と強くなったと思う。

なんせ今では『大陸最強』の魔法使いなんて呼ばれているのだから。

「私がちびっこ《モモ》に教えられることはないな。これからは『白の大賢者』を名乗れ」

魔法使いとして一人前と認めてもらえた時、白竜師匠は私にそんなことを言った。

『白の』というのは、白竜師匠の弟子という意味らしい。

魔法使いは弟子が一人前になった時に、自分由来の何かを贈るんだそうだ。

ちなみに白竜師匠は、この大陸で『聖竜様』として伝説になっている。

あのひと、魔王の娘なんだけどな……。

もちろんマコト様はいない。『未来』へ旅立ってしまった。

大魔王《イヴリース》を倒した後、世界の各地を巡りあっという間に残っている魔王たちを追い払った。

しかも、合間合間に海底神殿の攻略までしていたから呆《あき》れる。

何であんなにあの人は、生き急いでいたんだろう？　もっとも、海底神殿攻略はうまくいかなかったみたいでいつもがっくりと肩を落として帰ってきていた。

一緒に海底神殿へ潜っていた黒騎士カインは、マコト様がいなくなると姿を消した。

「じゃあな、モモ。また会おう」

マコト様の声の記憶が蘇《よみがえ》る。最後に頭を撫《な》でられながら、かけられた言葉。

それから千年近い月日が流れた。

（……また名前を呼んでほしい）

最近はあの頃の夢をよく見る。魔族や魔物が溢《あふ》れていた暗黒時代。

恐ろしかったけど、マコト様と一緒に旅をしてきた日々。

全てが懐かしい。また一緒に過ごしたい。話がしたい。声が聞きたい。

……でも、できない。

ずっしりと心に重しが乗せられたように感じる。

少し外の風に当たろう。私は屋敷の外に出た。


「はぁ……」

真冬の深夜。人族であれば肌を切るような寒さだろうけど、生憎《あいにく》と不死者《アンデッド》の私は何も感じない。空には満月。不吉の象徴と言われているのは、かつての月の国《ネヴィア》の女王のせいだ。

今では『厄災の魔女』と呼ばれているあの魔女も千年後《こちら》に転生するつもりらしい。

まったく迷惑な話。千年前に散々、世界を振り回しておいて。

私は怫然《ふつぜん》とした気持ちで、ハイランド王城内の庭園をぶらぶら散歩する。

「大賢者先生？」

こんな時間なら誰も居ないと思っていたら、話しかけられた。

「ノエルか」

星明かりに煌《きら》めく金髪に、透き通った蒼《あお》い瞳。ハイランドの美しき第二王女だった。

(似てる……)

アンナさんと瓜二《うりふた》つの太陽の巫女《みこ》。聖女の生まれ変わりと噂《うわさ》されるのも頷《うなず》ける。

「こんな時間にどうした？」

「中々寝付けなくて大聖堂で祈っておりました。それにしても……本当に数年以内に大魔王《イヴリース》が復活するのでしょうか……？　そして、私はその時にどうすれば……」

ノエル王女が、不安そうな顔でこちらを見つめる。

——千年前に地上を支配した大魔王《イヴリース》が復活する。

各国の巫女が同時に『神託』を受けた事件。

それから太陽の国《ハイランド》を中心として、復活する大魔王《イヴリース》へ対抗するための作戦が秘密裏に動いている。『北征計画』という作戦。それまでは国同士のゴタゴタが多少あったものだが、今では足並みを揃《そろ》えて大魔王《イヴリース》の復活へ備えている。とはいえ。

「まだ先の話だ。あまり思い詰めるな」

「はい……」

うつむく王女ノエル。不安なのだろう。世界を救った救世主パーティーの聖女。

ハイランド建国の英雄。その生まれ変わりと呼ばれる重圧は、十代の少女には重過ぎる。

「あの……私に救世主様の活躍の様子を聞かせてもらえませんか？」

「またか……」

私はため息を吐いた。世間一般には、私は初代の大賢者の力と記憶を『継承』スキルで受け継いでいることになっている。が、実際は不死者《アンデッド》の吸血鬼《ヴァンパイア》である当人だ。

ハイランド王族や一部の貴族は、それを知っている。

「仕方ないな、不死の王《ビフロンス》を倒した時の話をしてやろう」

「はい！」

キラキラした目でこちらを見つめる。

（実際はマコト様とアンナさんが倒したのを見てただけなんだけどね……）

少し心苦しい。しかし、太陽の巫女《ノエル》の気が軽くなるのならいくらでも聞かせてやろう。

私は多少の脚色を交えて、英雄譚《たん》を語った。それからまた月日が流れ。


――――異世界からの来訪者が現れたという知らせが届いた。

現れたのはアンナさんに続く二代目の『光の勇者』。

そして、強力なスキルを持つ異世界人たちだった。

しかし、太陽の国《ハイランド》へやってきた者の中にマコト様の姿はなかった。

でも、大丈夫。私は聞いている。どうすればマコト様に会えるのか。

◇

「あの……大賢者様がわざわざ大迷宮《ラビュリントス》へ向かわれるのですか？」

「そうだ。文句があるのか？」

滅多に屋敷から出てこない私が、王城へ出向き用件を伝えると国王と宰相が揃って顔を強張《こわば》らせていた。

「いえいえ！　文句などとんでもない！　しかしいくら『忌まわしき竜』が出たとはいえ大賢者様が自ら赴かれるほどの案件ではないかと……」

「我が決めたのだ。反対するなら力ずくで止めてみよ」

私がじろりと見回すと、王族や貴族たちが目を逸《そ》らす。ここに居る者たちは、私が千年前の『救世主』パーティーの一員であると知っている。

普段はほとんど使うことのない威光であるが、たまには利用させてもらおう。

「よ、よろしくお願いします。大賢者様」

緊張した面持ちを向ける今代の『光の勇者』である桜井《さくらい》リョウスケ。

異世界からやってきた勇者だ。

（……強い）

その身に纏《まと》う闘気《オーラ》でわかる。

かつてのアンナさんを大きく上回る潜在能力を保有していることがわかった。

ただ、この世界に来て間もないことから力の使い方には慣れていないようだ。

「初陣だな。困ったことがあれば、我が助けよう」

「ありがとうございます」

礼儀正しい好青年だ。

「大賢者様……、本当に大迷宮《ラビュリントス》へ行くのですか？」

「貴方様《あなたさま》はハイランドの最高戦力です。どうかご再考を……」

「話は終わりだ」

強引に話をまとめ、私は大迷宮《ラビュリントス》にて現れた『忌まわしき竜』を討伐する計画に同行することとなった。

――千年後の光の勇者が大迷宮《ラビュリントス》に行った時、俺とモモが最初に出会ったんだよ。

マコト様に教えてもらった未来の知識。絶対に逃せない。

（やっと……やっと会える……）

止まっているはずの心臓が動き出しそうな気すらした。

そして、大迷宮《ラビュリントス》で光の勇者くんは見事に『忌まわしき竜』を討伐した。

少し危なっかしいところはあったが、初陣としては上出来だろう。

そして——私は彼を見つけた。

「失礼しま〜す……」

黒髪黒目で細身。少し頼りない印象のかけだしの冒険者である一人の青年が、私のいるテントに入ってきた。

（………………………あぁ）

泣きそうになった。声が出そうになるのを必死に我慢する。

（やっと……………やっと会えた）

友人だという光の勇者くんにお願いして、高月《たかつき》マコトと名乗る異世界人を呼び出してもらった。異世界からやってきた中で、最弱の身体能力《ステータス》とスキルしか持っていないと判断された人物。そのため太陽の国《ハイランド》には招かれなかった。

それどころか、西の大陸の全ての国が彼は戦力にならないと引き取らなかった。

そのため、神殿で保護されたまま忘れ去られそうになっていた異世界人。

大賢者《わたし》の耳に、その人物の情報が届いたのは、彼が異世界にやってきてから随分と経ってからだった。報告を受けて、本当にあのマコト様と同一人物なのかと疑った。

けど……。

（あぁ……マコト様だ……）

間違いなかった。記憶の中にある通りの姿だ。

「もっと、近くへ来い。話し辛《づら》いであろう」

声が震えるのを必死で抑える。記憶しているマコト様はもっと堂々としていたが、目の前の彼は緊張して、自信なげな様子だった。

（そっか……、ここに居るマコト様は私のことを知らないんだ……）

それを思い出し少し冷静になった。

そして、マコト様の後ろに二人の可愛《かわい》らしい女の子が居ることに気づく。

（あーあ、また女の子を侍《はべ》らせて……）

少しイラッとした。一体、どんな女かと思って『鑑定』すると半魔族と蛇女《ラミア》だった。しかも半魔族の赤毛の女の子は、ジョニィさんのひ孫だし！

これは無下にはできない……なぁ〜。

私は魔力《マナ》の扱いが下手な赤毛のエルフに魔道具をプレゼントし、『変化』スキルに慣れてないラミアの女の子にはスキルの使い方を助言した。

（……敵に塩を送ってしまった）

最近、異世界人から聞いた言葉だ。マコト様の故郷の格言らしい。それでも、千年ぶりにマコト様と会話できて天に昇りそうな心地だった。あぁ、もっと会話したい。

◇

それから、用事を見つけてはマコト様に会いに行った。といっても、大賢者の立場では用事を作るのも一苦労だ。あの人は会う度に強くなっていった。

あっという間に、水の大精霊《ウンディーネ》を使役して。行く先々で国の危機を救い。

魔王すら倒していた。私の知っているマコト様になっていった。

そしてついに、――マコト様は千年前へと旅立った。

きっと過去で人間だった頃の私を助けるのだろう。

そして、私はあの人を好きになる。

千年間……ずっと。

私は屋敷の奥にある黒い『棺《ひつぎ》』の前にやってきた。

「一体……いつ目を覚ますんです……?」

私は力なく呟《つぶや》く。棺を開くと氷魔法の中でマコト様が眠っている。

水の大精霊《ウンディーネ》によって護《まも》られた氷。私では溶かすことができない。

「もう……千年、経《た》ちましたよ……？」

氷に触れる。硬く、無機質で何の温《ぬく》もりもない。

「……いつ目を覚ますんですか……？」

返事はない――はずだった。

「ちびっこ？　泣いてるんですか？」

「っ!?」

突然、目の前に肌の蒼い人形のように整った容姿の女が立っていた。

勿論《もちろん》、見覚えがある。

「水の大精霊《ディーア》……？」

「ちょっ、と見ない間に、随分と偉そうな恰好《かっこう》をしてますね」

私の大賢者の服装について、からかってきた。

「どこがちょっとですか！」

思わず怒鳴った。千年をちょっと!?　これだから時間の感覚がない精霊は！

いや、今はそんなことはどうでもいい。

(水の大精霊《ディーア》が出現したということは……!!)

慌てて棺に視線を戻す。

「あ……、ああ……」

千年溶けなかった氷が跡形もなく消え去っていた。

トクンと、マコト様の胸が脈打つ音を耳が拾った。

ゆっくりと……、ゆっくりと、マコト様が目を開いた。

◇高月マコトの視点（千年前）◇

（高月マコト、水の大精霊《ウンディーネ》に命令して自分を凍らせなさい。で、千年後に目覚めればいいわ）

運命の女神様《イラ》の指示は、実にアバウトなものだった。

「冷凍睡眠《コールドスリープ》ですかー……」

考えなかったわけではない。というかそれしかないかなぁ、と思っていた。

怖いのは、眠っている間は無防備になること。

あとうまく千年後に目覚めることができるか？　という点だ。

（大丈夫よ！　冷凍睡眠している間はモモちゃんに見張らせなさい）

「モモに見張らせる？」

「私が何か……？」

俺の呟きに、大賢者様が不安そうな表情を見せる。

「モモ、俺のことは任せた！」

「え、は、はい！　よくわかりませんが、任されました！」

元気よく返事をしてくれた。良い子や……。あとで、きちんと説明しよう。

「千年後に目覚めるにはどうしましょう？」

（水の大精霊《ウンディーネ》に頼みなさい）

「モモじゃ駄目なんですか？」

（モモちゃんだと、水の大精霊《ウンディーネ》の魔法を解除できないわ。高月マコトが自力で目覚めるか、水の大精霊《ウンディーネ》が目覚めさせるかどっちかね）

なるほど。

「水の大精霊《ディーア》、千年後に俺を起こすことってできる？」

「私は時間の感覚がないのであまり自信が……。千年とは前回の神界戦争《ティタノマキア》が起きた頃から経ったくらいの時間でしょうか？」

（それは千五百万年前よ）

「「……」」

あかん。精霊に時間の感覚を持たせるのは難しそうだ。千五百万年前とか神話の時代なんだけど。千五百万年後も寝続けたら、洒落《しゃれ》にならない。

（仕方ないわね～、私が運命魔法を教えてあげるわ。魔法に時間計測《タイマー》を設定しなさい）

「そんな魔法があるんですね」

（ないわよ。高月マコトのために私が創るのよ）

「……お手数おかけします」

（ふふふ、感謝なさい！）

というわけで運命の女神《イラ》様に直々に魔法を教わることになった。

そして――――冷凍睡眠《コールドスリープ》する日。

ジョニィさんや白竜《メル》さんはもちろん、土の勇者《ヴォルフ》さん、木の勇者《ジュリエッタ》さん、その他大迷宮《ラビュリントス》のみんなが見送りに来てくれた。モモがずっと涙を浮かべているのを見て、非常に申し訳ない気持ちになった。そしてアンナさんは…………怒っていた。

「もう少し一緒にいてくれたっていいのに……」

そう言って頬を膨らませていた。しかし、前々から千年後に戻ることは伝えていた。

彼女も納得してくれている。最後には、笑顔で送り出してくれた。

「それじゃあ、行ってきますね」

千年前の面々に別れを告げる。

機嫌を直したアンナさんが近づいてきた。

「マコトさん……約束。覚えてます？」

「覚えてますよ」

「忘れたら許しませんからね！」

そう言ってアンナさんに長いキスをされ、送り出された。

その悲しそうな笑顔と、モモの泣き顔が最後の記憶だ。

◇

ゆっくり目を開くと、オレンジの光が目に入った。薄暗い天井が視界に広がる。

目端で、ロウソクの火が揺れている。

「……うぅ……」

誰かの泣き声が聞こえる。それは身体《からだ》のすぐそばからだった。

「……マ……コト……様……」

髪の白い小さな少女だった。

モモか？　しかし、記憶にある千年前のモモではない。

それは俺をハイランドの大聖堂で見送ってくれた大賢者様だった。

しかし、俺の胸に顔を埋《うず》め小さく震える様子は、やはりモモだ。

俺を待っていてくれたんだ。千年間ずっと。

身体が重い。口を開くのすら億劫《おっくう》だった。千年間寝ていたのだ。当然だろう。

でも、言わないといけない。感謝を伝えないと。

「モモ……ただいま」

何とか声を絞り出す。

「ずっと待って……ました……」

応えるモモの声も掠《かす》れていた。

「ありがとう」

俺は重い腕を動かし、モモの頭を優しく撫《な》でた。

こうして俺は、千年後《げんだい》に帰還することができた。

◇聖女アンナの視点◇

――マコトさんは未来へ旅立っていった。

しかし、僕にそれを悲しむ暇はほとんどなくて。

「アンナ様！」「聖女様！」「女王様！」「女王陛下、万歳！」

大魔王《イヴリース》を倒し、魔王たちを北の大陸に追いやった後、隠れ住んでいた人々が集まり国を興した。その中の一つ――太陽の国《ハイランド》。

僕はその女王になったから。というか他に誰もなってくれなかった。

マコトさん以外の、大魔王《イヴリース》と戦った仲間たちはというと。

ジョニィさん……は、世界を巡る旅に出た。

「ちょっと、族長！　大迷宮《ラビュリントス》の街は!?　エルフ族のまとめ役はどうするの?!」

同じエルフの木の勇者さん《ジュリエッタ》が慌てていた。

「任せた、ジュリエッタ」

「ま、任せたって、そんなぁ！」

「エルフなら大森林が住みやすいだろう。木の国《スプリングローグ》とでも名付けて、エルフの国にすればいいんじゃないか？　ジュリエッタが率いれば、みんなついてくるさ」

「エルフはともかく、大迷宮《ラビュリントス》の街は獣人族や他の種族だっているし……」

「あー、それなんだが。荒野のほうで獣人の集落が散らばっているらしくて、そこにいる獣人族を一つの国にしたいと申し出があってな。俺が手伝うことになった」

と言ったのは土の勇者さんだ。

「ヴォルフはそれでいいの？」

「あの辺りは、凶暴な砂竜《サンドドラゴン》が多いし。誰か勇者が行ったほうがいいだろうと運命の巫女《みこ》さんから相談された。国名は火の国《グレイトキース》だとさ」

「ヴォルフが王様ってこと？」

「一応な。柄じゃないんだが……」

「じゃあ、私もやるしかないかー、えー、でも女王とかやだなー」

ジュリエッタさんは最後まで渋っていたが。

「任期を設けて、次の族長を指名すればいい。エルフは寿命が長いからな。同じ者がずっと上に立たないほうがいい」

「ここ二百年くらい、ずっと族長は同じでしたけど……？」

ジュリエッタさんが、半眼でぼやく。しかし、ジョニイさんに族長を続けろとは言わなかった。なんでも、ジュリエッタさんが赤子の頃から、ジョニィさんは族長として一族だけでなく他の種族まで率いて生き延びてきたから。だから、ジョニィさんがやりたいことをやらせてあげようというのが、大迷宮《ラビュリントス》の街のみんなの総意だった。

そして、ジョニィさんは別れの挨拶もそこそこにふらりと消えてしまった。

まるでマコトさんみたい。それから数ヶ月は経っている。


「聖女アンナ様。夜分失礼しますね」

僕が女王の仕事を終えて、自分の部屋で休んでいると客人が訪ねてきた。

「運命の巫女《エステル》様……と、そちらは誰ですか？」

小柄なエステル様より、さらに小柄な幼い少女が一緒だった。

透き通るような蒼《あお》い瞳と、空のような髪の色が印象的な可愛《かわい》らしい少女だ。

「この子は、新たな水の巫女です。聖女アンナ様にご挨拶をするためにつれてきました」

「は、はじめまして聖女様！　ローゼス村のソニアと申します！　この度、水の女神様《エイル》の御声《おこえ》を聞くことができるようになり、巫女となりました！」

小さな少女は、緊張した声でぺこりと頭を下げた。

「そっか、僕はアンナ。よろしくね、ソニアちゃん」

そう言って彼女の手を取って、笑いかけた。

「この子には、新たに水の女神様《エイル》を信仰する国を建ててもらおうと思っています。よろしいですか？　アンナ様」

「ええ、勿論《もちろん》構いませんよ」

今までは、満足に女神様にお祈りをすることもできなかった。

これからは、神殿や教会を作って女神様へお祈りすれば、日々の暮らしもきっと良くなっていくだろう。西の大陸は、女神様の加護が特に強い地域だから。

ただ、その前に……やることが多くて目が回る。

マコトさんが居てくれたらなぁ、とついつい考えてしまう。

そんな考えが表情に出てしまったのかもしれない。

「アンナ様、少し働き過ぎではありませんか？」

運命の巫女様が、心配そうに僕の顔を覗《のぞ》き込んできた。

「え？……そんなことは」

「仕事のし過ぎは身体を壊します。運命の女神様《イラ》やマコトさんの真似《まね》をしてはいけませんよ？　そうですね、私に良い考えがあります」

と言うとエステルさんが、悪戯《いたずら》っぽい顔で笑った。

「えっと……良い考えですか？」

「ふふふ、明日また伺いますね。急ぎの仕事は済ませて、それ以外は周りの人たちに仕事を振っておいてくださいね」

そう言って、エステルさんは水の巫女ちゃんと帰っていった。

一体、何なのだろう？

◇

……かぽーん、
と心地よい音が響く。

「いいお湯ですねー、アンナさん、白竜師匠」

「うむ、そうだな。ちびっこに、勇者くん」

「モモちゃん、白竜様までお付き合いいただきありがとうございます」

僕は恐縮しながら、二人にお礼を言った。

「私は、修行を休みたかったので誘われて良かったです」

「ちびっこ、修行はここでも続けるぞ」

「ええええええっ！　たまには休息日でも良いじゃないですかー」

「そんなことで精霊使いくんに追いつけるのか？　彼は一日たりとも休んでなどいなかったぞ？」

「……あの人は頭がどうかしてたんですよ！　一緒にしないでください！」

「まぁ、精霊使いくんが修行し過ぎだったのは確かだが……」

僕はモモちゃんと白竜様の会話を懐かしく聞いていた。

まるでみんなで旅をしていた時みたいだ。

ちなみにここは、マッカレン村というらしい。

天然温泉がある村ということで、運命の巫女様に教えてもらった。

「アンナ様は、一度ゆっくりと身体《からだ》を休めてください。一人ではすぐに帰ってきてしまうかもしれませんので、モモ様と白竜様にも声をかけておきますね」

ということで三人で、温泉に入っている。

「聖女様、お湯加減はいかがですか？」

水の巫女ちゃんが、ここの管理をしているらしい。

「ソニアちゃんも一緒に入れば？」

「いえいえいえ！　そんな！　聖女様と一緒に入浴だなんて！」

凄《すご》く恐縮されて、遠慮された。うーん、あまり特別扱いしてほしくないんだけど……。

仕方ないのかなぁ。

「よし、上がるか！」

ザパンと、白竜様が立ち上がる。うわ、やっぱり凄くスタイルがいいなぁ。

「私も、長湯でのぼせましたー」

モモちゃんも立ち上がった。

「勇者くんはどうする？」

「僕はもう少し浸《つ》かってから出ます」

長身の白竜様が歩く速度に遅れないよう、モモちゃんが小走りでついていく。

（なんだか、親子みたい……）

二人の後ろ姿を見て微笑《ほほえ》ましく思った。

（親子……夫婦……結婚……）

僕は、自分の薬指にはめてある銀の指輪を眺めた。

マコトさんとお揃《そろ》いの指輪。

マコトさんが未来に旅立つ前にした、形だけの結婚。

（マコトさん……）

旅をした仲間と少人数で挙げた小さな結婚式。その記憶が蘇《よみがえ》り、僕はつい笑みを浮かべた。

「……ぁ、なんだか、のぼせたかも」

僕も長湯し過ぎたみたいだ。温泉を出て白竜様とモモちゃんのいるほうに向かった。

「お、上がったか、勇者くん。これを飲んでみろ。美味《うま》いぞ」

渡されたのはキンキンに冷えたガラスに入った白い飲み物だった。

「これは……牛乳《ミルク》ですか？」

大魔王《イヴリース》に支配されていた頃には飲めなかった。魔王に牧場で飼われていたのは、牛や羊でなく人間だった。僕はガラスに入ったミルクをゆっくりと喉に流し込んだ。

「ぁ……美味《おい》し……」

「ふわぁ、生き返りますね～」

モモちゃんも、美味しそうにコクコクと牛乳《ミルク》を飲んでいる。

「おい、ちびっこ。お前は不死者《アンデッド》だろう。生き返ったはないだろ」

白竜様が突っ込んでいた。

「あーあ、口うるさいのは年寄りですよー」

「ほほう……、今日の修行はいつもの三倍の厳しさでいこうか」

「横暴！　横暴です！」

この師弟は騒がしい。でも、この騒がしさが僕は心地よかった。

それからモモちゃんは文句を言いつつも、白竜様の言う通りに修行を続けている。

遠い未来、大魔王《イヴリース》が復活をした時に備えて。マコトさんと一緒に戦うために。

（マコトさん……）

僕たちと一緒に魔王や大魔王《イヴリース》と戦って勝ったのに、もう一回世界を救うために未来へ旅立ったマコトさん。

（僕にできることは……）

マコトさんが千年後に大魔王《イヴリース》に負けないために、いい国を作ること。

だから、感傷的になってばかりじゃ駄目だ。

「おい、勇者くん。難しい顔をしているぞ。温泉の時くらいのんびりしろ」

「そうですよー、アンナさん。ゆっくり身体を休めましょう」

「白竜様、モモちゃん……」

どうやら二人にまで心配をかけたらしい。

「お風呂を上がったのであれば、食事を用意しています。座敷のほうへどうぞ」

ソニアちゃんが案内してくれた先には、料理が用意されていた。

このあたりにある大きな湖――シメイ湖で捕れた魚を使った料理らしい。

「この魚の塩焼きは美味いな」

「エビを油で揚げてるんですね、サクサクします」

白竜様とモモちゃんが、きゃっきゃっと楽しそうに食事している。

（この野菜のサラダは見たことがないかも……）

口に入れると、サクッと食感と瑞々《みずみず》しい爽やかな味が広がった。美味しい。

「お気に召しましたか？　聖女様」

「うん！　すっごく美味しいよ」

「このあたりは水が綺麗《きれい》ですから。食べ物が美味しいんです」

「温泉があって食べ物が美味いなら、良い観光地になるかもな」

白竜様が、ちびりとお酒を飲みながら呟《つぶや》いた。なんでもお米のお酒らしい。

「はい！　運命の巫女《みこ》様にも言われました！　なので、水の国《ローゼス》は旅人が多く立ち寄ってくれるような国を目指したいと思っています」

ソニアちゃんが嬉《うれ》しそうに話している。きっといい国にしてくれると思った。

そういえば、マコトさんは千年後の世界では水の国《ローゼス》の勇者なんだっけ？

（マコトさん……）

心の中で、遠くへ旅立った大切な人を想《おも》う。

（千年後の世界、救ってくださいね）

僕は千年前《こっち》で頑張ります。

大きく伸びをして、良い香りのする果実酒を飲み干す。

少しだけゆっくり休んで。そして、太陽の国《ハイランド》をいい国にしよう。

そう誓った。

あとがき

大崎《おおさき》アイルです。『信者ゼロの女神サマ』の十一巻をお読みいただきありがとうございます。今回は千年前編の後半となります。本作は、これまでで一番ページ数の多い巻となりました。登場キャラも多く、九人の魔王に大魔王《イヴリース》、さらには魔大陸の住人やら魔都やら、イラストになれなかったキャラ多数で、とにかく盛り沢山の内容となっております。

個人的に好きなキャラクターは『不死の王《ビフロンス》』です。六巻で千年後の不死の王《ビフロンス》が登場しておりますが、千年前は彼の全盛期となります。戦闘シーンはこれまでのどの戦闘よりも力を入れて書きました。本当は六巻でもイラスト化したかったのですが、他キャラに出番をゆずっておりました。今回で無事にイラスト化できてとても満足です。あとはやっぱり同一世界観の別作品『攻撃力ゼロから始める剣聖譚《たん》』にも登場する魔王エリーニュスでしょうか。彼女は、もう一つの作品の看板ヒロインとしてばっちりイラスト化されております。

Tam-U先生、アンナさんとモモのイラストは最高です！　しろいはくと先生、水の国《ローゼス》の王城の絵は素晴らしかったです。そして今回は別作品も一緒に担当してくださった編集のS《エス》さん、ありがとうございました。最後に読者の皆様、いつも本当にありがとうございます。今後も『信者ゼロの女神サマ』をよろしくお願いいたします。

攻撃力ゼロから始める剣聖譚
『1』
大崎アイル
kodamazon
幼馴染の皇女に捨てられ
魔法学園に入学したら、
魔王と契約することになった
The Master Swordsman's

Story

名門剣士の家系ながらも、防御力は桁外れだが攻撃力を持たない"欠陥剣士"の烙印を押されたユージン。国を去り、大陸の最高学府である魔法学園へ入学することに。学園でユージンは、神話生物が蠢く封印牢の瘴気に当てられない唯一の逸材として、その最奥へ向かうよう依頼される。歴戦の大魔法使い達ですら道中で膝を折る牢の最奥に封じられていたのは――かつて大陸を支配していた伝説の魔王・エリーニュス。彼女のもとまで軽々と辿り着けたユージンは、魔王と契約を交わせるたった一人の存在らしく……!?

OVERLAP

信者ゼロの女神サマと始める異世界攻略
11. 救世の英雄と魔の支配〈下〉

発　行　2023年5月25日　初版第一刷発行

著　者　大崎アイル
発行者　永田勝治
発行所　株式会社オーバーラップ
〒141-0031　東京都品川区西五反田8-1-5
校正・DTP　株式会社鷗来堂
印刷・製本　大日本印刷株式会社

Printed in Japan　ISBN 978-4-8240-0500-7 C0193